我不曾历经沧桑

曲思源 著

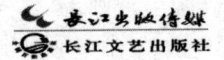

长江出版传媒
长江文艺出版社

图书在版编目（ＣＩＰ）数据

我不曾历经沧桑 / 曲思源著. -- 武汉：长江文艺出版社，2019.12
 ISBN 978-7-5702-1320-7

Ⅰ.①我… Ⅱ.①曲… Ⅲ.①散文集－中国－当代 Ⅳ.①I267

中国版本图书馆 CIP 数据核字(2019)第 242708 号

责任编辑：杜东辉　　　　　　　　　　责任校对：毛　娟
封面设计：水墨方　　　　　　　　　　责任印制：邱　莉　胡丽平

出版：长江出版传媒　｜　长江文艺出版社
地址：武汉市雄楚大街 268 号　　邮编：430070
发行：长江文艺出版社
http://www.cjlap.com
印刷：武汉市首壹印务有限公司

开本：640 毫米×970 毫米　　1/16　　印张：16　　插页：1 页
版次：2019 年 12 月第 1 版　　　　　2019 年 12 月第 1 次印刷
字数：230 千字

定价：38.00 元

版权所有，盗版必究（举报电话：027—87679308　　87679310）
（图书出现印装问题，本社负责调换）

有所思兮思无邪（代序）

  思源君乃吾同乡，曾同学于县庠，虽同年未尝同班，当时不相知，竟于廿余年后以微信群结缘。虽未谋面，神交久矣，文字往来，相与致意，俨然老友也。

  思源君少年诚笃，勤勉好学。其外祖父为旧式文人，尝学于黄埔军校，人情练达，学养深厚。思源浸染日深，文字品性有乃祖之风。思源县庠业成后举于大学，归乡业于县铁路交通，科役事务烂熟于心，然不忘书本，心存高远。十年后以研究生高第离乡，专于交通运输规划与管理，日渐精进。当是时也，东部高铁方兴，思源乃携妻南下，供职于沪上铁路局。工作之余，修成博士，深觉"纸上得来终觉浅，绝知此事要躬行"，乃以所学融于实务，学识业务多受赏识，厚积薄发，渐成规模。

  思源君勤而多思，笔耕不辍，以十年所学，汇成一书，领航专域，众所称道。思源敏而善思，专业之外，以所思发而成文，一字一句，皆为感怀。丙申秋，以《我不曾历经沧桑》付梓，余感而序之。观其所思，概而如下：

  一曰故园故人之思。思源离乡近三十载，每于文字之间叙思乡之情。其所著《西子湖的雪》《鼓浪屿之波》虽是他乡风物，却怀故园之思，江南烟雨之中常思北国风雪，字里行间，故里友人如在目前。事易时移，初心未改，月圆之夜，倍感萦怀。

  再曰日常琐事之思。思源善思，一事一物，常有所思。生活琐事，格物致理，归而成文，心声足迹，见于笔端。虽生活精致，务求高远而无憾。《诚品生活》《感蟹有你》堪为代表，一书一蟹，颇为闲适，有趣亦有品矣。

三曰学海无涯之思。思源勤勉，博览群书，以所学付诸实务，理论实践融会贯通，十年之功终成业绩。常以母校交通大学和同济大学之校训"饮水思源与同舟共济"自勉，学海无涯不觉苦也。《千里京沪一日还》《光阴的故事》可见其勤学敬业。

四曰历史哲学之思。思源虽业于工，喜读史，爱哲人，追慕先贤，反躬自省。王阳明之参悟，曾国藩之修身，唐伯虎之气傲，道衍和尚之全才而又矛盾人生等，前贤先哲，无不令其思慕感怀，每日人生务求精彩，退而修身养性，博学善思，化古为今，执着而不迂腐，确为难得之才也。

昔者孔子论诗曰，诗三百篇一言以蔽之，思无邪。今思源之思亦可谓思无邪，其所思而无邪，笃正纯善，诚挚素朴，令人感佩。诗云"此夜曲中闻折柳，何人不起故园情"，余每读思源之作，亦起故园之思，亦怀思古之情。呜呼，盖其文字，乃思之源也。

是为序。

文学博士 郑红翠于哈工大
丙申初秋

我有一个梦（代前言）

常听人说，20世纪70年代出生的人是新中国成立后最幸运的一代。我们没有忍饥挨饿的感受，我们成长于"文革"后、商业化之前这个充满正能量的80年代，这是一个相对不怎么浮躁的环境，正能量的熏陶非常明显，我们这一代人吃的苦也相对少些。我们不曾历经沧桑。

历史赋予我们的是一个个精彩的瞬间，每一代人的青春都有故事，都有风景。我们属于我们这个时代。时间能做到的，是让我们无法忘记一些人或者一些事；时间又能让我们去不断地学习，使我们不断地深化感悟和思考；时间还可以见证我们的成长，见证我们在这个世界上花费的力气和青春。

我是被这个世界推着走的人，也是被事情推着走的人。我曾有一个梦想，待我不惑之年后，我可以有两项顺其自然的成果，也就是说，我要出版两个方面自己编著的书：一方面是我在交通运输领域方面的若干专著，是我积累、坚持的结果。目前，四本专著已由中国铁道出版社陆续出版，依次为《铁路运输组织管理与优化》《城际铁路运营组织与管理》《高速铁路运营安全保障体系及应用》《铁路运营组织与管理创新——以"长三角"为例》，这些专著也是我20年来从事铁路运输工作理论和实践的结晶；另一方面是我的随笔集，也可以叫作散文故事集，是我近年来对这个世界一些碎片化看法的系统整理。以后，我再有机会去作什么讲座或是报告，在讲解高速铁路、现代物流以及交通安全发展观的时候，顺便也谈谈我对这个世界其他方面的看法。我相信我的这个梦想能够实现。

2015年11月29日，我在微信群中编发了大陆第一家诚品书店——苏州店开业的图片和信息，我还告诉朋友，诚品书店卖的不只是书，更是一种有文化的生活方式。《上海铁道》报社的一位北大毕业的张才女让我试着写写诚品的东西，她觉得我对书香的感觉还算深刻。当我按照自己的思绪完成《诚品生活》后，她又吩咐我作几篇"命题作文"。随着几篇文章交稿后带来的喜悦，我又突发奇想，文学的东西有形又无形，我可以尝试办个"高铁书院"的公众号。我曾经做过党群和工会工作近5年，工作也磨炼了我的韧性。

针对写作这回事，剑桥大学教育学博士克林肯·博格曾经说："没有人找得到一种为这种能力定价的方法……但每一个拥有它的人——不论如何、何时获得——都知道，这是一种稀有而珍贵的财富。"我不知道自己有没有这个财富，但我相信：一个会使用语言的人，一个心中阅历丰富并有故事的人，一个掌握大量信息资源的人，就有能力说出别人说不出来的话。于是，我又将多年来涂鸦过的一些算是随笔的东西进行了整理，把一篇一篇的文章呈现在读者的面前。

写作本身能够给人带来巨大的愉悦感，文字既是一个人的思想，也是他的生活本身。写作会让人变得更精确，更注重细节，更刨根问底，更真切地关注他人；写作可以把私人的记忆变成群体共享的身份认同，可以把会流走的过去变成永恒。有的书很厚其实很薄，有的书很薄其实很厚。所有的书，最终的目的是读到自己。

哈佛有一个著名的论断：人的差别在于业余时间，而一个人的命运决定于晚上8点至10点之间。若是每晚抽出两个小时的时间用来阅读、进修、思考或参加讲演、讨论，你会发现，你的人生正在发生改变。这本随笔集上的文字大多是我在这个时间段完成的，也基本可在微信公众号上找到，但最终的版本又是我不断提炼、升华、补充、完善的结果。之所以结集出版，我希望天马行空的文字有家可归，碎片的文字组成一个整体，成为我六年来这一段时光的留念。相比碎片化，文章集结在一起传递的信息、重量和清晰度绝对是不一样的。

作为一个理工男，多年来，我试着把心放开、放大、放宽，我发现自己得到的东西更多。努力的背后是增值，增值的背后是机会，机会的背后是收获。我写专业论文已经十几年了，可是写散文我却是新手，而且是从自己的内心深处写起。非虚构作品，表达出我的心声，更多靠的是思考、阅历、胸怀、智慧、判断。我依然崇尚思想脉络清晰、结构逻辑严谨、语言干净利索的文字。

我记得台湾的一位年轻作家"九把刀"有两句话：第一句，如果你非常想要做一个作家，你每天非常认真地写作，但是同学不想看你的作品，没有地方愿意发表你的作品，放在网络上也没有人想看，出版社也不想帮你出版，你心里就要想，我要继续坚持下去，总有一天，掌声会响起来。第二句，说出来会被嘲笑的梦想，才有实现的价值，即使跌倒了，姿势也会很豪迈。

也许若干年后，我都会嘲笑自己现在写的文字，因为心境已是不同。

我已在路上。再回首，青春已逝。

曲思源
二〇一七年四月初四于苏州金鸡湖畔

目 录

第一章 沧海探幽

西子湖的雪 / 3

雪乡 / 16

鼓浪屿之波 / 38

镜泊 style / 49

诚品生活 / 58

穿窿山上 / 64

三清山游记 / 75

第二章 尘海问津

感"蟹"有你 / 93

五分钱 / 96

多年父子已成兄弟 / 99

天上掉下个林妹妹 / 108

第三章　学海泛舟

千里京沪一日还 / 117

二十一年后 / 126

光阴的故事 / 134

哑巴英语 / 146

献给母校的百廿周岁 / 154

第四章　史海听涛

仰望王阳明 / 161

道衍和尚 / 183

被青春撞了一下腰 / 192

有一种坚持叫失败 / 201

笨鸟可以先飞 / 212

美丽的心灵 / 222

活着就要精彩 / 234

第一章 沧海探幽

我不曾历经沧桑

西子湖的雪

可能是年纪大了的缘故，我已对季节没有什么偏好了。大自然的四季轮回，我感觉都有生机。最近，常听东北朋友说：东北一年没有四季，似乎只有两季，一个是冬季，另一个大约是冬季。我咧嘴一笑，不管你欢喜与否，我们都要过，都要活着。可是西湖的雪一直在我梦里。当然，在梦里也并不是非要喜欢不可，只觉得，这辈子我要见见庐山真面目。

有人说我写东西不会写风情，就会写故事。我可能就是这个方面的先天笨蛋，可能也只会通过故事去描绘。我是被故事推着走的人。

雪是冬天特有的花朵。东北的冬天，当大雪把万物覆盖的时候，可以说是最纯净、最美丽的时刻。在雪地里，我们可以随性地摸、爬、滚、打，这是跟大自然亲近的最好的方式。这也是北方冬季的魅力。

西湖曾是杭州湾的一部分，直到公元 7 世纪前期尚且如是，后来靠钱塘江的一面被阻塞，年深日久，湖中的盐水变成淡水，便成了今天的西湖。每年西湖的初雪洋洋洒洒降临时，几乎是没有一点点防备的，西湖水面随之飘起层层白雾，并与雪花搅在一起，如梦似幻。我这个从林海雪原中走出来的孩子，当然会感觉别有一番风情。多少年了，我还仅仅在微博、微信群中看到过杭州朋友晒的西湖雪景。

小时候，我在姥姥、姥爷家长住，泥坯的墙上贴着一张西湖全景图，我每天都能看到西湖的景色。特别是早晨一睁眼睛，我第一个看到的东西就是这张图。

杭州的西湖是中国景观设计天才充分发挥才华的地方，人为的艺术和技巧增添了自然之美。姥爷说："西湖被北山路、湖滨路、南山路和杨公堤分割成基本呈现六边形的结构。"四条线围成六边形，似乎有些不对，嗯，北山路和南山路都是折角线，北山路是小折，南山路是大折，一条路带有折角，还是同一条路。

姥爷让我画西湖全景图。西湖中，白堤和苏堤是关键线，断桥残雪、平湖秋月、苏堤春晓和三潭印月是关键点。断桥和岳王庙衔接北山路，分布在北山路两边；雷峰塔在南山路边上。我每次画图总是从最北面的北山路画起，先勾勒出六边形，然后画关键点，第一个点就是断桥。断桥位于西湖白堤的东端，背靠宝石山，面向杭州城，是外湖和北里湖的分水点。断桥地势较高，视野开阔，是冬天观赏西湖雪景的最佳去处。

我默画线条熟练后，姥姥又把杨公堤的线条延长，画了植物园和浙江大学。她讲："这是中国最好的植物园之一，这个大学也是中国最好的大学之一。大学就在将军山的下面。你将来可以尝试考这个大学——东方的剑桥。"她又从植物园的路往相反方向画了一条长折线，说："这是灵隐寺，整个寺庙就是半座山，西天咫尺，飞来石。"

大雪天，天还没亮，姥爷比往常起得更早，在我还在做梦的时候，他掐着我的耳朵叫我起床。我陪姥爷把家门口小巷的雪都打扫干净，把距离家门口小巷 80 米的女厕所门口也打扫干净。厕所里面的台阶上有雪的地方，在没人上厕所之前，都扫得很干净。姥爷告诉我："下雪天，女人上厕所比男人费事，要帮帮她们。"

姥爷有时边扫雪边告诉我，有机会能看到西湖的雪，算是一辈子没白过。他还说，苏东坡就曾记载，他那个年代下雪的冬日已有游人去坐船欣赏西湖的雪景。我后来读过林语堂写的《苏东坡传》，在书中，林语堂描述道：苏东坡写咏西湖的雪诗体现出精练、华美、杰出的特色，他认为"雪"

字本身就很美。我记得姥爷曾告诉我，林语堂在1948年出版这本书，并且是英文，面世时间竟然是国共生死决战时期。姥爷又继续讲道，1937年8月，日本鬼子向杭州城里扔了不少炸弹，几百架飞机轰炸了几百个来回，唯独西湖安然无恙。几年前，我读到作家麦家的《风声》，在第一章里，也写到了日本鬼子轰炸杭州一事。

  人的命运是什么？命运有一半在你手里，另一半在上帝的手里。你的努力越超常，你手里掌握的那一半就越庞大，你获得的就越丰硕。特别是在你彻底绝望的时候，别忘了自己拥有一半的命运；在你得意忘形的时候，也别忘了上帝手里还有一半的命运。按照这个观点，一个人一生的努力就是：用你自己的一半去获取上帝手中的一半。这也许就是人一生的命运。

  海明威说过：当作家要有一个不幸的童年。准确地说，不是不幸的童年，而是特殊的童年，特殊的童年经历会促使你用一种特殊的视角或是鲜明的个性来看待这个世界。麦家曾自言道：他从十一岁开始写日记，当时在乡下，他一直坚持写，不是因为梦想——将来当作家，而是因为现实——受人歧视，被同伴抛弃。因为父亲是"反革命"、外公是地主、爷爷是基督徒，他自小很孤独，他头上戴着三顶大黑帽子呀。他跟谁说话？只有写日记。

  一个偶然的机会，麦家看到了《麦田里的守望者》，这对他来说，简直不是一本书，而是世界向他打开的一只猫眼、一孔视窗。从这里，他看见了世界的另一端，有一个像他一样孤独、苦闷的少年叫霍尔顿。当看到这本书时，他已经写了三十六本日记，但记下的不是阳光，而是阴霾，是黑暗，是一个打小被同伴抛弃和作弄的男孩的愤怒、苦闷、孤独、呻吟、反抗。塞林格告诉他，小说可以这样写，就像他写日记一样写。他又听到了天外之音：你应该写小说。他就这样开始整理日记，尝试把它们变成小说，变成他的《麦田里的守望者》。

  如今，位于杭州的"麦家理想谷"投入运营已近两年。"麦家理想谷"创办的初衷就是收纳文学流浪者，在这里，书不外借，免费阅读，书籍、思想、谈资还有咖啡，是流动的营养。当然，他也藏卧于书中，安静地打量着来来往往的"文学流浪汉"。

那个时候，每逢周末，姥爷就教我和小W下围棋。我真是天资不济，每次单独和小W下棋都会输。小W下棋时，棋路几步走，他脑子里都有数，而且还有几套方案，而我只会直来直去，不知道下一步还会拐弯。他一直笑我太笨！由于我总是赢不了他，我就叫他"不倒翁"。小W也回敬我说："你就是个学步的小孩儿呀。"姥爷在旁边听了也笑，也不知从哪里翻出一本发黄的书，翻了几页，读道："不倒翁长得很好看，又白又胖，并不是老翁的样子，其实他是一个小胖孩子。无论大小，都非常灵活，按倒了就起来，起得很快，是随手就起来的。所以，买不倒翁的人就把手伸出去，一律把它们按倒，看哪个先站起来就买哪个，当那一倒一起的时候真是可笑，摊子旁边围了些孩子，专在那里笑。"这是民国才女萧红写的《呼兰河传》。其实，那些话是姥爷根据萧红的描述整合的。当姥爷继续读到不倒翁屁股做得大、不容易起来时，我也笑了。还有，不倒翁头顶上贴着狗毛，买到家里，狗毛掉了，买这个不倒翁的孩子就总不开心，他会因此忧愁一个下午。我小时挺胖的，头发又硬如钢丝，还总输棋，脸上经常表现出闷闷不乐的样子，常常嘟着个嘴。姥爷讲完，这两人同时看我，好像我就是那个小胖孩子。我瞪大了眼睛。三个人都同时哈哈哈大笑。姥爷还说了一句："生前何必久睡，死后必定长眠。"我想应该是萧红说过的话。

初中语文老师让我们写一篇寓言，我不假思索便提笔写了《不倒翁和学步的小孩》。我在文章结尾说道：不倒翁是挺可爱的，它虽然不倒，但永远不会走步，邯郸学步都不会，而孩子通过学习走步，最终不仅会走还会跑呢，谁笑谁呀？姥爷听到这个寓言后，说道："不倒翁有时也是挺可爱的，在遇到难以解决的问题时，可以试着从另一种角度去寻觅问题的解决方式。"

姥姥又给我讲了这样一个故事：德国某工厂曾在1894年研发出一种取名"毛瑟"的自动手枪。这种手枪虽然使用便捷，但射击时弹跳出的弹壳总是在射手面前跳动，极有可能击伤面部，又容易分散射手的视线注意力。1921年，我国开始仿制该手枪，名字叫作"驳壳枪"。这种枪后来到了红军和游击队员手中后却发生了巨大变化。游击队射手在射击时，不是端平枪体，而是将枪体旋转九十度，让弹跳出的子弹壳不在面前晃，而是呈水平方向飞出散落。这样一来，就从根本上消除了子弹壳飞出击伤射手或干扰视线的副作用。就这么轻巧一转，一种不被发明者喜欢的轻武器，却成了游击队员杀敌取胜的强大武器。嗯，旋转九十度用枪的方式震惊了欧美枪械制造者。

小W后来考取了北京的广播学院，专门研究无线电。后来他又留德攻读博士学位。每次与我见面，匆匆一晤，已经没有过多时间叙旧了，就来几盘快棋——五子棋。可惜，我就是赢不了他，看来笨也是天生的。我怕他老说我笨，就转移话题，讲讲麦家的故事，麦家也是学无线电专业的，他哼哈哼哈抿嘴一笑。

我眼前一亮，我终于想出了招数，姑且叫它新木桶理论吧。很多人都谈过木桶理论，就是最短的那块木桶板子决定了木桶中装水的多少，当然是你的弱项。我发现，短板决定你的生存问题，但长板应该是你在这个社会上发展的核心竞争力呀，长板决定发展，也要顾及呀。因为经营自己的长处能给你的人生带来增值，经营自己的短处有时会让你的人生贬值。我和他玩扑克牌换牌游戏，游戏规则是：每人先发二十张牌，记熟后，我俩换牌。我的牌在他手上，我说什么牌，他马上出我所说的那张牌。他再喊我手里的牌，要比我的牌大、管上我的牌。最后，谁先出完对方手里的牌，谁就赢。结果我都赢了。他在德国攻读博士期间，再无音讯，邮件都懒得发我。

做一个有智慧的人，人生才会有出路。我的出生日就是文殊菩萨诞生日。我又姓曲，很多同学曾叫我"文曲星"。文殊菩萨、观世音菩萨、地藏王菩萨、普贤菩萨是佛教徒最崇敬的四大菩萨。文殊菩萨是佛祖的左肋侍佛，尊号就是"大智"，以其智慧、口才闻名，是智慧和力量的化身。山西五台山是文殊的道场。五台山有东、西、南、北、中五个台顶，分别供奉着文殊菩萨的五个法身，又称五方文殊。

姥爷告诉我，文殊菩萨还是掌管书籍的佛。要做一个有智慧的人，就要读各种各样的书。我当时似懂非懂，也似乎觉得我这一辈子要和智慧以及书籍融合在一起。活到如今这个年龄，我才领悟到：都说知识是生产力，实际上有用的知识才是生产力。

智慧是什么？智慧通常是指对事物价值的透彻理解，是能够在平凡中发现奇迹的眼光或创造价值的力量。也可以说，智慧是一种经验、一种能力、一种信念。智慧是一个人内心的闪光，总是呈现出五光十色的缤纷光彩。当一个人读破万卷书，可以悠然吟出意蕴深远的佳句时，我们便说他拥有了智慧；当一个人阅尽沧桑，可以淡泊而傲然地生活时，我们也可以说他拥有了智慧。

一天，小W手舞足蹈，开心地告诉我他明白了智慧的含义："我终于知道司马懿为何败于诸葛亮的空城计了。"我很疑惑："书上不是写得很明白吗？诸葛亮知道司马懿多疑的个性，换位思考，与其斗智斗勇，因为他知道司马懿心思，他诸葛就是精细人，不会冒险。当时诸葛亮大开城门，还在城楼上弹琴，很明显城里就是有埋伏呀，司马大将军怎么会上当呢？""错，司马懿才有智慧，他十万大军，城里很小，顶多能埋伏两万人，真打起来，他也不会怕。因为司马懿知道兔死狗烹的道理，就是这次胜了诸葛亮，曹魏就会专门去搞掉他。若是和诸葛亮对弈，彼此动态平衡，他才有资本，才能有实现自己目标的机会，那就是建立自己的司马政权。他那个时候，就受到主子的怀疑，只是诸葛亮太厉害，别人打不过诸葛亮，曹魏才让司马出山呀。否则，他只能是天生我才无用处、望洋兴叹呀。人要笑，就要笑到最后。司马懿应该是韬光养晦、运筹帷幄。"太厉害了，连姥爷都觉得小W说得很有道理。

我还是有些执迷不悟。《三国演义》的前半段高潮是火烧赤壁，后半段高潮是六出祁山。神机妙算的诸葛亮遇到了一个强大的对手，就是司马懿。司马懿出场非常晚，一直到第94回才正式走到前台，属于大器晚成型。而这个时候赤壁大战已过去了二十多年，曹操、刘备、关羽、张飞等这些大英雄都已经不在人世了。命运给诸葛亮安排了一个强大的对手，在祁山这个小小的点上"砰"的一下就撞在了一起。难道诸葛亮不是神？

我心中更是佩服小W。我脑袋怎么就不开窍呀？我怎么就那么笨呢？多年以后，我在苏州居住，常去苏州园林游玩。有一天，我也突然发现，本来一个小小的院子，感觉已经无路可走了，但巧妙的造林技术，让你在死胡同左拐或右拐，妈呀，别有洞天，又是一个宽阔的布局。我似乎发现了新大陆，似乎又明白了，司马懿应该有大智慧。

姥爷看我没头没脑有时又很呆的样子，他讲道：世上最可贵的两个词，一个叫认真，一个叫执著；认真的人改变自己，执著的人改变命运。但是离开了智慧，认真和执著都不会有方向，要在认真和执著中增长智慧，在智慧中去认真和执著。

姥姥又在旁边讲，梁实秋34岁那年打算翻译《莎士比亚全集》。此项工作的艰难程度不言而喻。梁当时找到了闻一多、徐志摩、陈西滢和叶公超，打算5个人最少用6年、最多用不了10年便能翻译完。然而，由于种种原因，梁最后决定独自一人承担这项工作。他开始废寝忘食地工作起来，在抗战爆发前，他就顺利地完成了8部莎翁作品的翻译。"七七事变"后，为了躲避日寇的通缉，梁不得不离开北京，在极其艰苦的环境下继续翻译。抗战胜利后，梁实秋回到北京师范大学任教，课余时间依然坚持翻译。等到了1967年，莎翁全集37部作品中译本全部出齐，在国内学术界引起了巨大轰动。梁实秋回忆说："没有什么报酬可言，长年累月，其间也得不到鼓励，我只是做了自己想做的一件事而已。"我似乎明白了，像梁实秋这样的大家，也是在不断积累中增长智慧，我们这些小家，何尝不希望自己这一辈子多做几件自己愿意做的事呢？

那时我和小W喜欢看武侠小说。我们常常看金庸的著作。我俩有时会针对一个问题展开讨论，但他就是比我理解得深刻。看书呢，我还是慢半拍，他就是比我看得快。我有时还躺在被窝里打着手电筒看金庸，防止老爸看到我看闲书。我的近视眼就是这样来的。我记得一次，小W学着《笑傲江湖》中令狐冲的话一字一句地告诉我：有些事情我们无法控制，只好控制自己了。姥爷笑了，我当然跟着傻笑。又一次，小 W 拿出一本《金庸全传》，姥爷呵呵一笑：此金庸全是谁呢？我恍然，原来他也是金庸的爱好者，要不怎么一下子就知道此"金庸全"非金庸呢？类似地，市面上还有全庸、金庸外著、金庸独著、金庸新、金庸作等若干书。我现在有时在书店看到一本书封面上写该书是某人作品，就很纳闷，到底是著或是编著或是主编还是抄袭？

我教小 W 画郭靖、画令狐冲等人物时，姥爷说我画的人物眼睛没神，就像做人没有思想一样，要画就要画出神来。小 W 理解得快，也画得神似。姥姥看着我摇摇头说，一个人的自身条件若差一点，有时甚至一件恰到好处的奢侈品都会让你咸鱼翻身，士气大振，这是精神力量。整个人马上就会精神抖擞，斗志昂扬。这就像人的眼睛一定要有神一样，外表倒是其次。我终于明白了，我先练习自己空中盯物，眼睛没事就盯住飘动的飞行物不放。现今，在一个吵闹的环境中，我若是想看书，都会立马静下心来，投入到书中，但前提是这本书一定要适合我的心境。这可能与我那时练习定力有关。

姥爷没等我大学毕业，就因病离开了人世。火化后，我流着眼泪，将骨灰一下一下装在我挑选的盒子里。盒子上缠绕着的是县统战部写的几个字："心琴骨道"。我突然发现，骨灰中有一个黄色亮晶晶的东西，闪着光。原来是姥爷用了 40 年的笔——他的宝贝，是抗战胜利时的奖励。

姥爷毕业于黄埔军校，曾经和日本鬼子在战场上正面较量过。若是我现在到姥爷的墓前，告诉他现在的抗日神剧，什么手撕鬼子、武功盖世、八百里开外击毙鬼子指挥官。我相信姥爷真会从地里冒出来，挥手高呼"乱弹琴"。当然，今年是抗日战争胜利 70 周年，我只会告诉他，我们都活得很好，勿念！真实的抗战与这些违背常识、主观臆造的低级庸俗、有悖常理的情节，相距十万八千里，哪里容得下对日军白痴化的调侃和戏说？"九一八事变"后，长达 14 年的抗日战争，中国军民忍受了巨大的痛苦和牺牲，付出了伤亡总人数超过 3500 万的沉重代价。日军制造了大量骇人听闻、惨绝人寰的反人类罪恶事件，这无疑是世界历史上最黑暗的一页。

姥姥说过，姥爷会些功夫，两三个日本鬼子都打不倒他，而且人又硬气，腰板也硬。姥爷只是告诉我："这支金笔，一直藏在南山一棵大树下的洞子里。当然，人就像金子一样，活着总会发光，只是发光大小不一样罢了。"突然，他若有所思，又像是触景生情，"人呢，也就是一缕青烟。"

姥姥讲，当初，国军大溃退，他们从北京逃难步行到广西，走了将近半年，路途遥远，困难重重。我老妈就是在广西陵桂县生的。无奈，他们先将她送给了当地苗人抚养。七天后，姥爷又返回那家苗寨，抱起我老妈，说，再苦也不能扔下女儿！老妈的小名就叫"陵桂"。后来，去台湾的船票都准备好了，但两位老人没去台湾，将船票给了同事，他们留在大陆谋生。我老妈确切的出生日都是模糊的，不知是1949年11月上旬的哪一天。

我去过西湖断桥多次了，遗憾的是，始终没见过西湖的雪景。姥爷给我描绘的西湖的冬雪，一直在我想象中：孤山北望，雪痕无数；一叶扁舟，独钓寒风；垂柳危葬，双峰落圃；一湖烟境，淡然冷寂。江南的雪，西子湖的雪，与北国之雪相比，真的有着太多不同之处。它更秀气，更精致，也更有着水墨山水的诗意。

大学毕业后我在老家的车站工作，车站的咽喉道岔，我十分钟之内就能默画好。大雪纷飞的日子，我负责扫雪。那时候，车站道岔号被雪覆盖住是看不到的。车站信号楼里的值班员一喊"某某道岔里有雪"，我们一行人冲过去，扫了半天，好家伙，扫错了，因为搞不清哪个道岔呀。那么多道岔，谁都有可能犯错误，要不怎么叫车站"咽喉"呢。我虽然大学"铁路站场"这门课程学不好，只得了70多分，但我会用。特别是在后半夜，天寒地冻，北风呼呼地刮，美丽又冻人。这时候，我就起作用了，因为我脑子里就有一张图。我就是坐标，手一指，就像指南针，就是那个道岔，而且准确无误。每扫一处，五分钟就能搞定。其他时间，我就在线路旁边的扳道房里，烤着火，翻着《系统工程》。信号楼值班员再喊哪个道岔有雪，我就冲出来，又是一个五分钟搞定。后来，车站的人都喜欢和我一组。

上海距离杭州九十多千米，却很少看到雪。即使下雪，也是雪花一落地，就消失了。眼睛尖一点的，也许能看到飘在空中的雪花的六角形。每次有这种情况，大家都兴奋，在室外拍照、发微信。然而，我在江南十几个年头了，度过的都是无雪的冬天。

2015年，我五次在断桥边的铁路杭州培训基地授课，此地曾是民国时期的浙赣铁路总部。我第一次来这个地方，就看到了一条比较长的黑蛇盘在台阶上。看门的保安八年来在此值守都没看到过这么长的蛇。为防止蛇伤人事件发生，我们找来消防队员应急处理。我的一位同事说，是黑娘子等我哟，不是青蛇更不是白蛇。我可没有许仙的福分。我小时第一次独立看的一本书应该就是写的许仙和白娘子的故事，断桥残雪，记忆犹新。

江南的地质丰腴而润泽，含得住热气，养得住植物；江南河港交流，且又地滨大海，湖沼特多，故空气里富含水分。到冬天，不时也会下着微雨，而这微雨寒村里的冬霖景象，又是一种说不出的悠闲境界。草色顶多成了赭色，根边总带点绿意，寒风也吹不倒的。

近年来的江南，没下过一场像样的雪。我从朋友圈看到朋友发的一组杭州下雪的照片，储存在记忆中江南那漫天遍野、纷纷扬扬、银装素裹的场景，又展现在眼前；似乎变得遥远，遥远得让人有点模糊的江南的雪，又清晰地浮现在脑海里，不禁令人思绪飞扬……

西湖的雪，不比北方的雪，年糕粉似的，飘飘扬扬，落地不化，但她有情趣，有韵味，好似鲁迅笔下的《雪》："……滋润美艳之至……隐约着青春的消息，是极壮健的处子的皮肤。雪野中有血红的宝珠山茶，白中隐青的单瓣梅花，深黄的磬口的蜡梅花；雪下面还有冷绿的杂草……"西湖的雪，优美却富有童趣。尽管我记忆中还是那厚厚的、洁白的，像"大河上下，顿失滔滔，山舞银蛇，原驰蜡象"那样令人长时间驻足的雪景。

雪，落在心里，落成经久不变的永恒；雪，落在笔端，落成一句句一段段动人的章节；雪，落在眼眸，落成爱人般怜惜的疼爱。我在北方下雪的日子里，一个人常常静静地坐在楼层阳台上，看着那些白色的花朵，渐渐地将整个城市包裹起来，一片一片，重复地叠加着。

记忆中，下雪的夜晚总是很寂静的，静得可以听到雪花簌簌而下的声音。每当这样的夜晚，我的思绪常会飘飞，仿佛随着飘雪飞出窗外，与那些白色的精灵一起翩翩起舞。有时，我感觉是姥爷又回来了，小W和我联系了。我们再来一盘没有下完的棋。姥爷曾被红卫兵折磨，我问过他，为何没死？他说："我是军人，又是书生，要死可以死在战场或是书堆中。"守着一份记忆，一段往事，任冬日寒风刺骨，姥爷和小W的身影在我心中不愿离去。

丰子恺的《护生画集》中说：人生有三重境界的生活，物质的生活、精神的生活、灵魂的生活。所有的人生下来都在第一重世界里，过着物质的生活；根据天赋、机运或精力的充沛，有人爬上了第二层楼，过上了精神的生活；更有余力者攀上了第三层，过着灵魂的生活。他还谈到：他老师李叔同就是走出三个境界的人。"长亭外、古道边——"，又有多少人能够理解弘一法师呢？真正的人生又有多少人看透？现在有关弘一法师的书或是景点，很多都写着弘一大师，试问法师和大师区别又何在？

我是凡人，但我也需要物质和精神的生活，至于灵魂方面，还真没想过，因为忙忙碌碌的生活，事情一件一件推着我走下去。选择、努力、奋斗，我不得停息。没时间考虑灵魂的问题，灵魂似乎也就没有了。记得，在西南交通大学上博弈论的课程时，经济管理学院的高隆昌老教授讲过：人是有灵魂的，比如，老师死后，我的灵魂就是我留下的博弈论精神呀。我有些惘然，但答案也许早晚会知道。

星云大师曾讲过他的师父教他的一句话："我教你的这门课叫逆境。什么是逆境，就是生命无常。你遇到了困苦、灾难、不平、劫杀、死亡——那都是命运。不因为你做对了什么，就可以逃开。不因为你做错了什么，才受到惩罚。"

2016年1月22日，我正欣赏着朋友圈晒的西湖的雪景的时候，手机突然响起，一个杭州的电话，原来是小W，他约我去西湖看雪，因为杭州下雪了，十年以来最大的一场雪。我突然一愣。这个小子失联N年，怎么不在北京或是在斯图加特？因为当年他是去了德国镀金的呀？怎么出现在杭州？他说是同学告诉他我的手机号，而且，他告诉同学都不要对我谈起他。他只在杭州下雪天才可联系我。我又糊涂了，也许又一次难得糊涂，见面再说。

我乘坐高铁立马去杭州。在断桥边，我愣了……一个僧人出现在我身边，脸还是那张脸。我愣了。小W已经出家在灵隐寺。这世界太大又太小，熟悉的人早晚都要见面，但这次玩笑大了，我半天缓不过来。德国大学没有空洞的"毕业概念"，通常没有念书的时间限制，他说：只有博士论文写成，而且还要出书，等二十位以上专家学者签名证明作者具有独创性，他才可拿到博士学位，才算毕业。他在德国攻读博士期间，学习没得说，但历经十年，也没拿下博士学位，心灰意冷，又突然一场大病，交往8年的女友离他而去，而在德国手术后没人照顾，又没多少money。一个被医生宣布三个月就会死亡的人，天天找精神寄托。他就想起灵隐寺，他想起了姥爷说过的西湖的雪，天天念佛。他说：如果此生还能生存，一定回去灵隐寺——

凡事都有偶然和必然。我的姥爷，一次为了给紧张复习准备参加高考的我送饭，不小心摔倒在路上，引发脑出血，成了植物人。他躺在床上，我和他说话，他都是摇头，什么都不知道，也好像什么都知道。"醉里挑灯看剑，梦回吹角连营。"我给他念他喜欢的宋词——辛弃疾的词，他就是苦笑。那时候，每逢过年，我们全家相聚，都给姥爷敬酒，他也落泪。我心中的哀怨倒不出来。

小说《摆渡人》里曾有这样一句话让我掩卷而思："如果命运是一条孤独的河流，谁会是你灵魂的摆渡人？"我又常听人说：在喜欢你的人那里，去热爱生活；在不喜欢你的人那里，去看清世界。活在这个世界上，时间只是陪衬，有人会把我们变得越来越好，支撑我们变得越来越好的是我们自己不断进阶的才华、修养、品行以及不断的反思和修正。但是，一个人的心房要承载多少毁灭，才会遇到一颗复活它的心，我却无法知道。但我却知道：一个懂得感恩的人才是谦虚的人，而且，能对自己有准确评价和定位的人，才会淡泊，珍惜拥有。

西湖的雪墨山水如诗如画。我俩在断桥边，先下五子棋，再默记换牌PK。如此而已。

人生如歌，一曲绕梁三月；人生如潮，一波青春无限。大家都熟知的哀乐，演奏快了就是喜乐，慢了就是哀乐，而我们常听到都是哀乐。可否演奏得快点哩？朋友，你是否也可陪我去西湖看雪？也许哪天你的手机也会响起，可能是我？

2017年7月，我敬爱的姥姥刚过完95周岁生日没多久也离开了我们。我心中又是一种说不出的痛，"西天咫尺，飞来石？"也许我的手机哪天也会响起？

初稿：2016年2月10日
修订：2017年8月12日

雪乡

一

万物生长，岁月无声。日子快，闭上眼，还是从前，睁开眼，却已数年。我想人都会有这样的感觉：当你失去生命中最为宝贵的东西时，你一定会感觉到可惜但又很无奈。对我来说，曾经生活过的三十多年的东北地域，如今也只能在梦中拥有。今年过年我要回家看看。

我们总是在不断地赶路，不断地前行，以至于我们没有留意沿途美丽的风景，以至于我们几乎忘却了最年少时的梦想，还有那些现实生活中真正值得自己内心拥有的东西。养育我的东北已经变成了我思恋的地方。难忘家乡的一草一木，难忘家乡的人。

一方水土养一方人，东北的冬天基本上是一片雪的世界，这是东北人特有的福气。从每年的十一月初下雪开始，直到次年三月份，我们见到的几乎都是银白的世界；而且，下雪的时候，雪花很大，六边形清清楚楚，很干净。这雪有些像东北人的普遍性格，豪迈中纯洁、粗犷中精细，而且有棱有角、是非分明。

我从小生长在黑龙江省小兴安岭地区，我的家乡在中国地图上位于

"鸡冠子"的部位，属于边远山区。记得我刚走进大学校门的时候，几个同学还以为我是从原始森林里出来的呢。我的家乡是中国的雪城和雪乡。家乡的雪景是无法复制的，因为唯一，所以美丽。现在的雪乡通常指牡丹江双峰林场，这地方依靠长白山，占地面积500公顷，冬季降雪频繁，全年积雪期长达7个月，积雪厚度有时可达2米，每年都能吸引大批中外游客前来游玩，欣赏童话般的雪景。雪乡当地的雪质黏稠，落在房屋栅栏上，像是一奶油冰激凌。在茫茫林海中，你还随处可见红灯笼、大栅栏、带着白色穹顶的房屋、金黄色的苞米穗、往返的牛耙犁、蓝天白雪、炊烟袅袅、灯笼随风摇曳、银装素裹，天地浑然一体，看不清前方路的尽头。也听很多游人讲，光是去雪乡的沿途看到的风景，比如雾凇、树挂和银白色的白桦林，你就会心旷神怡。

家乡雾凇的种类和区域面积堪称全国之最。百里雾凇谷位于莲花电站大坝下游，莲花电站因间歇性发电，下游江面冬季形成百里不封冻的特殊状态，也自然造化出冬季的百里雾凇奇观。从莲花电站顺江下行，路经不同的地段或景点景观，便可欣赏到各具特色的雾凇景观。每到深冬时节，蒸腾的江雾漫过江面，飘上树枝，与冬天的寒气相互交融，就会使百里江堤树枝结满霜花，形成"千枝百态"雾凇景观。此时当你来到莲花这片神奇的土地上，驻足江边、路边、山边、村边，观赏那玲珑剔透、流光溢彩的雾凇，仿佛进入神话般的仙境，会使你赞叹不已、流连忘返。

家乡的街道上常常积有半尺深的雪，汽车轮胎上要缠着铁链子。有时，遇到上坡路，路上结了些冰，这就要考验驾驶员的技术水平，若是技术不过硬，车子就很容易抛锚。我们更多的人则是路上步行，走一尺滑一下，感受着冰天雪地！若是有时在雪地中碰到几块冰域，小朋友就会很高兴，可以一滑而过，时光像是在瞬间穿越。但也有勇敢的骑车人在道上单骑滑行，跌倒了再爬起。东北人都是活雷锋，这时候周围的人会来帮忙，扶起你的人还不是熟人。

我是在而立之年从东北跑到南方的。南方的冬天以及年味对我来说感觉和北方的很是不同。尽管我是无意比较，但有时也会触景生情，关心着东北的那块土地。我的生命似乎早已习惯了林海雪原、北大荒、镜泊湖、黑土地。有时看到央视新闻联播介绍东北的冬天将近零下三十度的环境，我总是感慨万千，那是我回忆中最美好的一面。

二

"天王盖地虎，宝塔镇河妖。"一部抗战史开篇于1932年，东北抗联的将士们在镜泊湖畔打响了抗日战争的第一枪；一本《林海雪原》描述了共产党人清剿土匪、重建家园的浴血历程，让牡丹江这座城市和她的英雄杨子荣名扬全国。

杨子荣是我和我的发小们心中的英雄偶像。徐克导演的《智取威虎山》那个3D电影版描绘的景色很像林海雪原，当然，"座山雕"的老巢以及武器装备可没那么强大。杨子荣卧薪尝胆，先是学习了土匪的行话，有了实际经验和锻炼后才孤胆深入虎穴，与土匪周旋取得了他们信任，最后用智慧随机应变地消灭掉了"座山雕"。智取威虎山后不久，杨子荣又一次剿匪。冬天的北风呼呼，他和一个土匪同时发现对方的踪迹又同时举枪。他的驳壳枪枪栓因天寒被冻住，没能射出子弹，土匪一枪击中他要害。家乡的人们为了纪念他，树立起一个三十二米高的纪念碑，代表他牺牲时的年龄。后来也是通过种种调查手段，才还原他的英雄本貌。其实，杨子荣也是个化名，他本名叫杨宗贵，山东人，原来如此……

还有一个女英雄叫冷云，对于女英雄我们更敬重，她是八女投江的"带头大姐"。我家就在她们八个女战士投江的乌斯浑河边上。我一点也没有贬低女英雄的意思，她们投的是河，不是江。当时是为了突出女英雄形象的高大，就把大河说成江了，闹得我现在有时对江和河的概念也很模糊。实际上八女中有几个人连名字都未留下，是乡亲们后来多方调查到的，可敬！

当然，我的家乡还有东北虎，乃虎中之王。徐克导演的《智取威虎山》中，杨子荣打虎上山那段故事，那只凶猛的东北虎是聘请了世界上最优秀的团队利用三年时间通过 3D 动画融合而成的，很传神。电影在拍摄过程中，扮演杨子荣的演员张涵予实际只是自己用手和自己搏斗，模拟些动作罢了。最后电脑加工合成，让观众觉得活灵活现。

就像电影中的房屋一样，我们的房屋在大雪的覆盖下，雪和房屋融在一起，像各色各样的蘑菇，很可爱。你若是离远看，每个家的房子都像别墅。等到了晚上，家家一亮灯，更像是一个童话的世界，五彩缤纷，绚烂多姿。那时候，经常是头一天晚上下雪，第二天门都推不开，我就先习惯地跳窗户出去铲雪开门。那时候，冬天虽冷，窗户都用报纸糊严缝隙，但门口一扇窗户要保持通风，为的就是应急使用，当然这个应急预案是在我们心里的，不用写在纸上。

山区林场的大礼堂有一台 24 寸大电视，我们大大小小的人聚在一起看春节晚会节目，欢歌笑语，余音绕梁。童言无忌，就是在这个大礼堂，毛爷爷逝世的时候，全场的人都在低头默哀，妈妈抱着我，我胸前戴着一朵小白花，小孩子没见过这阵势，突然间害怕起来，人家表明害怕的状态通常表现出惊吓等表情，而我却害怕得哈哈大笑。整个礼堂所有的人都转向我，妈妈本来就是"黑五类"子女，她狠狠掐了我一下，我便哇哇大哭。可能那时候的我就知道了悲和喜都是一瞬间的事。

毛爷爷的思想是永远不过时的，老人家的文章都是他自己的思想并且亲自撰写的，据说《论持久战》，老人家就是在窑洞中闭关了七天写出来的。我曾经受益匪浅。我在考硕士研究生时，政治考试课程中有一门是《毛泽东思想》，我除了学习相关书籍外，还认真阅读和分析了原版《毛泽东选集》。考试时候，题目基本都能从这个选集中找出答案。我看着题目只能嘿嘿傻笑，《论持久战》中的话就出现在题目中，我答题也算游刃有余。毛泽东思想吸收了中国易经、儒家、道家、佛学、兵家、墨家、法家传统文化精华和西方文化精华——马克思主义哲学之历史唯物论和辩证唯物论等核心思想，因此，毛泽东能够把握事物本质和洞察客观形势之发展规律和趋势，并在实践中充分做到高屋建瓴、与时俱进、游刃有余、随机应变、有的放矢。

三

现在雪乡的冬天，我们感觉没有我小时候的冬天冷了。我们当时小朋友冻伤的很多，我感觉我现在也没有小时候抗冻了。当时北风刮在脸上真跟刀子差不多。那时候家里没有集中供暖，爸爸造了土暖气（或叫东北炕）。有时候锅炉水都开锅了，屋子还是不暖和。记得，我发现好多小朋友舔过冬天的铁，我也想知道味道怎么样，试着舔，结果我的舌头掉下一块皮，很疼，但我没掉眼泪，因为我觉得纯属是自找。有一次我开门后顺手把锁头拿进屋，然后又拿出去把门锁上了，爸爸回来以后怎么也打不开锁，连钥匙都插不进去。后来邻居家叔叔用打火机烤了一下就打开了，因为零下二三十度什么东西拿进屋都会化霜，瞬间拿出去又会结冰，锁眼就被冻上了。还有，冬天买的糖葫芦根本咬不动，就像大冰块一样，但还是喜欢这个大冰块。

那时候，北方冬季取暖是大问题。在农村，外面风像刀子，有时候炕都烧得滚烫，让你坐不住。每年非正常死亡人员比其他地方都多，主要是冻死、取暖时空气不流通一氧化碳中毒死亡、失火烧伤死亡；而且，室内因取暖密封、空气不流通，呼吸道疾病多发。冰雪世界也有伤人的一面，各种冻伤很多，各种摔伤骨折病例多发。

我小时候冬天穿的棉裤通常是奶奶亲手做的，手工特好，棉裤是背带的那种，好怀念。后来，妈妈不善于做这种针线活，她也给我做棉裤，就是经常开裆；开了裆再缝起来，我都怀疑是不是自己太淘气了。但我还是很幸福，穿着妈妈亲手做的呀，妈妈和奶奶学了很久才学会的呀。每天睡觉前我都把袜子、棉袄、棉裤放到暖气上或者烧热的炕上烘着，早上起床穿上的一瞬间感觉特别幸福。我还记得小时候冬天妈妈给我洗完衣服，晾在外面的衣服都不让我动，就是怕掰断，呵呵，一碰就折。

别看老妈针线活不行——当时老爸在外地通勤上班，一个星期回家乡一次——老妈就像女汉子一样，承担起各种家务。比如冬天，她通常要去室外的井挑水，可井口旁边都是积累的冰，很滑。她打水很快，动作也很麻利，我都是离得老远看着。突然一天，妈妈班级的两个孩子淘气偷偷跑到井边玩耍，不小心掉到了井里，恰巧有人前来挑水，挽救了两个孩子的生命。我看到妈妈一直在向家长抱歉地说："我有责任，没有看好孩子，我是一个不称职的老师。"

一个大雪天，我们全家坐铁路货车尾部的守车去城里买粮，老爸老妈先上了车，等车开动了，我学习铁道游击队扒车的本领，嘴里唱着"西边的太阳快要落山了"，身轻如燕伸手一扒就上了车。这可把老妈气坏了，一巴掌打在我脸上——五个"紫痘子"，一个月后才消失。在那以后功夫片才流行，我又常常央求老妈再打我一次，打我个朱砂掌呀。老妈为惩罚我，让我领着一帮孩子，在大风天的时候，在山区的几条路上排着队，边跑边喊口号："护林防火，人人有责！"我们还真卖命，也很投入。

我曾看过一个小故事，说古代有个叫韩伯俞的人，他的母亲在他犯错时，总是严厉地教导他，有时还会打他。待他长大成人后，当他再次犯错时，母亲的教训依然如故。有一次母亲打他，他突然放声大哭。母亲很惊讶，几十年来打他从未哭过，于是就问他："为什么要哭？"伯俞回答说："从小到大，母亲打我，我都觉得很痛。我能感受到母亲是为了教育我才这么做。但是今天母亲打我，我已经感觉不到痛了。这说明母亲的身体愈来愈虚弱，我奉养母亲的时间愈来愈短了。想到此我不禁悲从中来。"我现在也多希望我的老妈能再狠狠打我一次啊。

那个时候，大雪天，我们坐在教室上课，教室就在山脚下，有时能突然看到山上跑下来一只狍子——鹿的一种。于是，我领着小朋友们不等老师同意，就冲出教室去追。当然追不上，老师让我们罚站，还要我们写检讨书。有时还能看到一只狼从山上拖着尾巴跑下来，我们就杀了出去，去追打。老师便不说话了，不需要写检讨，好像也不是明文规定。对我们这帮子山区的小孩子来说，狼和狗离老远一眼就能辨认出来。狼是拖着尾巴在地上的，而狗是翘着尾巴呀。现在，东北农业大学的一位教授就提出，山上的狼都没有了，更不用说虎了，狼应该成为保护动物。

记得那时候教室没暖气，中间烧一个铁炉子，红红的，很热，坐得近处的同学脸红扑扑的。同学们带着饭盒在炉子上热，有时没到吃饭时间，饭菜的香味扑鼻，我都忍不住流下口水，总感觉那时候的饭是真香甜。妈妈常常给我带高粱米饭，还有白菜、萝卜之类的。那个时候就是连豆油都没有放的菜，我都觉得好吃。烧炉子的材料也是我们秋天去山中割的苕条———一种灌木丛。那时割苕条就当秋游呀，没觉得累，一天要搞几个来回。我们男生都轮着排班点炉子。早晨班主任老师都过来指导，六点半钟就要把教室烧热了，否则上课时候同学们会感到冷，我们就失职了。

放学后，我们就在雪地里打雪仗，滑爬犁，捡松树落下的枝条，捡冻坏的猫头鹰、啄木鸟，帮它们养伤后放生。有时在雪地中，不知深浅，有的地方有坑，也看不出来，呼哧一下子，我就掉在坑里，身旁狗儿汪汪，去叫人帮忙，或是直接用嘴去拽我，每次我都逢凶化吉，无碍。踢足球的时候，男孩女孩一起抢足球，雪地中踢球，打成一团，不分彼此。有时，也分不清哪个球门是自己这队的，乱踢一气，我常常是踢"乌龙球"。管他呢，大不了从头再来。滑爬犁，我敢从山的南面往下放，南面坡很陡，我们称那个山为"瞪眼岭"。山的北面是原始森林，一个大树几百年了，那里也是我们的天堂。爬犁从山上往下放，随着速度越来越快，我就像飞了起来，感觉山中的樟子松都在向我招手说："真勇敢。"这种松树常年都是绿色的，我们叫它万年青，而且是笔直笔直的，他们就像我的好伙伴。因为山的坡度很大，没什么人去积雪很多的小山坡上往下滑。每年冬天我都要玩，很爽！兴奋过头的代价就是回家棉裤棉鞋里全是雪水，还不敢跟爸妈说。后来，我常常拿着纸箱壳垫在屁股下面，滑还不凉屁股。

那时候我最期待的是伐木工人在山上干完一天活，能给我带回来山钉子———一种长得有点像樱桃，但果实很小，吃起来酸酸甜甜的野果子。秋天结果不好吃，是涩的，要等落了雪冻一下才好吃！还有石砬子花，忘记是什么时间采回来的，放在瓶子里养，到了腊八正好开花。叔叔们让我给他们拉一段《二泉映月》二胡曲就行，可是我只会拉简单的曲子，例如《高高的兴安岭》和《嘎达梅林》以及《鄂伦春族》，三首简单的换一首复杂的还不行吗？叔叔们就乐，但还是把那些我馋得要命的山中酸甜可口的果子给我，我从小可能就知道做事要有智慧吧。可惜《二泉映月》我是真学不会，心思没放在那儿。

四

我们冬天的食物通常是白菜、萝卜、土豆，这些食物都在地窖中存放，还有冻梨、冻柿子、冻豆腐也是我最喜欢的。记忆中的冻梨也是冻秋梨，大部分卖的都是黑色的，冻得硬邦邦的，看着就是黑，一放凉水里化开，上面会有一层厚冰。心急吃就把冰弄开，直冰牙，等化透的时候，水分就会嗷嗷多，我通常喜欢睡觉前吃，边吸水边吃，嘿嘿。

东北农村只要天一冷能冻住时就开始杀猪，杀完猪就用猪肠子灌血吃血肠、面肠。切几块大肉放锅里烀，等出味道了，拿出来切一部分蘸酱油蒜泥吃，另一部分烩酸菜。一个村轮着杀，左右邻居亲戚天天找你吃肉去，这一阵子得吃个十来天。吃不了的肉就放仓房里，家家都有仓房，冻一冬天。我家曾经就养过一头猪，也就养过这么一次。奶奶每年养的猪在村子里是出名的，奶奶怎么教，爸爸妈妈还是不会养，小猪养了几年都长不大，就杀了。我很难受，为何？轮到我们家请客了，真是无奈呀。全村子的人来吃，怎能够吃呀？我发现村子里还有送肉来的，他们知道我家不会养猪，肉少。大家聚在一起，就是高兴，都是一家人呀。当然，每年奶奶都会把她养的猪的最好部位留着给我吃。

妈妈不会养猪，但养家禽却有一手。妈妈曾养了很多只大鹅，大鹅养得好。大鹅长得好看，警惕性也高，常常在我家把门。我训练它们排队听口令，时间长了，很听我的话，我让做啥就做啥，有时候它们很懂事。现在这镜头只能在动画片上看到。

一物降一物。冬天晚上，妈妈养的鸡经常被黄鼠狼偷吃。黄鼠狼很小，我们当地叫它"黄皮子"。这种家伙很机灵，它是鸡的天敌。听妈妈讲，这个家伙下口很准，一下子就是把鸡的喉管咬住不放，快、准、狠，然后吸血，还吃肉。它一口口咬鸡，鸡都不敢吭声。我就亲眼看到我家曾有一只鸡浑身被咬得一个眼一个眼的，血都被吸光了。于是，我动了很多脑筋，想办法抓它。我在一个夹子旁边放了很多黄鼠狼愿意吃的食物。终于有一天早晨，我惊奇得发现，夹子真的夹住了一只黄鼠狼。这家伙还自断生命，我感觉它还是很聪明的，但为何要自己寻求死路？我又没放毒药。等我拎起黄鼠狼的尸体在几只鸡的面前晃悠的时候，鸡还是吓得不敢吭声。

  这只经常在雪地里陪我玩耍的大黄狗，当我一旦陷入雪坑的时候，它好像就是我的监护人。大黄是冬天的一个早晨我从猪圈里抱回的，小家伙当时是流浪狗，没地方待，就和我家的小猪生活在一起。后来，大黄狗成了我的好朋友，我到哪去，它都跟着。我还让它拉着我的爬犁，在雪地上奔驰。我后来到镇里坐火车去念书，每周六才回到山区，大黄估计出我到车站的时间，就在车站摇着尾巴接我。周日呢，当我从山区返回镇里的时候，它还送我到车站，和我告别。我现在都不知道狗为何这么有灵性。突然一天，我发现大黄老了，再也跑不动了。

  一位老家的同学曾经告诉我：希望每个人不要坐狗拉的爬犁了，狗太可怜了；冰面很滑，狗拉的时候摔倒了，还得来回跑，跑完回来就躺那儿；希望大家不要坐了。

五

  春节是中国最重要的传统节日。腊月二十三，俗称"小年"，那天传说是灶王爷的上天之日，接下来每天都有主题，程序化感强，内容也让人眼花缭乱，比如扫房子、扫除日、杀猪割年肉、宰年鸡、赶集、上祖坟上大供等，这是三十前家家要忙乎的事，这些风俗各家大同小异。我们小朋友们挨家吃杀猪菜，吃年夜饭，然后去堆雪人、打雪仗，当然那个时候也不会想到在雪人身上写上"Love"。

  小时候年前集市真是人山人海，那时挂历上几乎都是漂亮阿姨，有空姐港姐文艺兵啥的,当然还有些性感朦胧的,脸上还有些红扑扑的喜气劲。挑好多个阿姨,带回家每个房间各贴一张。我们还看着大人们扭秧歌、踩高跷,哪个阿姨的辫子长,哪个阿姨动作漂亮,我们就喊她的名字并记在心里。

春节前一周,因为老爸的书法好,常常被邻居邀请去写"春联",我有时在一旁端着砚台伺候着。爸爸常对我说:"写字要有灵性才行!"可我这方面真是没有老爸的遗传,字现在也没练成行云流水的模样。

大年初一一早,妈妈给我换上一套新衣服。那时候,一年买不了几件新衣服,我全指望过年的时候。而且,那段时间真是特别难熬,趁大人不注意,我总要溜进衣柜里,翻出来偷偷试穿过把瘾。那种喜乐和满足在等待中越熬越浓,直到三十晚上,我还把它们搬出来放在床头,整整齐齐地从头到脚码好,这种期盼值升至巅峰。初一早上,我再以最快速度穿上所有新行头,那种满足感至今难忘。

大年三十上午,家家户户要把春联在各自家的大门上贴好,有的"福"字还要倒着贴。我们这帮子小孩子就喊:"福到了,福到了!"邻居一位具有满族血统的爷爷告诉我,"福"字倒贴的习俗来自清朝的恭亲王府。一年春节,因家人不识字,误将"福"字倒贴于府门,恭亲王福晋十分恼火。大管家能言善辩:"奴才常听人说,恭亲王寿高福大造化大,如今福真的到了,乃吉庆之兆。"福晋听罢心想,怪不得过往行人都说恭亲王府福到了,吉语说千遍,一高兴,便重赏了管家和那个贴倒福的家人。事后,倒贴"福"字之俗就由达官贵府传入百姓人家,并都愿过往行人或顽童叨几句"福到了,福到了"。

年夜饭的意义不是美食而是记忆。我们都去爷爷奶奶家,妈妈和婶婶一直在厨房,拔鸡毛、杀鱼。家里的各种锅统统用上,小灶里炖着肘子,中锅里焖着猪蹄,大锅里煮着整鸡,整个房间都飘着肉味,几乎所有肉类都齐聚了。我总是围着厨房转,哈喇子直流,总想吃第一口肉!东北炖菜是很有名的。

奶奶张罗了一大桌子的饭菜,各色各样的好吃的。她平时炒菜豆油都很节约，可一到过节，却毫不吝惜。一大家子人呀，围在爷爷和奶奶周围，各自述说去年的成绩和新年的愿望。饺子里还包有硬币，代表着福气。现在想想，还是大人们忽悠小孩子开心，哪有那么巧劲，每年都能让我吃到？现在想想，年夜饭吃的不是味道，而是感情。留在味蕾深处的，不是大厨奶奶的技艺，而是亲人淋漓尽致的挂念。

三十晚上，小朋友们就提着灯笼，在风雪中挨家挨户去拜年，报平安。等到了零点时候，就要放鞭炮庆祝。家家户户的鞭炮声此起彼伏，我喜欢那种吉祥的声音。那时候，有1块钱一盒的甩炮，还有1块5的小鞭炮，于是我兜里的零用钱都变成了鞭炮。那时候男孩子都喜欢把鞭炮往人多的地方扔。如果吓到别人了，我们别提多开心了！那时候心中还没有安全风险的概念。为了自由地放鞭炮，我那个时候，还用几本从上海买的《三国演义》连环画和发小们换几盒鞭炮。他们也喜欢这套经典的连环画。当初，我四年级暑假去过上海，我买过重复的几本哩，实际上早都想到了发小们。

我最喜欢是二踢脚——双响炮，每年我都要买好多双响炮。有时第一声不响，我便探头或是用手去探究竟，几次都很危险。老妈训斥我说："真没记性，不能乱动。"我却委婉反驳道："一年就一次呀。"

压岁钱的风俗源远流长，寓意辟邪驱鬼，保佑平安，它代表着一种长辈对晚辈的美好祝福。初一大早，我给爷爷等老一辈的人磕头拜年，要爷爷给压腰钱，跪着当然是压腰了。若不给钱，我就跪在地上耍赖不起来，叔叔们都笑我。爷爷是新中国成立前铁路工务老工人，新中国成立后曾经去过秦岭修宝成铁路。他是铁路老劳模，修建宝成铁路那是他一生最骄傲的时候。爷爷就拿出一个红包递给我。多乎哉，不多也！当然，我是舍不得花的。

爷爷虽然不识字，但懂些《周易》，他说六十四卦各有好坏凶吉，只有一个卦近乎完美，就是"六爻皆吉"的谦卦。他常常告诫我父辈，谦卦中的意思就是：做人谦虚总是对的，低调都是有道理的，做人就是要不自许、不自居、不自傲，便会走上高大上的道路。他还和我讲：《周易》不应该是封建迷信，因为在封建社会前就有了；《周易》本来是殷末周初人们占卜算卦的方法，应该有很多科学的东西，而不是糟粕，应当取其精华，为人类造福。

爷爷是2014年暑期去世的，九十多岁的老人，临行上路前，和叔叔们说："我一生虽然不懂文化，但做人务实了一辈子，我得到了全村子人的敬重。"他走进自己的房间，告诉叔叔们不要打扰他，老人家不吃不喝两天，干净利索地无疾而终。全村子的人来给爷爷送行。我深深记得爷爷与我说过的另一段话。晚上他在山区铁路线上检查线路安全问题时，三个小时冒着风雪，常常遇到黑熊、狼之类的动物，但一点也不害怕。我问他为何，他说："我要起带头作用，况且黑熊也怕人，怕我手中手电筒的光呀。"

初二初三两天，我便和爸爸、妈妈乘火车去100里开外的姥爷家混吃混喝。那个村子叫"双龙村"，恰巧姥爷名字中又带一个"龙"字，耳朵又聋，是被红卫兵打坏的。姥爷因为曾是国民党团长，村子里都知道姥爷是大知识分子，连刚认识的小孩子都知道姥爷的住址。我下了火车后，要在雪地中蹒跚地行走两个小时才能到那个村子。注意，我是自己走，不像有些孩子都是大人背着。我见到姥爷时，他常常低头在编筐，一刻不停歇，手头还常放着一本《宋词选集》。他编的筐质量相当好，而且做工很细，每个关键环节都恰到好处，比其他家的耐用，在村子里很有影响力，交工的时候根本不用验收，直接可卖，而且供不应求。他说："打日本鬼子用的枪我都会造，何况个筐？"

我把爷爷说过的《周易》谦卦的话和姥爷说。姥爷给我讲一个故事，这是司马迁《史记》中的一则：齐国宰相晏婴外出时，其车夫坐在大车盖下，鞭打四匹马，大声吆喝，市民围观者众多。车夫非常得意。而妻子却要与其分手。车夫不明道理。妻子的理由是：晏婴不满六尺，声名显赫；车夫身高八尺，内无资本，还趾高气扬炫耀。车夫感到羞愧，从此不再张扬，变得谦虚谨慎，夫妻生活和谐。

我现在也活了大半辈子了，接触过不少有所建树的人，那些沉默的、内敛的、低调的人，好比一株熟透了的稻谷，低垂着沉甸甸的果实，从不炫耀。这些人即便是低调，识货的人依然知道他们的分量，明眼的人会向他们投以敬佩的目光。当然，我不是说炫耀不好，有时不炫耀，别人也不会知道你，要有个"度"，但那种希望从别人的赞美和仰慕中得到满足，自以为高人一等，比别人强势，这种炫耀实际上是真的不自信。我欣赏内敛的人，但光有内敛，而又胸无城府，也是不值得提倡的，这种内敛也是装出来的，早晚会暴露。

姥爷摸摸我的头，说："我孙子个头又长了，学问涨没涨？小孩子现在不能学宋词，那是成年人的童话，风花雪月的多。"我会很乖巧地背诵几首唐诗寻老人家开心，姥爷给指正；我还会背："钟山风雨起苍黄，百万雄师过大江。虎踞龙盘今胜昔，天翻地覆慨而慷。宜将剩勇追穷寇，不可沽名学霸王。天若有情天亦老，人间正道是沧桑。"姥爷便两眼放光，口中直说："大气魄，大智慧，才、胆、识、力都独一无二，国军怎能不失败呢？我现在虽然还是国民党员，但也是民主党派，要为社会主义国家办点事，发挥余热！"

我现在去杭州有时也拿着《宋词的故事》，是一位叫作王曙的研究地质的高级工程师利用业余时间研究宋词写的，讲述了四百多首词的写作背景、所述事物在宋代的相关情况以及历史的变迁和现状。我能体会到这是作者经过日积月累写出的作品，我能感悟到作者的专业精神。有时我也想一个人静一静，便在断桥边的白堤长椅上仔细读几篇，我还是有些感觉的。

初四晚上的主要工作就是迎接财神。晚上我在家大门口点着灯笼，等送财神的人敲门，我好接财神。谁家的财神多，新年就有了好兆头。财神通常是指民间传说的五路神。所谓五路就是指东西南北中，意为出门五路，皆可得财。老爸说："冒着风雪送财神的人都是些生活困难的人，我们接财神，还要给红包，帮助他们渡过难关才是。"有时，我不管天多冷，都开着门，准备了一些零用钱接财神。

爷爷曾告诉我：财神实际有很多种，不光指五路财神——五路就是指黄、白、黑、绿、红财神——还有文财神和武财神。文财神又有很多财神爷，是指范蠡、李诡祖、福禄寿三星。武财神通常指关羽，关羽一生忠义勇武，坚贞不贰。

姥爷又将五路财神扩展到人的"五福临门"。"五福"这个名词，源于《书经·洪范》，"五福"分别是长寿、富贵、康宁、好德、善终。"长寿"是命不夭折而且福寿绵长；"富贵"是钱财富足而且地位尊贵；"康宁"是身体健康而且心灵安宁；"好德"是生性仁善而且宽厚宁静；"善终"是能预先知道自己的死期。人生境遇多得不胜枚举，单就五福的变化来说，只有五福全部临门才是十全十美的，否则都是美中不足，是有缺陷的福。

姥姥说，"五福"当中，最重要的是第四福：好德。一个人有着生性仁善、宽厚宁静的德，这是最好的福相。因为德是福的原因和根本，福是德的结果和表现，"好德"可以随时布施行善，广积阴德，才可以培植其他四福。

如今，很多的人都在拜财神，其实真正的拜财神并不是向财神乞求财富，而是应当学习财神的布施精神与广大的胸怀，开启我们内在的智慧，最终你会发现财富的获得并不是来源于祈求，而是来源于布施：眼施、心施、微笑施、多付出、积极主动、热情、快乐等等。只要你有一颗布施的心与布施的善行，内心不匮乏，则外境一切富足，不必外求，本性具足。勤奋用心，财神自来；诚实守信，生意自来。

姥爷又让我好好分析一下关公这个武圣人。我现在知道他在《三国演义》中被美化了，但仔细读《三国演义》，还会发现很多故事有漏洞。例如，关公有些刚愎自用，诸葛亮却是绝顶聪明之人，为何明明知道他性格中的缺陷还让他去守荆州么重要的地方，荆州一失等于蜀国失去了与其他两国抗衡的支撑点。再仔细看温酒斩华雄、杀颜良诛文丑等故事，实属罗贯中无中生有，根本不是关羽做的事，而是为了要突出他的忠义而已。其实，关羽生前死后历经了不同的旅程，在生前是一场悲剧，死后也是一场闹剧，集悲剧和闹剧于一身。生前，因为他对刘备愚忠，以及骄傲自大的性格弱点，竟然为一介书生、黄口小儿陆逊所蒙蔽，被几顶高帽子弄得昏头涨脑，致使荆州失守，父子被俘、身首异处。他死后的形象起初也是一个阴森的厉鬼，可到了死后300年的隋朝，佛教天台宗的开山之祖智者大师独具慧眼，成功点化了关羽，使关羽由厉鬼而一跃成了皈依佛门的护法神。权势者由于某种需要，不断造关羽这个神。于是，他死后官运亨通，由王至帝，至神至圣。

初五到十五期间，左邻右舍挨家串门，或是小朋友们在一起去老师家拜年。我们那个时候，家家户户出门都不需要上锁。爸爸还常去帮助邻居家炸麻花，炸好的麻花在冬天干燥的地方可存放两个月。我都在旁边看着，刚炸出的麻花，松脆甜香，好吃看得见，当然我肚子都会撑得很圆。爸爸这门手艺是在饭店偷学的，很多家都找他，我要拿个笔，在本子上做计划哪天去谁家。

我们当然盼望过十五，在十五的月亮的照耀下，我们这帮子小朋友在河上滚冰，浑身脏兮兮，谁滚冰忍耐的时间长，谁就会一年有好运气。更多的是滚啊滚啊起来就晕了。

过了十五，就等二月二，龙抬头的日子。二月二被称为"春耕节""农事节""春龙节"。俗话说，龙不抬头，天不下雨。龙是瑞祥之物，又是雨的主宰。人们祈望龙抬头兴云作雨、滋润万物。有二月二剃龙头的说法。那一天，理发老师傅们手里拿着剃刀，熟练地把我们的头发几下子就理得很顺。师傅们常笑着对我说："我们就是熟练工种呀。"我们在那天还要吃猪头肉，这是东北的一种风俗。我喜欢吃猪耳朵，老妈就给我准备一大盘子，让我使劲吃。我有时对着镜子看着自己的耳朵笑笑："我不会变成猪八戒吧？"妈妈也笑了："傻孩子，现在女孩子都喜欢猪八戒，有生活情调呀。"过了二月二，才算过完大年。也就是从二月二开始，雨水增多，雨水是农业生产活动最重要的要素之一。

在我的记忆中，曾经的年味儿就是逛集市、办年货、吃各种好吃的、穿新衣、玩难得的玩具、吃年夜饭、看春晚、拜大年、收压岁钱、放鞭炮，甚至拍一张全家福！那时候，我们日思夜想地盼过年，希望一年比一年好，日子简直是掰着手指过，而且，很多好吃的都只能在过年期间才能品尝，平常的日子若想品尝，根本就没有指望。但是除夕夜里，吃着母亲做的一碗素什锦或是包的饺子，我们都会感觉很香。

六

时光如梭，光阴似箭，过年包含的传统习俗被不断地抽离和抛弃，必要的仪式和礼节被消解或者部分简化，很多人对过年所包含的传统习俗变得孤陋寡闻起来，不懂得过年的真正含义，有什么表现形式，有什么仪式或礼节，过年仿佛就丧失了原本色彩，相应也就缺少了年味。我现在常听到有人感叹："现在过年没有年味儿了"，似乎是年味儿被偷走了。时光流转的是相同的年华，却是不一样的生活。从20世纪80年代初到现在，人们吃着饺子看春晚，那时候我们开始认为，这是旧民俗变成新民俗，我们也逐步适应这种过年的方式和习俗；90年代中期以来，连稍显年味的放鞭炮也被禁了，更多的人过年不在家而是出去旅游，年夜饭的餐桌也从家里搬到饭馆里，过年也"黄金周"起来，仿佛成了一种范式，这其实应该是一种人类文明的进步。

随着我们年龄的增长，每年过年时，当我们看到自己的父母越来越老的样子、花白的发、不灵便的腿、越来越多的疾病，我们品尝到岁月在他们身上留下越来越多的痕迹，哪还能感觉到年味呢，年夜饭也就一年比一年淡。平日我们想吃到的东西都能够轻易到口，年夜饭再也吃不出儿时的味道，更多的是成了一种回忆，甚至对于离家的游子来说，年夜饭有时倒成了一种沉重的期待。在跨越千山万水去赶一场团圆的年夜饭，我们见到的人也都是如我们一样怀着一颗坚强而又敏感的心，大家都匆匆来去，我们感觉只有形式，回忆也就越来越远、越来越淡，我们感觉自己麻木了。而且，每年的春晚，不能说导演和演员们不努力，不能说节目质量不高，但我们感觉还是不提气，应该说是我们的品位和欣赏能力提高了，春晚很难满足我们的个性需求。过去的年味在减少，你要注意到现代的年味在增加。可以说，至少在目前这个时段里，有些人过年必看春晚，算是一种现代的年味吧。若是真如一些人说的春晚对他们来讲如同鸡肋、要取消的话，我想必定会有一些人要不习惯了。

　　年复一年，每当过年的时候，你会看到大批的旅客争着抢着，大包小裹，不管回家的路途多么遥远，想法通过各种交通方式回家。如今，高铁成网后，更多的人是乘坐高铁回家，高铁在改变乡愁的同时，也改变了你和我，也带给我们更多的希望。春节期间，上海静得出奇，很多外地人都回家过年了，交通不再堵塞，街道上也不再见熙熙攘攘的人群，整个城市像一座空城。

　　"过年"在国人心中的地位，无论时光如何流逝，无论世事如何沧桑，只要我们的亲情没有淡漠，我都觉得这年过得有年味，有希望。

　　我们终究拥有可以一同吃年夜饭的人，拥有愿意给我们做年夜饭的人，还拥有愿意听我们诉苦的人，拥有心疼我们的人。而且活在这个世界上，我们有爱的人，也有爱我们的人，即使再不容易的人生中，也有一些唾手可得的幸福。只是，常常因为我们习以为常，错觉好似再回不到从前了，而忽略了亲人始终如一的等待和期盼。

　　应该说，过年的本质并没有改变。在传统文化里，过年的仪式感很多很重，现在开放自由的形式增加了很多。但无论外在的形式如何变迁，过年的本质并没有改变，那就是与家人团聚。我们彼此暂时停下脚步，进行亲情交流，补充情感需求，这就是过年的味道。

七

　　上海几个知青曾是我的小学老师，我们经常在一起过年。记得他们说，初到家乡时候是夜间，看这个山区到处是灯，因为有层次感觉，灯是一层一层排列，感觉像到了大城市，等到了白天，才发现就是山区。但他们不后悔，把青春奉献给东北了。父辈们曾讲，有一个知青，笑话东北人穿得厚，自己耍单，结果冻坏了，听人讲酒能驱寒，于是就勇猛地喝了一碗小烧酒，结果呢，一周没醒过来。

　　上海知青很多都成一对了，男女自由搭配，恋爱结婚。有的永远留在了东北，有的回到了上海。我的老师姓包，他教过我语文、数学、音乐和美术，还告诉我外面的世界很精彩。包老师走时，还抱走了大黄的后代——一个小黄狗，带去了上海，我现在都不知道他是怎么把小狗带上车，还通过了检查，而且是3000千米的路程呀。他把这只小狗起名字叫"小黄"，后来听说，小黄适应能力很强，生活在上海的乡下也是幸福地度过了一生。

　　包老师和王婶婶回到上海后，常常给我寄衣物以及大白兔奶糖、肉松等食品。上海的精致产品给我很深的印象。过年时，我就穿着包叔叔寄给我的精致小西服，心里很美。那时候，哪有小孩子穿西服的呀。看到别的小朋友羡慕的眼神，我心中高兴。这也许注定了我和上海的缘分。

　　我现在在上海，每年春节都去包老师家拜年。他常常抱着我的儿子高兴地说："将来又是一个有理想的小伙子，快快长大。"嗯，我们是一家人。儿子叫他包爷爷，也要红包、压岁钱。

　　包叔叔常说："《二泉映月》是瞎子阿炳这个无锡人创作的，是我国传统文化民间音乐的智慧结晶，是我国最好的二胡曲子之一。《二泉映月》经过几十年的流传，不仅在中国而且在全世界的音乐爱好者中都引起了强烈反响。它是我们中华民族的骄傲，是我们中国乐坛的骄傲！"这仿佛又勾起了我的回忆，当初我学这个曲子就是不上进，得过且过，不下苦功夫。

　　我大学毕业后，被分配在家乡工作，当过铁路的列车调度员。我没有按照既有的计划去学简单的调度台，而是选学我的家乡最难干、列车密度最大的调度台。当时，一个调度台四个人中，常有人因为工作忙累得了重病。光阴过得快，我一晃在东北铁路工作快十年了。有一天，我突然听到一首歌叫《我的一生》，是英国摇滚歌手菲尔·格林斯的作品。"我的一生，一直在寻找，表达我感觉的字眼，我花了太多时间耽于思考，太少的时间准确表达，但我十分尽力了，想搞明白。我的一生，一直说着抱歉，为那些我知道我本该做的事情，那些本该说的话语重又涌向嘴边，有时我盼望一切才刚开始，似乎又总是太晚了点。我的一生，一直在寻找，但难以找到出路，实现近在眼前的目标，当重要的东西刚好溜走。不再回来，我又会一直盼望，无数懊悔，我没做我能做的一切。"是呀，我没做我能做的一切。这句话，刺痛了我。人的一生不能说抱歉，我感觉我应该有梦想。

2002年的第一场雪，比以往来得更早一些。刀郎的歌声在我耳边回荡。我试着考研究生。天下着大雪，道上堵车。我在高过脚踝的雪里走了很远，也打不到车，后来是被一个好心司机送我去考场的，东北人都是活雷锋。当时我手冻住了，墨水冻住了，钢笔写不出字，我把笔和手同时放在我的肚皮上，暖了5分钟，我咬咬牙，努力一下。谁知，这一次改变了我的命运。

最后一门考《运筹学》科目时，我先把整个卷子题目都看了，难度最大就是最后一题，是一道卖报纸利润最大化的题目。后来我才知道这个题目考的是随机理论，对那时的我来说，题目有些超前。当时只我一个人最后答出，15分的题目。书本上没有方法可解。做别的题目时，我一直在思考。最后，还有10分钟，我的灵感来了，利润最大化不就是损失最小化吗，从这个角度建立模型求解。北方的冬天本来就很冷，但我浑身冒汗，很快就建立模型。交卷子的时间到了，我与收卷老师商量，再等我五分钟。我用两个计算器计算，我在现场做统计，十个方案的结果都算了出来，最优、次优答案都有了。这次考试，也就是这道题目，改变了我的后半生，因为我刚压分数线呀。不要放弃，坚持到最后，我都没想到我能考上研究生。后来，我看光荣榜，是从后面看的，我这个专业，录取28名同学，我排在25位。听说有300多考生报考，我自己与自己竞争，瞎猫碰上死耗子。我最终离开了家乡。

到南方的风中流浪是我的向往。上海渗透着韧性，激励我去做我能做的事。情商、智商、胆商能改变局面，学识、知识、胆识能改变人生。我有时望着这高楼大厦，满街繁华的风景，当初来沪的憧憬和兴奋已经一扫而光，陆家嘴建筑创新别致的特色给我现在唯一的感觉就是我能变得像这些建筑一样年轻吗？

　　如今的我有时也会处于一个混沌状态，不知道自己做的事情对自己有什么帮助，也不知道未来朝哪个方向走。但我似乎又清楚地知道，道路还很漫长，这种迷茫对于现在的我来说应该是一个正常的状态。不管是在大城市还是小城市，最重要的是要做到"不忘初心"，在你遭遇某种困境或是上升到某个高度遇到瓶颈的时候，不要忘了自己当初是为什么要来这座城市。

　　我走在苏州和无锡古城街头，有时突发一种感觉：我小时候学拉二胡，学习《太湖美》《二泉映月》的曲目，我不上进，学得也不好，可是命运就和我作对，你没学好不要紧，我就要你从东北到江南，让你没事时就能听到大街小巷中的这两个曲目——无锡和苏州的代表曲目，让你知道，这两首曲子就是你生命中带不走的东西，注定伴随你一生，想逃脱都难。

　　我有时想想自己还有标志性的家乡烙印吗？答案是：有。这么多年来，我说话的语气中一直带有"声母中平翘舌不分"的习惯，我从小到现在说话基本上都如此。我从北方迁移到南方，这个习惯还一直保留。前些日子，老爸告诉我：方言保护已经上升为国家行为，更多的人开始重视保护方言和濒危语言。为此，国家教育部和国家语委启动了"中国语言资源保护工程"，林口就是调研点之一。家乡的方言与普通话相似，但又有很多特点，比如说声母中平翘舌不分，比较显著的是 r、y 不分。调研团队得到了林口县教体局、文广新局等单位的大力支持，采集了当地 8 种形式的口头文化，数量多于"中国语言资源保护工程"的要求，童谣《卖锁》《刁翎小孤山的故事》《人参和黄芪的故事》等录音素材极具地方特色。据了解，黑龙江省汉语方言调查项目于今年获准立项，按照《中国语言资源保护工程汉语方言调查点总体规划（2015—2019 年）》要求，黑龙江省共规划 12 个汉语方言调查点。我这才知道，我说话的习惯原来是因为方言。

怀旧应是成熟后向往淡泊的一个标志。有时我看了一个小时候生活过的地方的老照片集锦，那里的一草一木，一街一房，都那么陌生而熟悉。我深深感到，美好之所以美好，只是因为再也回不去了。

八

2016年1月2日中国地震台网正式测定：12时22分19秒，黑龙江牡丹江市林口县（北纬44.8度，东经129.9度）发生6.4级地震，震源深度580千米。此次地震是由板块下压引起的，这里是我国少有的深源地震区，历史上也发生过多次较大地震，均未造成灾害。因为林口地震的震源深度达到580千米，属于深源地震，没什么破坏力，所以家乡的人没什么感觉。

于是，我又恶补了一下知识点：震源深度在0~60千米，称浅震。浅震对建筑物威胁最大。同级地震，震源越浅，破坏力越强！地球半径是6300千米，超过300千米为深源地震。截至2008年6月，我国自1904年以来共发生深源地震22次，其中7级以上的地震只有5次。深源地震的地理分布非常局限，仅分布在吉林省的延吉、安图、珲春和黑龙江省的穆棱、东宁、牡丹江一带，震级5~7.5级。本次震源深度580千米，可能是目前中国震源最深的地震。

黑龙江省林口县这个不知名的小县城因为此次地震一下午铺天盖地刷爆了朋友圈。我的家乡突然间出名了，可我真不希望这么出名。中午一点左右，得到地震的消息后，我急忙打电话给家乡的一位亲人，我的反应就是他还能接电话："很好很好！没感觉到地震呀，我们这里是风水宝地。"几句调侃之语，让我感觉到地震也没那么可怕！接着家乡的几位同学也来电话告知平安，嘻嘻哈哈的，让我收获满满的感动！到底是哪里地震了呀，好像我是受难者。

几位同学说：幸好是深源地震，不然我们都不在了，如果浅表地震我们就没了，一辈子真的太短太短了。多少人说好了一辈子不分开，可是转身就成了陌路人，又有多少人说做一辈子的朋友，可转身就成为最熟悉的陌生人。明明说好明日再见，也许明日就是天人永隔。我们真的无法预测死亡和明天哪个会先到，趁着我们都还活着，能爱时好好爱，能拥抱时好好拥抱，能牵手就不要放开，不要给你的人生留下太多的遗憾！

　　我告诉我的家乡人：牡丹江到佳木斯高速铁路建设的线路选址经过家乡，高铁建成后，从家乡乘坐高铁到牡丹江只需 20 分钟，到哈尔滨需要 75 分钟，而现在家乡到哈尔滨要 6 个小时的车程。高铁将改变家乡人的生活方式，也会给家乡经济带来新的发展。经有关部门批准，新建牡丹江至佳木斯高速铁路地处黑龙江省东部，线路为南北走向。线路全长 374.922 千米，设计速度 250 千米/小时。其中，桥梁 146 座、隧道 32 座，全线设牡丹江、桦林东、林口南、鸡西西、七台河西、桦南东、双鸭山西、佳木斯 8 座车站。其中林口南站拟设在距离城南 5.5 千米处。项目计划于 2017 年开工建设，总工期为 4.5 年。

　　家乡的明天会更好！

2016 年 2 月 10 日

鼓浪屿之波

也许一颗心只能容纳一个地方,一个故事又会温暖一段岁月。若有一天重逢,我们将重温那些旧日的温情!

郑成功的故事曾经吸引我,我还羡慕"成功"的名字叫得好!我小时候就读过关于他的书,记得那本书是分上、下两册的,是我看过的第一部长篇小说,书也是我将零花钱积攒下来买的。那个时候,我便知道中国东南沿海有这么一个地方——厦门。

这个身高仅有 1.57 米的小个子男人,是一个没有争议的民族英雄。他出生在日本平户海滨,其祖父和父亲都曾与欧洲人做过生意。他成长的环境使得他很了解欧洲人包括荷兰人。后来,其父郑芝龙暗中降清,郑成功公开与父亲决裂。他以金门、厦门为根据地,坚持与清军作战多年,还一度打到南京城下,想在南京站稳脚跟成立政权,与清政府抗衡,但最终又因骄兵致败。成功也可失败?失败后,他才有了一生中最为精彩的一幕。经过充分准备,他率战船数百艘、官兵 25000 人,从金门料罗湾出发,一举收复了被荷兰人侵占 38 年的台湾,并奋斗开发台湾。可惜,健康和事业不可得兼,英雄 39 岁时就病逝于台湾,人生留下太多遗憾。三百多年来,闽台人民十分敬仰郑成功,台湾人民还尊他为"开台圣王"。

  鼓浪屿位于厦门市西南角,与厦门市隔海相望,那里风景秀丽,景色宜人,四季如春,鸟语花香。郑成功曾经屯兵于此,使得鼓浪屿名声远扬,每天都有许许多多来自世界各地的游客来参观旅游。

  "鼓浪屿四周海茫茫,海水连着波浪……"一首《鼓浪屿之波》给我一种海风椰影下的离别、阳光底下忧郁的感觉。鼓浪屿是古老的,有人打比方说,厦门若是一位年轻力壮的儿子,鼓浪屿则是默默关心儿子的年老父亲。

  2016年1月23日,我领儿子去厦门看望一个老朋友L。正赶上全国在"霸王级"寒潮持续发威影响下,福建也开启了"速冻"模式,25日福建全省57个站点的最低温都跌至零度以下,其中厦门跌破了1961年以来低温历史纪录,但丝毫没有影响我的情绪。

  我们关系老,我们之间可以追溯到初中,当时是初中一个班的前后座。那时候,我常去他家玩、吃、喝。他老爸是我们县城医院有名的"L一刀",而且家里藏书很多,适合我的口味,什么牛顿、爱迪生、爱因斯坦、居里夫人的故事,我看了不少,还有什么《基督山伯爵》《三个火枪手》《福尔摩斯探案》《宋慈判案》《狄仁杰断案传奇》等,我也翻过。我在姥姥姥爷家住,他也常来找我玩,听姥爷讲解《聊斋志异》《三国志》等古文书籍,还听听曾国藩、蒲松龄等人的故事。

  2006年,L恰巧在上海项目施工,我也刚在上海这个国际大都市落脚时间不长,正在为解决在大城市的生存问题而努力,一切都刚开始。那时候,他常抱着我在上海出生的1岁的儿子到处乱跑,现在一晃十年已过。

  记得初中刚学习代数课程的时候,一次期中考试,最后有一道十分的题目,我压根没思路。我小声问他,他扬起卷子,我瞄了一眼便恍然大悟。于是,我提笔做题。结果铃声一响,该交卷了。我一着急,笔迹也变了,卷子也不知怎的就掉在地上并拽在椅子脚下。没干过这事儿,因为紧张,我又笨,结果事与愿违,卷子被椅子脚撕开,我有些发怵。后来,老师追问我,卷子上为何有两种笔迹、是不是抄袭。我又哑口。

初一上学期，班级团员评选，那个时候我积极要求进步，可班上第一次当上团员的不是我。当时只有2个名额，是我们班的团支书和组织委员评选上了。班主任于老师事先也没告诉我，硬要我代表积极分子上台去发言，我吭哧憋肚，嘴很笨的，半天说不出话来，L急了，在下面张着口型说"下一步怎么努力就行了"，我才恍然大悟。

　　等到期末组织新年联欢会，他找我要合唱"夫妻双双把家还"，还借了个红头巾，他扮女，我扮男。当然唱的不是黄梅戏，应该算是二人转吧。晚会即将结束，因为我是学习委员，在联欢会的结尾，同学让我发言，我又不知说啥。我又看了他的口型，最后说了一句"预祝同学们更上一层楼"，同学哄堂大笑。

　　语文课本中，有一篇课文是《孟姜女哭倒长城》，整个课文可分为五个段落。他回头对我说，每段应该可以用两个字概括。我嘿嘿一乐，不就是"送夫、思夫、葬夫、哭夫、殉夫"吗？而当时的参考书，没一个如我们概括得这么简洁。我俩心有灵犀。于老师提问我如何概括？我引起了全班同学的羡慕。这实际上有他启发我的因素。

　　于老师曾布置一个作文题目，我晚上没空儿写。想想那么多同学，老师不会找我念作文吧？绝不会那么巧。结果第二天一早，L说他也没写，但若是老师找他念作文，他会出口成章。结果，于老师偏偏找我念作文，我也出口成章，还没磕巴。可我平时磕巴得多呀。知道底细的同学都很惊讶地看着我，看着我空白的作文本发呆。我可没发呆，但我确实完成了任务，于老师也没有看出来。在他印象中，我一直是个诚实人。但诚实人有时会骗人的，骗人还找不到破绽。接下来，班级搞办板报活动，我又是写又是画，觉得自己很创新，还起了名字叫《雪浪花》。L呵呵一笑，说作家杨朔就写过类似名字的散文，很有名气的，问我是否抄袭，诚实人不能骗人的。我后来一找相关资料，知道他说得对，可我真不明白他的课外知识是怎么学的？

　　我还告诉他，我的第一个理想就是当个考古学家，若当不成就去当摸金校尉。还有，美国批判现实主义文学的奠基人、世界著名的短篇小说大师马克·吐温原名叫什么，我现在都能张口就来，叫作"塞谬尔·朗赫恩·克莱门斯"，就是那个时候和他PK记忆力时找课外书看才知道的。

还有一次期中考试，作文题目是"电影《少年犯》给我们的启示"。L写成了说明文，我却按议论文的格式写。当时议论文文体，我们还没有学。我就写了第一、第二、第三，三个启发和我的想法。他看不惯我这种风格，问我哪学来的，我嘿嘿一笑，说道：看你老爸写的工作总结呀，不就是一、二、三吗？

一天下午，L找我借自行车，他请假出校外办事。我给了他钥匙，告诉他我的车子样子和存放在学校的方位。2小时后，他回来还给我钥匙，告诉我："你那什么烂车，太难骑，像得了脑血栓，除了铃不响其他部位都响！"我说："别冤枉我，我的车子还好呀；真要是得了脑血栓，我就找你爸给修？"我俩对抗起来，谁也不服气。他拉着我去对证。原来他用钥匙开了另一辆车骑走了。还有这等事？一把钥匙可以同时打开两把车锁？

我们那时学生理卫生课程的时候，大家对生殖系统感兴趣，但又不敢明说。老师让我们把生殖系统在人体的位置上画出。他画在了大脑部位，还和我讲："大脑决定性冲动，就应该画在大脑部位，这叫作创新。……小曲同志，你就是成熟太晚，进入青春期又太慢！"我一时找不到什么话来反击他，想了半天，我用转移话题的口吻说："这个周日，你敢陪我去县医院的太平间房顶上玩耍吗？"我笑了，我知道他不敢。结果，那一天，我们两个真爬上了那个房顶，美其名曰"练胆"。他后来告诉我，他找他爸爸查过了，太平间里没有死人，所以他不怕。可我当时吓得够呛。

高中时候起，我俩便不在一个班了，他学文，我学理。但我俩还是交集多，互相想着，见面就相互探讨一些所谓的学问，比如哪本书最近很流行等等。我班要举行一次演讲比赛。他告诉我："你演讲不行，但可以作报告呀，你的气质好！"我说那就作报告吧。于是，我找了一本最近看的"四色定理"的课外书，作为报告在班级同学面前讲了。几个高中同学现在都能回忆起我当时的情形，他们认为是我高中最酷的一次，从此我就销声匿迹。这一次给我的感受忘不了，我习惯作报告。"四色问题就是属于拓扑学范畴的一个大问题。拓扑学不仅引进了全新的研究对象，也引进了全新的研究方式。对数学来说，它是一场革命。回顾拓扑学的历史，就可以说明为什么四色问题对于20世纪数学来说是重要的。世界地图可以用四种颜色区分出不同的国家⋯⋯"我讲了三十多分钟，讲了若干个数学家为此做出的努力，还把哈密顿这个数学家故意说成了哈密瓜，同学笑个不停。老师催我到时间了，同学们却让我继续讲。轮到演讲评分环节，我还相当大气地说："我不参与评选，因为，我这不是讲演；若是参与评奖的话，便失去了意义。"

高三一次语文模拟考试，作文是看图写议论文，图上画的是一明星在舞台上鞠躬，嘴里说着"谢谢"。我这种人呀，思维混乱，把作文的立意写成了歌星走穴，实际上应该写文明礼貌用语的好处。我的作文作为反面典型在L班级被老师读了。他站起来说："百家争鸣呀，他写的也没错呀，图画得又不清楚，当前的一个话题就是歌星走穴，甚至还假唱，就应该揭露这种社会不良现象。"

时光如奔腾的江水。1996年，我俩在东北的家乡有一个月天天在一起吃、喝、睡，为何？因为他要离开家乡了。他平时对人很热情，嘴里不停地说，有时我似乎在睡梦中还能听到他的嘴在动。百无聊赖时，我们就去打台球。什么打台球呀，就是消磨时光；有时一台下来，要一小时才能打完。老板娘都着急，生意没了，影响她赚钱。有时，客人多了，她就不让我俩玩了，耽误她挣钱呀。就在那一年，他从家乡来到厦门工作。随后，他老爸、老妈都去了厦门，他在厦门安家乐业。我和L唱着郑钧的那首《天下没有不散的筵席》告别。

还有一点，我应该老实交代，我老婆都是他帮找的。他爸和我岳母家原来是老邻居。我在家乡工作的几年，也没有别的想法，似乎找女朋友都困难。他看了着急，说："你这小子本来进入青春期就晚，结果结束时间还要延长？"后来，他看着我和我的另一半，或是她和她的另一半，两个事业型的人呢！他很满意，就这样，他放心地去厦门了。十年后，2006年在上海与他见了一次；又十年后，2016年又有机会见了面。人生又有几个十年呀。

蔡崇达在《皮囊》一书中，讲道："中国近代的城市不是长出来的，不是培植出来的，不是催生出来的，而是一种安排。""国外的城市是怎样的，以及人们该怎么被组织的，然后再依据这样的标准建设。"L也告诉我：厦门是福建华侨出入境的主要门户，厦门就是这样形成的。

鼓浪屿与厦门半岛隔海相望，只隔一条宽600米的鹭江。我们坐了20分钟左右的轮渡。当我登上鼓浪屿的地面，感觉仿佛来到一个与厦门截然相反的世界。这里是那么安静，远离都市的喧闹；这里是那么干净，远离都市的烟尘；这里是那么从容，远离都市的繁忙。

鼓浪屿是一个不足两万平方千米的海岛。"屿"的意思是四面都是水的岛，海水打击它时就像击鼓一样。还有一种说法是因岛西南方海滩上有一块两米多高、中有洞穴的礁石，每当潮涨水涌，浪击礁石，声似擂鼓，人们称"鼓浪石"，鼓浪屿因此而得名。

鼓浪屿有几大特色。一是没有任何汽车、自行车等交通工具，也就没有汽车嘈杂喧闹的声音，不管你是什么人，在岛上大家都平等，达官贵人来这儿也要步行。二是这个岛的钢琴人均拥有量全国第一，不足12个人就有一台钢琴。三是岛上是"万国建筑博物馆"，我发现这些异国情调建筑很多是中西合璧，很多建筑房身是欧式，房顶却是中国传统的设计。

L说：当初厦门有400万人在海外经商，有了资本后就回到鼓浪屿建设，他们认为自己是中国人，要把根留住，房顶的设计就是一个象征。

我感觉鼓浪屿的特色还可以加上一条，就是小巷多，纵横有三百多条吧。最近在"申遗"，各种小巷打造得都很精致。我在万绿丛中，能从容地慢慢欣赏一条一条狭窄起伏的街巷和一座座风格各异的欧式别墅、矗立的教堂。夜幕降临，几座标志性建筑在五彩灯光的映衬下，楚楚动人。

我看到了各种风格的建筑，有罗马式的，有哥特式的，还有伊斯兰式的，让我目不暇接。当我漫步在时而狭窄、时而宽阔的街道上，两边的别墅仿佛将我带入那早已远去的年代。这些别墅大都是当年外国人在岛上盖的领事馆或居住的房子。从那些华丽的柱子、精致的窗户、气派的大门上，我仿佛可以窥见半个多世纪前岛上的繁华。而今，这些老别墅早已成为供人们观赏的文物了。我能想象它曾经的繁华，也能看到它现在的沧桑。

鼓浪屿树木很多，我不得不佩服老树们顽强的生命力。这些树木主要分布在别墅里，最多的要数榕树了，儿子说它们就像童话世界中的妖魔鬼怪。老榕树那钟情和执着的根须，须须缕缕地垂望着大地，坚定无悔地留恋着生命的源头。仰视它的浓情，感动的泪注入心间。如果你仔细观察，这榕树的根，竟然盘旋于枝叶之间，欣然摇曳于树的怀抱，延长着树干的缠绵，让命脉与繁荣共舞，使命与责任共担。

L曾经在厦门大学复习考研究生，曾有半年住在厦门大学宿舍。他曾经学的是俄语，而报考厦门大学法律专业只招英语。唯有一个马克思主义专业招俄语生，他的目标就是要考法律，结果还是英语拖了他的后腿。但在厦大，这个全国排名最美的大学校园里，他遇到了另一半。他的另一半当时是鼓浪屿福州大学工艺美术学院的学生，恰巧一天到厦门大学游玩，遇到了他。这是一种缘分，也算浪漫。我俩那天又去了厦大，顺着山爬到厦大马克思主义学院门前，哈哈大笑。

鼓浪屿的代表景点有：日光岩、菽庄花园、皓月园、毓园、鼓浪石、鼓浪屿钢琴博物馆、郑成功纪念馆、海底世界和天然海滨浴场、海天堂构等。整个小岛融历史、人文和自然景观于一体，已成为观光、度假、旅游、购物、休闲、娱乐为一体的综合性海岛风景文化旅游区，曾经被《国家地理》杂志评选为"中国最美五大城区之首"。

日光岩其实就是一块巨大的岩石。在距日光岩约30米的脚下，有一个炮台，那是当年郑成功收复台湾、攻打荷兰侵略者用的。L现在已经抱不动我儿子了，只能陪着儿子去炮台观景。日光岩俗称"岩仔山"，别名"晃岩"。相传1641年，郑成功来到晃岩，看到这里的景色胜过日本的日光山，便把"晃"字拆开，称之为"日光岩"。日光岩耸峙于鼓浪屿中部偏南，由两块巨石一竖一横相倚而立，海拔92.7米，为鼓浪屿最高峰。在爬的过程中，我抬头望了望上方的山顶，觉得它很悬：眼看就要到了峰顶，可那陡峭的石阶左一弯，右一曲，似乎在爬三、四百米的山。

在日光岩峰顶上，我极目远眺，海滩上人潮如织，那么多的欧式建筑都变成了矮子；再远眺，金门岛在远处凝视着我们。

L对我说，我儿子精力太旺盛，和我小时真是一点不一样。儿子需要有人陪呀，可是我总是说忙而没空。儿子和L很开心，还一起逗池塘里的小乌龟，吃海蛎煎等几种特色小吃。

我们沿着海边，走过一条长长的石板路，来到了皓月园。皓月园是一座为了纪念郑成功而建的主题公园。皓月园位于鼓浪屿东部的覆鼎岩海滨，沿鹭江之滨铺开，是以海滨沙滩、岩石、绿树、亭阁展布的庭园。三百多年前，郑成功的水师曾在这里操练。1661年，郑成功向东进军。为了表示自己破釜沉舟的斗志，他把锅鼎掀进海中，还把手中宝剑掷于海里，将玉印沉进海底。如今，郑成功的雕像就屹立在海边，高15.7米，把他的身体高度扩大了十倍，是我国目前最雄伟的郑成功雕塑。你看他身披战袍，头戴战盔，两眼炯炯有神地往远处金门岛的方向望去，似乎还在热切期盼着台湾早日回归祖国或是看着我们今天如何和台湾和谐共处。

我们沿着沙滩，继续往前走，不知不觉，来到了美丽优雅的菽庄花园。菽庄花园坐落在鼓浪屿港仔后，建园主人叫林永嘉，又名叔臧，园即以他的名字谐音而命名。菽庄即"稻菽花园"之意。菽庄花园依海而建，藏海于园，小桥、流水、亭子……花园分为藏海园、补山园；总共建了十处漂亮的景观，其中主要的一处便是主人四十四岁时建的四十四桥。桥下有一个闸门，可以把海水引到桥下，构成三个水区：海、外池、内池。蔚蓝的海水时不时冲到岸上，好像海水在抚摸着沙子的头。桥上有观鱼台，可以看到鱼儿活泼的景象。还有渡月亭，它是菽庄观海赏景的最好地方。L说，每逢中秋时节，夜深人静，海浪轻摇，月色海景令人陶醉其中，在这里观赏美景最好。

菽庄花园内有个钢琴博物馆，博物馆是仿照钢琴的外形而建。博物馆里陈列了爱国华侨胡友义收藏的四十多架古钢琴，其中有稀世名贵的镏金钢琴，有世界最早的四角钢琴和最早最大的立式钢琴，有古老的手摇钢琴，有产自一百多年前的脚踏自动演奏钢琴和八个脚踏的古钢琴等。一个女子弹着《鼓浪屿之波》，周围是屏声敛气的听者。一曲终了，曲终人散，散不去的是萦绕在我心头的味道。郎朗也曾到鼓浪屿弹过琴，我对儿子讲了不少郎朗学琴的故事。

  这时，窗外忽然下起雨来，明亮的落地窗外是绿油油的花草树木，淅淅沥沥的小雨噼里啪啦地打着树叶。我们只能静下来进一步仔细观察各种钢琴了，因为要等雨停下来才能走出博物馆。我们都没带雨伞，这雨说下就下。我注意到钢琴展品来自不同的琴厂，产于不同的年代，各有特色，均是胡友义先生的私人珍藏品。上百年钢琴看上去就像古董一样，那些精美的花纹、那些高贵的颜色都是我从来没看到过的。我还惊奇地发现，有一架奥利安钢琴，1893年制造于美洲，它外形庞大，是一架最复杂的钢琴；一般钢琴约有1万个零件，而奥利安却有约10万个零件，琴顶还有一排装饰用的木管。还有一架舒维登钢琴，原产于德国柏林，制造于19世纪中叶，琴上有两盏做工精细的油灯，琴身则以好的桃心木制造，虽经百年，历久弥新，风采依旧。

  博物馆中有一位旷世音乐奇才的照片。我在照片前伫立了良久，他正在凝思，是著名旅美钢琴家许斐平，他出生于厦门鼓浪屿，从小就被誉为钢琴神童。20世纪70年代他曾任中央音乐学院的首席钢琴独奏，1979年他得到奖学金进入美国伊斯曼音乐学院随大卫·布尔格学习，一年后进入纽约朱莉亚音乐学院随萨沙·格罗蒂斯基学习。1982年许斐平获朱莉亚音乐学院珍娜·巴候雅图钢琴比赛首奖、玛利兰大学国际钢琴比赛奖项。1983年他获以色列鲁宾斯坦国际大师钢琴比赛金奖，1984年又获西班牙波露玛奥茜亚钢琴比赛奖项。从此，世界知道了这位神童的名字，他的名声越来越响亮，技艺也在磨砺中越老越精。

  2001年回国的许斐平原计划由北向南在一些城市举办独奏音乐会和讲学活动，日程安排紧凑。可没想到，11月27日晚，许斐平在哈尔滨至齐齐哈尔的高速公路上遭遇车祸身亡。他原定于11月28日在齐齐哈尔的演出结束后，即飞赴深圳，之后再于 12 月 4 日在南宁举办"许斐平南宁独奏音乐会"。许斐平的不幸罹难使得他的一系列音乐会无奈被取消，遥远的南宁独奏音乐会也成了他未竟的梦想。

感谢这场雨，让我的心暂时专注在钢琴和弹钢琴的人身上。现在博物馆广播中常年播放着他弹奏的曲子。我仔细听着广播里播放的他弹奏的曲子，深感天妒英才。

小岛是音乐的沃土，这里人才辈出，钢琴拥有密度居全国之冠，又得美名"钢琴之岛""音乐之乡"。L 告诉我，岛上有钢琴 700 多台。这时我才注意到，绿树浓荫的小道上不时会听见幽雅的琴声，时而柔和缓慢，就像涓涓小溪；时而明快激昂，犹如浩瀚的大海拍击着岸边的礁石。

如今，岛上的各类音乐学校随处可见，此外，还有许多表演艺术学校。日光岩脚下，有一家店，可以让你"回到"民国时期的厦门，感受厦门当时的社会风貌。中国妇产科奠基人林巧稚医生就是鼓浪屿人，漫步在岛上，你可以在刻有林巧稚说过的话的石碑前驻足观看，细细品味。

鼓浪屿的美笼罩在她的宁静和安逸之中。它的蓝天、碧海、沙滩、新鲜的空气、哗啦啦的波浪声、凉爽的海风，真是让我陶醉。她的典雅和秀丽，触动的是柔情，是那种相依相偎的、手足与共的、身心相融的、心灵共鸣的情感。杂念、奢望、张狂、矫揉，任何的放纵都是对她的亵渎和不恭。这几天我真的融入其中，忘了我是谁。

L 爸住在厦门市内，他见了我也是一愣。老人家说我变化太大。是呀，岁月是一把杀猪刀，曾经的翩翩少年已经不复存在，如今的我根本不是当初的我了，变得像一个颓废的中年人，脸上皱纹也好几道了，但还好，肚子还没凸出来——估计也快凸了。"假儿子"当初在他家可没少看书。我自嘲道：呵呵，我们曾经历经沧桑。

老人如今 80 岁了，但身体健康而灵活、思路清晰，医学的经历让他更知道如何养生。去年，L 母去世后，2015 年暑期老人曾去过美国和加拿大，乘坐 11 个小时的飞机，他都没感到累。

老人更多的是对东北发展担忧。老朋友相聚就好，不管开心或是伤感，我们都快乐。现在，我们也该话别了。L告诉我，今年6月他要回家乡，他已在家乡买好了一处墓地，要把老妈安顿好。当然，老爸要同去，他要看看自己将来的栖息之地，落叶要归根。

2016年1月30日

镜泊 style

"山上平湖水上山,北国江山胜江南。"这是邓小平对镜泊湖的评价。镜泊湖是世界第一大火山堰塞湖,发源于长白山牡丹峰,距牡丹江市不到110千米,一万多年前因火山爆发、岩浆阻塞河道形成。那里湖面开阔,群峰叠翠,一湖清冽甘甜的碧水,让人心醉。镜泊湖还是世界第二大高山堰塞湖。

一万多年前的火山活动造就了神奇的镜泊湖,一千年前的渤海古国铸成了灿烂辉煌的牡丹江流域文明。镜泊湖是世界地质公园、首批国家级风景名胜区、5A级国家旅游景区,总体规划面积1726平方千米,由百里长湖、火山口森林、渤海国上京龙泉府遗址三部分组成。镜泊湖历史悠久,景观绮丽,环境秀美,尽揽春花、夏水、秋叶、冬雪于一湖,享有"镜泊胜景"的美誉,是集湖光山色、原始森林、火山地貌、悬崖河谷、瀑布溪流、熔岩湿地、珍奇生物、古国遗址和以抗联遗迹为代表的自然、历史、人文景观及红色旅游于一身的综合性景区。

2012年8月下旬,我从江南回到东北老家。N多年来,假期对我来说真的很难得!出发这天,江南天气闷热难当,又加上人到中年,或是身体发胖,或是身体循环系统老化的缘故,我不停地出汗,身上也黏乎乎。

在上海这个国际大都市工作和生活，我有时忙得连看电视的时间都没有，但遇有喜欢的电视剧和电影，我便抽空集中从网上下载。连续剧太长，我可以先看第一集和最后一集，瞧瞧故事起因和大结局，中间再随便找几集，乱看看，找找感觉，这个连续剧对我来说看得就差不多了。但遇到确实喜欢的同名书、电视剧和电影，我当然能三位一体一网打尽，从不同的立意角度去看，横看成岭侧成峰，体会不同的特点。

如今，到了不惑之年，有时我也不愿意动脑筋了，学习的时候也愿意找一些走捷径的书，愿意看图说话，也容易把复杂问题简单化处理。有时，出于兴趣，看看悬疑故事让我感到我的神经冲动还在，这种书有助于防止老年痴呆症，但必须要看经典，比如《东方快车谋杀案》。阿加莎·克里斯蒂是无可争议的侦探小说之王，这本书是最著名的，也是最机智巧妙、最有人性的一本，开创了侦探小说中多人共同作案的故事写法。我又在网上下载了1974年版的同名电影，英格丽·褒曼还曾因此获得过奥斯卡金像奖。当然，2010年版的同名电影我也看了，英国绅士的大侦探波洛性格与前版相比变化很大，而且故事情节更加人性化。听说2016年还要重拍，我还想看。

想想我那重病的父亲，连特别喜欢的二胡也没法拉了，如今也再没有精力和力气与我争执了。他知道他儿子长大了，而且他也有了孙子，他说他要坚强些，要多活些日子，他要看着他的孙子成长。我这次特意买了个轮椅，想推着老爸到镜泊湖走走。

飞机一到牡丹江，天空瓦蓝瓦蓝的——南方少有的蓝，我直觉十分凉爽、透气，皮肤也变得光滑起来。看来，我身体还没彻底老化，我也不像提前步入老年期的人呀。我也突发奇想，一个人实际上一辈子在哪儿生活都是不适应的，最好的生活应当是根据不同的季节选取不同的适合你的地方去生活，而不是局限在一个地方。我们就应当像候鸟一样，姑且称之为"候人"吧。穿越剧可以前穿的，中国人拍的电视剧很多是这样的，何时能像美国大片一样，也拍拍未来的世界——后穿呢？我不知道我以后在哪里生活，哪个季节适合我。

2002年9月，我去成都念书前，曾去过一次镜泊湖，当时是朋友们给我送行。男人在一起，豪言壮语很多，似乎都是很激动的样子。如今，十年又过去了。镜泊湖曾给我太多的感觉，我曾经每年去一次，让我一时又无法说出她的好，十年后又变化为何模样呢？

    我在江南时间长了，虽说到处是水乡，可水乡的水是看不到底的，到处绿油油的，不够清澈。儿子曾经让我猜我心中的江南是什么，说是一个广告用语。我猜了几天都猜不中。忽然一天我看到公交车上的广告，才知道心中的江南原来是一瓶黄酒。嗯，这广告做得多好。好的黄酒应是一种具甜、酸、苦、辛、鲜、涩六味于一体的丰满酒体，加上有高出其他酒的营养价值，因而形成了澄、香、醇、柔、绵、爽兼备的综合风格。难道江南就是这个混合味？

    镜泊湖的水有的地方可以一眼看到底，有的地方可与九寨沟媲美。你说清澈的水中生长的鱼类味道该有多么好。我到了江南后，就没尝到过这个味。特别是那雄浑壮丽、如万马奔腾的吊水楼台瀑布，水大的时候与黄果树大瀑布相比，气势有过之而无不及。

    因为有著名的长白山、黑龙江和松花江，东北被称为"白山黑水"。这一次，我推着轮椅，带着父亲，开车从牡丹江出发去镜泊湖旅游，车上坐着一大家子人。半小时后，进入宁安市。宁安曾是当年"宁古塔"的所在地。清代，不少文人学子因文字狱或科场案被流放宁古塔。他们当中有郑成功之父郑芝龙，大文豪金圣叹的家属，思想家吕留良的家属，等等。当他们历经了人生的浩劫，生活进入常态，文化意识顽强复苏之后，这片相对蛮荒的土地便有了人文的色彩。

    流人来到宁古塔，带来了中原的先进文化。在宁古塔，流人可以不当差，不纳粮；生活困难时，还能得到救济。流人们常常是官吏们的座上客，经常陪宴、陪饮，在将军、副都统那里有重要差事，如巡边、作战、进京朝见等的准备工作等。流人们对这块土地进行了文化的启蒙，并延续了绵绵不绝的灵脉。余秋雨曾说："东北这块土地，为什么总是显得坦坦荡荡而不遮遮盖盖？为什么没有多少丰厚的历史却快速进入到一个开化的状态？至少有一部分，来自流放者心底的那份高贵。"更早一点的，据说在南宋时期，具有"宋代苏武"之称的南宋名臣洪皓，在出使东北、被金人扣留的时候，曾在晒干的桦树皮上默写出《四书》，教村人子弟。

在宁古塔众多的流人中，文学造诣最高、名气最大的是清朝的南方人吴兆骞。他五十四年的生命，在宁古塔度过了二十二年，宁古塔这个"塞外绝域"的山山水水、风土人情深深地留在了他的记忆中，凝固于他的笔端。他将自己戍居塞外的不同思绪，写成著名诗词集《秋笳集》和《归来草堂尺牍》，流传于后世，让今天的人们有幸了解三百多年前的东北和宁古塔。

再行驶一小时，就到了我国最大的高山堰塞湖——镜泊湖。一路上的风景，熟悉又陌生，真想一辈子不忘记！我虽然是司机，但也把周边的风景收入了眼底。十年前同样的路程至少要三小时，时代在变迁，我很感慨。

镜泊湖由松二河、房身河等水系汇集而成，唐代称"忽汗海"，金人称"毕尔腾湖"，意为"水平如镜"，后人沿称"镜泊湖"。快到镜泊湖时，我发现景点新增加了两个。

一个是镜泊小镇，欧洲风情，四五十万一户，太便宜了，和江南的房价比，小巫见大巫。不过，好歹也是国产风景区，为何要搞欧美风情，我搞不懂，没有我们民族特色吗？我建议把苏州园林搞几个过来，江南特色和北方特色融合在一起多好。

看到这些欧美风情的建筑，让我想到了我对南京城市规划的感觉。南京城市如今打了四张大牌，六朝文化、郑和文化、民国文化、现代文明，融合在一起，我感觉很好。紫金山是南京的城中之山、城中之林、城中之园。紫金山被称为南京的龙脉，在近代史上可歌可泣。还有几位南京籍的专家讲过，钟山附近的现代建筑都高，希尔顿饭店最高楼与古色古香的古代建筑不配套，规划有问题，是个败笔。我当时觉得没啥，就像抽象画，而且人人都可以成为专家。现在我似乎明白了，我若是南京人，我也许会说出那位专家的话。

另一个就是渤海国遗址。在江南，可以说到处可见寺庙。南京有800

多处，苏州至少也有 400 多处。南方朋友常讲："这是文化底蕴，你们北方哪有文化？"我笑着说："你们经济发达了，人也要有所精神寄托，没事就烧香拜佛了。"渤海国遗址是我作为那旮旯的人唯一能拿出来的骄傲，但与南方寺庙红火的程度比，只能说是小巫见大巫。

渤海国在长达二百多年的发展过程中，依靠渤海人的聪明智慧和勤劳勇敢，繁育了发达的民族经济和灿烂的渤海国文化，创造了"海东盛国"的辉煌。渤海国全盛时期，其疆域北至黑龙江中下游两岸、鞑靼海峡沿岸及库页岛，东至日本海，西到吉林与内蒙古交界的白城和大安附近，南至朝鲜之咸兴附近，是当时东北地区幅员辽阔的强国。渤海国是包括高句丽人、粟末各部，并有突厥、契丹、室韦等在内的多民族政权。新中国成立初期有编户十余万，人口数十万，后期人口逐渐增至五百万左右。

因受中原文化的影响，渤海政权迅速完成了封建化的进程。渤海政权仿效唐朝典章制度，在渤海国建立三省六部，确定五京，推行京、府、州、县的郡县制度，军事上也仿唐十六卫制，设有法律监狱等。渤海国当时的社会经济有了显著的发展和进步，农业已成为最主要的生产部门，各项手工业的生产也达到了较高的水平，涌现出一批新兴城市。其中上京城，形制模仿长安，在当时成为东北最大的城市。渤海国交通相当发达，同内地的"就市交易"及互市岁岁不绝，与日本的海上贸易也相当活跃。

渤海国在文化教育方面也学习唐朝，将中原的儒学文化作为其教育的主要内容。渤海国不断派遣诸生到长安太学"习识古今制度"，使用汉字。不少人在唐朝参加科举考试，有的考中进士。他们之中很多人，后来在渤海政府担任要职，大力传播中原文化。在五京周围等发达区域，以中原教育为模式，自上而下地建立了较为系统的教育体制。儒学、宗教、文学、音乐、歌舞、绘画、雕塑以及科学技术等，都取得了一定的成就，涌现出一批著名学者、文学家、艺术家、航海家。

据北宋欧阳修主持编撰的《新唐书·渤海传》记载，唐代渤海国时期，渤海地区已经出现了先进的水利灌溉和水稻栽培技术。渤海国种植着当时世界上最好的大米。公元 698 年，武则天剑指渤海国，称其拥兵自重，不向天朝称臣，进军宁古塔，实为响水大米而战。兵战七年，渤海国大败，将米贡奉给大唐。什么米？这么神？我曾经吃过的米，响水大米。如今，我们还能吃到响水大米呀。

　　镜泊胜景，第一当属瀑布了，瀑布是镜泊湖的第一大景观。因此，有人说："不看瀑布，未到镜泊。"每年8月15日前后的盛水期，奔腾呼啸的湖水，以雷霆万钧之势，席卷着平滑的熔岩床面，从断层峭壁上呼啸而下，形成幅宽近三百米、落差二十多米、响声震天、水雾飞溅的大瀑布。

　　车停湖滨后，我立即推着老爸赶往湖北面的吊水楼瀑布。离那儿还有数里路，就能听到一种沉闷的声音，初时隐隐约约，似有似无；越往前走，声音越清晰，越来越响，如有千军万马奔腾而来。邓小平题写的"镜泊胜景"的巨型照壁，矗立在瀑布入口处。

　　走近瀑布一看，湖水从熔岩形成的悬壁上争先恐后往前挤，然后落入低许多的另一段河床，形成数百米宽的大瀑布。巨大的落差使水流激起汹涌的波涛，发出轰隆隆的响声，蔚为壮观，撼人心魄。虽然我曾在九寨沟观赏过著名的诺日朗和树正瀑布，但它们和今日的吊水楼瀑布相比，未免逊色许多。

　　瀑布飞落的黑龙潭，呈圆形，最大直径100多米，水深达60多米，南、西、北三面是20多米高的黑褐色的悬崖峭壁，东面是潭壁开口。潭水从这里泻出，又开启了牡丹江新一段流淌河道。

　　我领着儿子，推着老爸，不顾家人的劝阻和游人们的白眼，硬是穿过人群，挤到了前边，紧靠着铁锁。儿子是第一次到镜泊湖，兴奋劲儿就甭提了。老爸伸头俯视潭下，陡立的峭壁，黑魆魆的潭水，他也有些害怕。

　　这时候，十几名武警执勤人员忙碌着，把游人控制在铁锁之外。原来11点跳水表演就要开始，这时，延绵近五百米的石壁上，很快就站满了一层层密密麻麻的人群。

　　一个穿着红色泳裤的男子涉水来到瀑布顶，在一块露出水面的石头上，作了一个倒立后，又稳稳地站在石头上。

　　"啊，是小狄，"老爸一下子认出来了，"人生难得贵在坚持，能坚持下来，黄花菜都不会凉的！"

十年前，他就在这跳了，现在越跳越出名，无论春夏秋冬，都在跳。镜泊湖十一月下旬开始结冰，每年的结冰期长达5个月，冰层厚度0.5米以上，但是在最严寒的冬季，潭壁挂满晶莹剔透的冰柱，可是瀑布下的潭水依然不冻，成为冬日镜泊湖的一大奇异景观。小狄在冬天依然也敢跳水。

老爸告诉我：小狄名字叫狄焕然，四十多岁，原来在牡丹江液化气供应站工作。几年前他在原单位下岗，他就与镜泊湖签约，成为这里的专业跳水队员。他爱好游泳，特别是冬泳，几次在全国冬泳大赛上获奖，是市里优秀的冬泳队员。跳水又是他特殊的爱好，不仅一年四季在镜泊湖瀑布上跳水，就是架在全国知名的大江大河上的大桥，包括南京长江大桥、武汉长江大桥和新建成的南通长江大桥甚至壶口瀑布，他都跳过，号称"中国跳水第一人"。

"要跳了！"儿子喊了一声，我猛地抬起头，只见他高高扬起双臂，跃身起跳，如同一只稳健飘飞的大雁，直插水中。我"咔嚓咔嚓"按动着快门，拍下了这扣人心弦的瞬间。几分钟后，儿子指着潭里，尖叫着。小狄奋力搏击着翻滚的波涛，红色泳裤在水中上下翻飞，时隐时现。不一会，他便游到了落水点，冒着水柱的巨大冲击力，在飞瀑的帘幕后攀岩而上，爬到瀑顶。他的跳水、搏击、攀岩等一系列动作，引来了游客们的阵阵惊叹。上岸后，游客们纷纷围拢上去，同他合影，请他签名，把这惊心动魄的记忆永远留在心间。小狄还说：他要跳到60岁。我的敬意油然而生，赞叹他靠着自己的胆识、自己娴熟的技术，为迷人的镜泊湖又增添了一道亮丽的风景。

观罢瀑布，我们乘车到了一家事先预订的餐厅。镜泊湖鱼特产分为"三花五罗"，三花是鳊花、鳌花、吉花，五罗则是哲罗、发罗、雅罗、胡罗、铜罗。全家人围坐在一起，湖鲫、湖鲤、红尾、花鲢、黑鱼……一道道鲜美的镜泊湖特产鱼端了上来，什么红焖的、清蒸的、干炸的、生拌的，摆了满满一桌。欣赏着窗外镜泊湖的美景，品尝着桌上镜泊湖的美味，享受着一家人在一起那融融的天伦之乐，啥滋味呀？

鳌花就是鳜鱼，也有写成桂鱼的，在我国大部分地区都有生长。中国人，无论南北，都把它视为不可多得的美味。然而，镜泊湖鳌花尤其有名。黑龙江虽然冬季漫长，鱼类生长缓慢，但鳌花最大者可达十斤，在南方极少看见。鳜鱼在南方多清蒸，取其鲜嫩，最有名的是苏帮菜的松鼠鳜鱼，是菜中极品。镜泊湖把北方特产松子与鳌花结合，创出一道"松子鳌花"，山珍加湖鲜，很有地方特色。

看着儿子具有夸张色彩的睁得大大的眼睛，我笑了："傻孩子，你现在赶上好年代了，我们小时候多穷呀。爷爷常常对我说，他儿子不吃苦，但我吃的苦还少吗？现在轮到我说我儿子啦。"

儿子在东北，人家叫他"小上海"；在上海，人家叫他"小东北"。你何时能够吃吃苦，这样人才会成长得快些呀？我顺便给儿子讲了个我小时候的一个理想，就是想吃各式各样的鱼——爸爸喜欢吃鱼。如今，我的这个愿望基本上实现了。儿子说："这理想好实现吗？有能力你去多吃些长江刀鱼？"

老爸也乐了，当初叛逆的儿子，现在好像和谐了，不再和他理论了，不再抬杠了，变得温顺了，表面上代沟没了。老妈，最辛苦，她一直照顾父亲，我又不是小棉袄——女儿，不会说疼人的话。可老妈一直知道，她儿子摔倒过多少次了，不是一直都能爬起来的吗？固执有固执的好处。

天色渐渐暗了下来，天空下起了淅淅沥沥的小雨，通向湖边的小径旁一簇簇的花儿在抓紧开放。东北的秋天来得早，不知名的树上已有片片黄叶开始飘落下来。

我完全忘记了江南。我脑子里还有小狄的影子。每个人都是人才，要在正确的时间、地点、机遇去发挥你的特长呀，而不是面对挫折，一筹莫展。当然，是要靠平时积累的。然而，不是任何事，单靠努力就可以实现的，要认准方向才能努力！看不清路况，不掌握好方向——南辕北辙的故事，就鲜明地告诫我们，在错误的方向上，越努力越糟糕！可以说，守株待兔、掩耳盗铃也都是努力，但违反了常规，偏离了方向，就是努力也让人觉得你是可悲的。人在前进的路上，若是没有足够的"聪明"，努力往往也就没有了方向、目标、规划、方法以及应变能力。

深圳市作家协会会员田辉君写过一首《南方北方》的诗歌，我很有同感：到南方的风中流浪，是我的向往。养育我的北方，便成了思恋的地方。阅过莺飞草长的江南，再读北国的风光。缺少色彩的故乡啊，让我喜悦也让我忧伤。尽管北方有我童年的土炕，南方却是我一生奋斗的疆场。也许我的后人，会像我来南方一样，回北方闯荡。我的灵魂，却只能在南北之间，来来往往。我熟悉而陌生的南方，我亲切而遥远的北方。

再会，镜泊湖。再来，十年以后。

初稿：2012 年 8 月 24 日
修订：2016 年 2 月 11 日

诚品生活

这是一个忙忙碌碌、脚步匆匆的时代，我们需要安顿心灵的港湾；这是一个不缺知识的时代，我们缺少的是阅读，缺少一种阅读的方式。阅读能让人的灵魂带着芬芳。一句话，我们需要一种新的生活方式，一种有创意的生活。

"人文就是善，艺术就是美，终身学习就是创意和生活。"这是台湾诚品书店创始人吴清友中年时琢磨出来的道理，他认为：要实现这些梦想、创意和希望，唯一的快捷方式就是阅读。

2014年11月，我在苏州园区金鸡湖畔散步，耳朵里插着耳塞机，听着英国音乐教父Sting的那首经典老歌——《纽约的英国佬》，略带伤感的旋律朗朗上口，这是这位老牌歌星在美国生活时的心理写照。

金鸡湖展示的是现代园林生活，是同传统苏州园林协同发展的苏州新天堂，代表着创意生活，融合古典园林和现代艺术为一体。我在这里生活已近两年，可以说，已经适应了这里的风情和文化。苏州已成为我的第N个故乡。

"亲爱的我不要咖啡，我喝茶；我的吐司要从一面烤，我一开口你就能听出来，我是个纽约的英国佬。""我是个异类，我是个合法的异类，我是个纽约的英国佬。从前他们说'君子约之以礼',可如今这么做就像个异类。你要微笑着忍受他人的蒙昧,我行我素,哪管它人言可畏。"

Sting 当初对纽约的生活感到很不适应,但纽约的生活又潜移默化地改变了他。有时候,不管你特立独行或是随波逐流,到了一个新地方生活,我们的孤独感是存在的,关键要适应环境,更多的是:我们无法改变这个世界,而是世界改变了我们。我是不是在苏州也有种这种感觉——独在异乡为异客,而骨子里还留有北方人的生活方式?事实是,江南的环境以及人文,让我这个来自北方的漂泊之人,仿佛已经融化在苏州这水城和园林之中。

阅读是抵达智慧的彼岸,阅读一直是我的习惯,我喜欢休闲阅读。知识是生产力,学习改变了我的命运,我是多么希望在这个新天堂里有一个提供一体化阅读的场所?在金鸡湖畔,我可以在欣赏现代风景的同时,还能在书香书海中徜徉,开启我认为的一种更新的创意生活。

无意间我经过诚品的售楼部,眼前一亮:"这真的是台湾诚品开发的楼盘吗?"我虽孤陋寡闻,但我知道,诚品之于台北文化,仿佛就是埃菲尔铁塔之于巴黎。而且,诚品应该是一种生活方式,一种现代人想要的生活方式。诚品的理念是带领台湾城市走往想象和期待的方向。茫然中,我不敢相信自己的眼睛,我觉得诚品应该是台湾和大陆的一个融合点,也应是我和苏州的另一个融合点。

然而,每次说起诚品,人们总是习惯立即在后面追加上"书店"二字。但是在台北街头,也只能看到"eslite 诚品"的店招,要走进楼中的某一层,才能抬头看见"诚品书店"四个大字。所以,诚品不是一间商铺,不仅是一个书店,而是一整幢楼……

"诚",就是一份诚恳的心意,一份执着的关怀;"品",就是一份专业的素养,一份严谨的选择。取名"诚品"是我们对美好社会的一种实践理想。诚品在台湾,可以说是打开台湾通向外界的门,是打开热爱阅读的眼睛,是台湾文化地图上一个耀眼的地标,让台湾终于蒙上了一层沁人心脾的书卷气息。据不完全数据显示,人口仅有 2000 多万的台湾,每年却有

9000万人次光顾诚品。作为台湾独有的文化品牌，人们常常说："不在家，就在诚品；不在诚品，就在赶往诚品的路上。"

我陷入了思考，追求艺术的诚品怎么会选苏州这个城市？大陆这么多城市，"北上广"都是超级霸？为何没被选中？我脑中渐渐有了自己的推断：千年的历史沿袭，让苏州有着一条现代城市极为少见的护城河。2500多年的文化传承，其人文气息、艺术环境在全国都是首屈一指，传承的艺术文化应该和台湾诚品书店倡导的理念相符合。

2011年5月27日，台湾诚品书店在大陆的第一家分店诚品苏州分店正式奠基开工。诚品苏州分店位于苏州工业园区金鸡湖东畔，毗邻洲际酒店，拟打造成一个集结文化、表演、艺术、商业、观光以及人才培育，具有跨界综效性的创意平台。在北京、上海、杭州、苏州、南京、无锡这六个城市中，诚品首先选择了苏州。诚品创始人、董事长吴清友表示："之所以选苏州工业园区，是被园区的诚意所感动，其次是苏州有浓厚的文化气息。"

1989年3月，39岁的吴清友在台北创办诚品书店，他坚持文化书店的理想，想法就是要尊重走进书店里的每一个人。后来，因为书店连年亏损，他在变化中寻求出路，规划出有别于同行业的经营模式，例如首开24小时营业、结合商场模式销售等。于是，他从固有的书店模式中跳脱出来，书店不再是单纯卖图书的场所，而是向读者贩卖自然成习惯的阅读方式；书店也就不仅仅是卖书，而是在推广阅读。结果是，诚品书店从最初的台北仁爱路那家小型艺术人文专门书店，逐步拓展成为在全台湾有五十多家分店的连锁规模。

现在，大陆的新生商业力量，发生了剧烈的变化。特别是随着经济的崛起，市场细分被迅速打开，消费习性逐渐向艺术感与设计感转移，大陆已经是一个更懂得商业文明的大陆。诚品规划筹谋六年，最终花开金鸡湖畔。诚品苏州店的开张，应该是恰逢其时。恐怕没有哪家店能引起全国人民如此大的热情和期盼。

11月29日，备受瞩目的台湾诚品内地首家旗舰店"诚品生活苏州"

正式开业，书店首度进驻内地，目的就是搭建两岸文化交流新平台。书店位于苏州工业园区的湖东CBD，经营面积56000平方米，其中书店近15000平方米，分为5个书区、4个特色空间、3家店中店，50万册中外书籍和200个精选品牌，繁体字书籍3万到4万种，构筑独特的体验式阅读生活空间，打造了人文阅读与创意探索的"美学生活博物馆"。

开业这天早晨，大家都在刷屏"苏州开了一家诚品"。我的微信上，几位上海朋友发来信息介绍"诚品书店"。是呀，2015年很多人的最后一个愿望就是逛一下苏州诚品书店。上海的朋友很精准地告诉我："原创性、独特性、重要性、影响力和质感是诚品选书秉持的原则。诚品是一个商场，一个有书店的商场，会拿出整层甚至两层楼用来做书店的商场。""诚品的盛名已经让商场变成了消费者的圣殿"。他们赶第一班从上海到苏州的高铁来一饱眼福。

十五分钟的步行距离，近水楼台，我便急不可耐地领着儿子从苏州园区的家中去实地考察15000平方米的诚品内部实景！书店门前人山人海，用儿子的话说，还有"车山车海"。实际上，诚品书店里面开了200个店，最大的店当然还是书店，书店占商场的1/4，横跨二、三楼，进入正门后首先得踏过72级雄伟的台阶，台阶旁按照年份用整面墙列出图书推荐。我在我所关注的五大书区——旅游、生活风格、艺术、人文社科、西方文学徜徉，细细品味。是呀，奔波谋生的我和很多市民一样，多了一处宁静的精神港湾。

里面有四处特色空间。诚品实演厨房，邀请世界各地的料理专家来现场教学，定期举办烹饪实演。艺术书区上方的阁楼是视觉实验室，里面展出的内容为视觉、影像创作方面的作品，不定期举办艺术展览。文学荟萃区以茶为媒介，展示东西方茶道书籍，集结了茶具、香器、精致小食等，在这里可以边看书、边品茶。附近的沙龙阁楼设有微讲堂，将不定期举办文学、历史、哲学、艺术等方面的讲座。

三家店中店是诚品儿童馆、精品文具馆和墨册咖啡馆。同时，诚品将咖啡与音乐相结合。咖啡馆一侧的音像区售卖黑胶唱片与其他音像产品，还会不定期举办音乐沙龙。游客们可以在这里喝着咖啡，听着音乐看书，休闲自在，感受这里的氛围。除此之外，还有零基础油画空间，2~88岁的人都可以舞动身体的云门舞集舞蹈教室。地下一层的生活采集区设有创意市场，售卖原创的服饰配件和美味的餐饮小吃。

　　无论白天黑夜，诚品都会亮着灯，在书香中等待你的光临，满足阅读人的需要。你能在诚品中听到最专业的讲座，看到最文艺的影片。除此之外，这里还有咖啡厅、画廊，甚至还有酒窖，神秘的钥匙，衣服、餐饮、饰品、玩具、家具等等。

　　呵呵，我要喝咖啡。我突然又想起 Sting 的那首歌。他那首歌曲一开始不就是唱到"亲爱的我不要咖啡，我喝茶"吗？嗯，我要喝咖啡，因为，我看到了咖啡厅像在向我招手，我已经融入看书品咖啡的氛围之中。儿子说："诚品自己不卖咖啡，诚品里的咖啡是别人卖的；如果只是卖书卖咖啡，诚品差不多应该已经倒闭了。"我哈哈一笑，儿子也看出了诚品的经营模式。星巴克卖的不是咖啡，是休闲与情调；法拉利卖的不是跑车，是快感和高贵；希尔顿卖的不是酒店，是舒适和安心；兰博文卖的不是体育，是快乐和健康。

　　竞争的最高境界就是没有竞争。诚品苏州店对面，就是商业老手今年5月份开业的新光天地，其独特的服务理念和设计也让市民感到了创意，诚品的经营压力应该会很大吧！诚品老板吴清友却说："诚品是一种居所精神和生命态度。"在书店开始经营的前16年都是赔本的状态，他依然主张创业时专卖艺术与建筑的目标。"诚品书店不是商学院的好案例。"吴清友说。台北诚品信义店对面，就是新光三越——一个奢侈品云集的购物中心，诚品照样活得挺滋润的，而且名利双收。

　　书店里人越来越多，我被挤得腰酸背痛，但诚品的经营理念一直吸引我，让我用系统工程的观点，从整体上看这个书店。我对诚品充满敬意。我深深感到，诚品融合书店、商场、居所的复合式经营模式，各种手工艺品、艺术课堂、书籍、衣服、家居用品、餐饮汇聚一堂，为大陆带来"文化融合、创意并呈"的文创整合新思维。诚品书店卖的不只是书，更是一种有文化的生活方式。我注意到诚品引进了200个精选品牌，包括服装、首饰、餐饮、文创产品，其中一半以上为大陆或苏州独家。我不希望诚品像当初美国沃尔玛超市在上海落户后水土不服：虽在美国很能产生效益，但在上海浦东却遭遇"滑铁卢"。诚品要与大陆的发展一致，要与苏州的发展理念相融合，才会有大的发展。

苏州终于有一个将现代艺术和生活融合得这么好的地儿了。我会慢慢地越来越喜欢这座城市，会唱着北方人在苏州的歌曲。

来苏州行走，从这个冬天开始多了一种理由，人文阅读、创意探索的美学生活博物馆，其实是一种深度阅读，是阅读生活化，在书与非书之间。接下来这里将会是苏州甚至全国最受欢迎的商业体之一。你看，大批的粉丝已在赶来的路上。

2015年12月6日

穹窿山上

一

久闻穹窿山是吴中名山，其人文景观丰富，并集政治、军事、宗教、文化于一体。我一直想她的样子会是如何？我先是翻汉语字典，查找"穹窿"两个字的含义。字典给我的答案是：一种含义指的是"天"；还有一种解释是中间高四边下垂的样子。山的形状以及特征都似乎如是？我去过苏州东山、西山、天平山和灵岩山，难道都比不上这座山？我心里一直在怀疑。可这里曾是乾隆六下江南去的地方，这座山也就因此与乾隆结下了缘，我想一定会很迷人。

穹窿山自古就有"吴郡第一名山"之称。其山钟灵萃密，峰峦起伏，岭道纡曲，林茂蓊郁，形如钗股，实峻而深。现在常说穹窿山有苏州地区四大之誉。一即主峰341.7米，素有"吴中第一峰"之称——当然，此山虽不算高，但在当地算是"天"；二是有苏州一带最幽深的山坞，我也想过，山坞倒过来看就是穹窿；三是拥有苏州地区唯一的也是最长的盘山路，约12千米；四是苏州地区唯一的省级自然保护区，据说有国家保护植物及中国特有植物等217种，药用植物151种。

我又听苏州市民讲：穹窿山是条件优越的自然保健站，环境优良，山谷中空气清新，树木能分泌出杀伤力很强的挥发性物质——"植物抗菌素"，对疗养健身效果显著。据说，空气质量这般好的地方在亚洲仅有五处，此处便是江南的"天然氧吧"。我于是查阅到相关资料：在山体高处的景区，阳光透过树缝射向地面，这里的空气每立方厘米含负离子6万个，细菌含量为零。

我还有两个雅兴。一是穹窿山是著名军事家孙武的隐居地，他在东吴长居40余年，在穹窿山完成了著名的《孙子兵法》，穹窿山也就拥有"天下第一智慧山"的称号；二是苏州的"藏书羊肉"怎么来的，听说与西汉朱买臣刻苦学习的励志故事有关——我当然想去察看一下。

我在苏州居住已有5年，每年我都会去穹窿山。虽然我不迷信，但老爸身体不好，长期卧病，就当我每年去山上为他祈福吧，祝愿老人身体健康总归是好的。我小时候，老爸曾为我买过《孙子兵法》和《马前泼水》的故事书，我印象极深；可我没想到，这两个故事都发生在穹窿山。还有，已闻惯了城市中尘粉空气的我，真想感受一种新鲜的空气，想从心底地舒坦一下。

二

穹窿山的大门前是一片很大的广场，给人一种气势磅礴的感觉。远远望去，"穹窿山"三个字高高挂在大门的正上方，字体刚正有力，非常醒目。如果是让我来设计，我会突出三个字的玄幻色彩。

进入景区大门，上山有两种选择。一种是乘缆车，随着蜿蜒曲折的盘山路可一路上山。这盘山路虽然说是苏州最长的一条，但你一点都不会觉得长，因为看着路两旁延绵不断的绿色景致，时间不知不觉就过去了。当然你也可以自驾，我曾开车带着老爸老妈盘山而上，十几分钟就到了山上，当然山的坡度不高、弯度也不大。我在开车的时候还想到：世界上最曲折的盘山路之一在湖南张家界的天子山，左盘右旋，有99道弯，从山脚一直绕到山顶。如果从山顶往下看,你脚心会发痒;如果从最下面往上看,则脖子会折断。意大利赛车手法比奥·巴隆驾驶赛车在张家界天门山通天大道上行驶,挑战了速度与激情的极限,他创造了10分31秒的个人极速挑战纪录。这时间和我在穹隆山自驾创造的差不多。我望洋兴叹,可从未想到超越,专业选手就是不一样。

还有一种就是传统方式——爬山。大多数人第一次去都会从乾隆御道开始——乾隆就是一张名片,好像他在笑呵呵地看着你。乾隆御道是1.5米宽小道,用黄道砖侧砌而成。这个御道和其他的御道不同。一般的御道是为皇帝专设,路面常用青砖竖砌成"人"字形花纹,寓意过路者是"万人之上"的君主。因山地湿润而年久,该道可见青苔其上。御道蜿蜒曲折,蔓延而上,道边相继有铁竹亭、双膝亭等古建筑,供登山者歇息。一条小溪沿着御道顺势而下,泉水清冽、透明,水面上流逸着随风飘落的海棠花瓣,在曲折处形成一道粉红色的花瀑。

再往上爬,你便进入了石刻区。山石上留下了古今文人骚客的题词墨宝无数,显示了穹窿山的历史和文化。当我欣赏石刻尚在回味之时,一座大型的建筑便入眼帘。这便是土地祠,人们因社祭和土地崇拜而建。土地祠边便是半山泉和得仙桥。半山泉因在半山且终年不枯而得名,得仙桥则是传说走过此桥便可得仙而得名。山不在高,有仙则灵呀。我也随俗走过桥上,也想着得仙,憧憬着福音和无忧,心中默默然也。

继续沿着御道走,突然间你就进入一片竹海的世界。虽然比不上江苏溧阳的南山竹海,但听人说,老版《笑傲江湖》中的竹景就在此处……我看到竹叶落在地上,多年累积,颜色如松土,而竹林又绿色可餐,融在一起,我感觉沧桑和生机同在。若是春季,你还会发现竹笋冲破了岩石的重压,顽强地向春天露出了娇嫩的笋尖。这时,你还会发现裸露的岩石逐渐增多,杜鹃花在岩石的缝隙里绽放着娇艳、醒目的红。

再往上行进,便可来到上真观。上真观上方有乾隆御笔"穹窿山"手迹,两侧对联分别是"道通天地穹窿扬妙法,德观古今环宇证仙都"。如今的上真观建筑群雄伟宏大,面向苏州古城。据称,上真观投资四千万元得以扩建修复。上真观是江南名观，原名上真道院，又称"句曲行宫"，坐落在穹窿山三茅峰，是吴中最早的道院，始建于东汉初年，距今已有1800多年历史。清同治年间该观发展至鼎盛时期，观内有殿宇36处、景观170处，共有5048间。据说开山法师曾教过清摄政王多尔衮治国治家之道。乾隆当年手植的玉兰树，至今仍完好地保存在园内。入内，玉皇宝殿、文昌殿、财神殿等皆气宇不凡，殿宇墙体为紫红色，与喇嘛所穿僧服相似。

站在上真观至高处眺望，穹窿山不但气势雄伟，峰峦连绵起伏，而且风光旖旎。偶尔雾绕山间，缥缈似烟，若隐若现；晴朗天山姿巍然屹立，郁郁葱葱。再看穹窿山山道蜿蜒盘旋，曲折伸向山巅。

过上真观庭院往东，便是"御碑亭"，亭内存放着乾隆手笔的石刻，行草相间，笔势飞动，是他在江南留下的众多精品墨宝之一。"望湖亭"三字亦是乾隆字迹。并有一首诗，为《穹窿山望湖亭望湖诗》："震泽天连水，洞庭西复东；双眸望无尽，诸虑对宜空。三万六千顷，春风秋月中；五车禀精气，谁诏陆龟蒙。"望湖亭南有石台，向南眺望，阳光下不远之白茫茫处定是太湖，但湖水却无法看清。当然不同的季节和气候更有不同的景象：若风和日丽，则波光粼粼，山辉川媚；如风雨交加，则白浪滚滚，汹涌澎湃；倘薄雾轻霭，则烟云变幻，扑朔迷离；当晨曦暮晖，则彩霞万道，满湖金鳞；湖上满月时，则流光万顷，山影荡漾。

过"御碑亭"再往东，便是"望湖园"。望湖园是穹窿山的山顶花园。据专家考证，乾隆皇帝来过穹窿山，每次都会到上真观祈福延寿，然后到山顶眺望太湖、领略风景。可我真正到了这里，却是怎么也找不到太湖的印迹，眼前只有苍翠的树木组成的绿色海洋。原来此湖并不是太湖之意。但想到乾隆祈福的样子，我也情不自禁地双手合十，心中也不免默默为家人祈福，感觉不虚此行。

三

望湖园往南下山，就来到了茅蓬坞。区内是当地目前植物种群最丰富、品种最多、树木最茂密的天然次生林。穹窿山藏龙卧虎,在这里曾隐居过一位大名鼎鼎的人物。他在隐居期间创作出一部流传千古的兵法奇书《孙子兵法》,山上因此有个景点叫孙武苑。走进孙武苑,木窗、灶台、木桌,仿佛走进了武侠小说中的绝世高手的隐居地,充满了智慧与神机的色彩。

孙武苑草堂一共是五开间的茅屋,依山而建,屋前的一泓清泉潺潺而流,源出绝壁,以竹筒相接,别具一格。你可以去喝口山泉水,品尝一下"智慧"的味道。在孙武草堂内陈列的是仿春秋时期的古床、古凳、蓑衣、锄头等,再现了当年孙武隐居撰写兵书、与好友饮茶对弈的生活场景。

从右边石梯拾级而上,是孙武苑碑苑。"浩然"的牌匾高挂大门正上方,旁边一副对联"穹窿一峰高,兵学两孙秀",正好说明了此情此景。走进大门,正面是十多米长的《孙子兵法》碑文,三面的碑文大多为名人手书。前方的兵圣堂中有一座孙武的青铜塑像。只见孙武正襟危坐构思兵书,眉宇间透着一股运筹帷幄之气,谋略家气概跃然而现。

"知彼知己,百战不殆",孙子一辈子就写了《孙子兵法》一书,共13篇,不足7千字,讲的全是如何克敌制胜的战略战术。内容包罗万象、博大精深,涉及战争规律、哲理、谋略等方面的内容,包括始计、作战、谋攻、军形、兵势、虚实、军争、行军、地形、九地、火攻、用间篇等,构成了一个十分完备而又严密的军事思想体系,反映出孙武的远见卓识和创造天赋。其行军打仗的要诀与智谋无论是从广度和深度上看都是典范,阐述了战争的普遍规律。《孙子兵法》被译为英、法、德、日文,成为国际最著名的兵学经典之一,从而使孙武成为中国乃至世界的伟大军事家。这本旷世奇书直到今天,很多理论内核依然闪耀着真理的光芒。

苑内建筑"兵圣堂"就是依据春秋建筑样式而建,堂内陈列着兵法十三篇的全文,堂壁上用中、英、法、俄、阿、西等联合国通用的六种文字书写着孙武兵法的经典语录,表明了《孙子兵法》的国际性和广泛流传性。其中,《谋攻》是以智谋攻城,即不专用武力,而是采用各种手段使守敌投降。《形》《势》讲决定战争胜负的两种基本因素:"形"指具有客观、稳定、易见等性质的因素,如战斗力的强弱、战争的物质准备;

"势"指主观、易变、带有偶然性的因素，如兵力的配置、士气的勇怯。《虚实》讲的是如何通过分散集结、包围迂回，造成预定会战地点上的我强敌劣，最后以多胜少。《军争》讲的是如何"以迂为直""以患为利"，夺取会战的先机之利。《九变》讲的是将军根据不同情况采取不同的战略战术。《行军》讲的是如何在行军中宿营和观察敌情。《地形》讲的是六种不同的作战地形及相应的战术要求。《九地》讲的是依"主客"形势和深入敌方的程度等划分的九种作战环境及相应的战术要求。《火攻》讲的是以火助攻。《用间》讲的是五种间谍的配合使用。

当初，对于《孙子兵法》作者到底是谁，学术界议论纷纷。一种认为是春秋时期吴国的孙武所著，一种认为是孙膑整理而成，一种认为是战国初年某位山林处士编写，还有的说是三国时代曹操编撰的。直到1972年4月，在山东临沂银雀山发掘的两座汉代墓葬中同时发现了用竹简写成的《孙子兵法》和《孙膑兵法》。于是，数百年的争论方告结束，《孙子兵法》的作者被确认为孙武。

我们来看看孙武的故事。孙武的父亲孙凭曾做过齐国的卿。贵族家庭给孙武提供了优越的学习环境，孙武得以阅读古代军事典籍《军政》，了解黄帝战胜四帝的作战经验以及伊尹、姜太公、管仲的用兵史实。加上当时战乱频繁，兼并激烈，他的祖父、父亲都是善于带兵作战的将领，他从小也耳闻目睹了一些战争。这些对少年孙武的军事才能方面的培养是非常重要的。但孙武生活的齐国，内部矛盾重重，危机四伏。孙武对这种内部斗争极其反感，不愿纠缠其中，萌发了远奔他乡、另谋出路去施展自己才能的念头。当时南方的吴国自寿梦称王以来，联晋伐楚，国势强盛，很有新兴气象。孙武认定吴国是他理想的施展才能和实现抱负的地方。

正值18岁的青春年华，他毅然离开乐安，告别齐国，长途跋涉，投奔吴国而来。孙武一生事业就在吴国展开。孙武来到吴国后，便在吴都（今苏州市）郊外结识了从楚国而来的伍子胥，两人十分投机，结为密友。这时吴国的局势也在动荡不安之中，两人便避隐深居，待机而发。隐居吴都郊外的孙武由此更加看清自己的前途。他在隐居之地一边灌园耕种，一边写作兵法,并请伍子胥引荐自己。

孙武觐见吴王。据有关资料记载,为考察孙武的统兵能力,吴王挑选了180名宫女由孙武操练。这就是传说的孙子"吴宫教战斩美姬",也就是"三令五申"的故事。吴王任命孙武为将军。从此,孙武与伍子胥共同辅佐吴王,安邦治国,发展军力,后来出兵伐楚。孙武采取"迂回奔袭、出奇制胜"的战法,溯淮河西上,从淮河平原越过大别山,长驱深入楚境千里,直奔汉水,在柏举(今湖北汉川北)重创楚军,接着五战五胜,一举攻陷楚国国都——郢。从此,吴国不仅成为南方的强国,而且北方的齐、晋等大国也畏惧吴国。吴国的声威大振,成为春秋五霸之一。但吴王在称霸后却开始变得骄傲起来,并将伍子胥杀死。理想和现实到底哪一个重要?孙武明白鸟尽弓藏的道理,于是退隐江湖。

《孙子兵法》在西方被译作《战争的艺术》,享有"兵学圣典"的美誉。如今,古老的兵法在现代社会中闪耀着迷人的光彩。英国著名战略家利德尔·哈特在《孙子兵法》英译本序言中说:"2500多年前中国这位古代兵法家的思想,对于研究核时代的战争是很有帮助的。"2007年,西点军校的图书馆负责人、军事历史学家阿伦也表示,《孙子兵法》主要是军事历史课等几门课程的教学用书,西点的学生中大约有5%的人阅读过这本书。

如今,《孙子兵法》还被推广运用于社会的各个领域。孙武的军事理论与企业管理虽然不同,但它们确实有许多相似之处,市场竞争即战争。日本企业家大桥武夫所著《兵法经营全书》指出:"采用中国的兵法思想指导企业经营管理,比美国的企业管理方式更合理、更有效。"美国著名经济学家霍吉兹在《企业管理》一书中指出:《孙子兵法》一书中"揭示的许多原理原则,迄今犹属颠扑不破,仍有其运用价值"。

四

沿孙武苑拾级往上,至右侧小路尽处乃朱买臣读书台。西汉朱买臣是大器晚成的典范,但我总觉他不算是一个成功者,而且有点"小气"。

《三字经》中有一个"如负薪"的典故，说的就是朱买臣家贫，卖薪自给，每日砍柴，置书树下而读的故事。朱买臣读书台位于壮哉楼上首密林中，有巨石一块，石呈棕红色，相传为朱买臣微时樵柴小憩读书之处。每次朱买臣读完书都会把竹简放在这个台的下方。石东侧有"朱买臣读书台"行楷石刻，红漆，不见落款。读书台台面上镌："汉会稽太守朱公读书之处，正德己巳都穆题。"后人还为此建立了朱公祠来纪念这段砍柴读书的千古佳话。读书台之南是新建之朱公祠，正中是一尊朱买臣石雕，一个标准清瘦的苏州男子形象，左右墙壁分别是介绍朱买臣生平及读书台之石刻。初看字迹，似介于虞世南孔子庙堂碑与颜真卿多宝塔碑之间，此处原为穹窿禅寺，旧名福臻禅院，相传为朱买臣故宅。

我记得《马前拨水》或是叫《覆水难收》描写了这样一个故事：朱买臣久无出息，常遭村人讥笑，但他不改初衷，经常将书藏于山中。朱买臣娶妻崔氏，崔氏跟着丈夫过着清苦的生活。渐渐地她有些不耐烦了，脾气越来越坏。她从心里看不起丈夫那副穷酸的样子，说话尖酸刻薄。朱买臣有口难言，只得默默忍耐。一日，天寒地冻，大雪纷飞，朱买臣饥肠辘辘，被崔氏逼到山上砍柴。他以为多砍些柴草卖掉，买回米面，妻子就会高兴起来。谁知崔氏另有打算。她让媒婆为自己物色了新的丈夫——家道殷实的张木匠。朱买臣一进家门，崔氏就提出要他写下休书。朱买臣痛苦地请求妻子等他时来运转，日子就会好起来。崔氏却坚定地表示，即使朱买臣将来做了高官，自己沦为乞丐，也不会去求他。朱买臣见她全然不顾多年的夫妻之情，只好写下了休书。后来他当上太守，崔氏得知后心慌意乱。她想木匠怎能跟太守相比，太守夫人享的是荣华富贵呀！她决定去找朱买臣。崔氏蓬头垢面，赤着双足，跑到朱买臣面前，苦苦哀求他允许自己回到朱家。骑在高头大马上的朱买臣若有所思，让人端来一盆清水泼在马前，告诉崔氏，若能将泼在地上的水收回盆中，他就答应她回来。崔氏闻言，知道缘分已尽，羞愧难当，自缢而死。

对于夫妻两人之间的矛盾，有很多细节，实际经不起考究，不靠谱。我看过多个版本，比如这个——朱买臣四十岁仍然是个落魄儒生，他在挑柴途中背诵诗文,有人在背后笑他是个书痴,当作新闻传来传去。惹得妻子难堪,所以劝他挑柴时不要嘴里念个不停,让周围人当笑柄。可朱买臣不听妻子的劝告,无动于衷,反而越念越响,甚至如唱山歌一般,弄得周围人都围过来看热闹。他的妻子感到羞愧,请求与朱买臣离婚。朱买臣笑着对她说:"你别看我是个穷鬼,我五十岁要大富大贵,你跟我吃苦已有二十多年,现在我已经是四十多岁的人,再等我几年,等到我富贵的时候好好报答你的功劳。"妻子愤恨地说:"像你这样的人,最后只能饿死在沟壑中,又怎么能够富贵呢?"朱买臣再三劝说,妻子便索性大哭大闹。朱买臣没有办法只好写了休书递到妻子手里,妻子毫不留恋,离家而去。后来朱买臣当上太守归故乡,道上见前妻及其后夫,接至官署,住在园中,其前妻不久自缢而死。

到底有没有马前泼水的故事,我们不需要计较。再看他离婚后的故事。过了几年,朱买臣去长安上书,凑巧在街上遇到同县人严助。严助官居中大夫,深受汉武帝赏识,于是向汉武帝推荐了朱买臣。汉武帝召见朱买臣,朱买臣谈说《春秋》,讲解《楚辞》,汉武帝很高兴,便封朱买臣为中大夫,与严助一起在宫廷侍奉皇帝。此时,东越王余善反复无常,屡次不听朝廷命令。因此汉武帝召集文武大臣献计讨伐。朱买臣说:"以前东越王居住在泉山之上,地势险要,一人守险,千人都攻不上去。如今我听说东越王迁徙南行换了地方,此地距离泉山五百里,在大泽中。现在如果派兵过海,直接攻击泉山,陈设舟船、排列士兵围攻,席卷南行,就可以攻破消灭东越国了。"后来,汉武帝派朱买臣平叛。因平叛有功,朱买臣被征召到朝廷做了主爵都尉,列于九卿之中。

再后来,廷尉张汤诬告朱买臣的好友严助与淮南王刘安谋反有关,汉武帝下令将严助斩首。朱买臣因此怨恨张汤。等到朱买臣为丞相长史,张汤多次执行办理丞相事务,就故意欺侮凌辱丞相府里朱买臣等三名长史。三长史去拜见张汤的时候,张汤就坐在床上,不以礼相待。因此,三长史对张汤心怀怨恨,待机报复,朱买臣常想舍命害死张汤。不久,孝文帝陵中瘗钱(陪葬的钱币)被盗。张汤要陷害丞相庄青翟,将瘗钱被盗一案全部推卸在庄青翟头上，而且还要办他明知故纵的罪名，然后由自己代替丞相位置。不料有人将隐事泄露出去，朱买臣知道张汤要陷害丞相庄青翟，便通报庄青翟，并对他说："束手待毙，不如先发制人，除掉张汤方为上策。据说商人田信等皆为张汤爪牙，与张汤勾结，营奸牟利，凭此条罪状好教张汤死心伏罪。"丞相庄青翟就命令三人代为办理。于是，朱买臣暗中命令吏役去抓商人田信等到案审讯。一经严刑逼供，田信只得招认。张汤知自己必死无疑，便写下遗书称三长史陷害他。写完遗书后，挥剑自杀，当即毙命。后来，汉武帝看到遗书后，便将朱买臣等三人斩首。

人生短暂，为何如此勤奋好学的人会以这样的人生结局和世人告别，能不让我为他惋惜吗？

五

朱买臣读书台西下不远，便来到宁邦寺。宁邦寺位于穹窿山景区的北面，虽然不大，但它是佛教名刹、千年古寺。它原名"海云禅寺"，始建于梁代。相传在南宋末年，抗金名将韩世忠在岳飞被害后隐居苏州市沧浪亭，其手下六名部将出家隐居在穹窿山"海云禅院"。他们虽身在佛界，仍心系国家安危，将"海云禅院"更名为"宁邦寺"，即希望国家安宁。现该寺经最近重新修复，目前已恢复了往日生机。

宁邦寺边，便是穹窿山最著名的泉水——百丈泉。泉水来自竹林深处，清冽可口，每天都有附近居民走山路来此取水饮用。用穹窿山泉泡穹窿山茶，在宁邦寺的茶室内品茗赏景、读碑道故，不失为一大畅事。

穹隆山脚下的藏书镇出产一种羊肉，叫作藏书羊肉。这里又有一则故事。朱买臣自幼家境贫寒，小时候曾帮家里放羊，经常在山上趴在石头上看书，因此经常把羊给弄丢了。我也搞不懂，家贫为何还有羊？家人警告他说，如果再把羊弄丢，就要把他的书烧掉。于是，朱买臣把书藏到山上的一块石头下面，趁家人不注意时，再偷偷地把书拿出来读。后人为纪念他读书之艰辛及勉励后人发奋读书，就将他的家乡取名为"藏（cáng）

书"。所以，藏书的"藏"字应该读"cáng"，而不是读"zàng"。我这个苏州外乡人，改口多次，才将这个音读准。

  藏书羊肉历史悠久，以其独特的烧煮技艺、肉香汤鲜、味美可口、营养丰富而深受人们喜爱，是冬令进补佳品，成为传统的苏州地方风味小吃而风靡江南。几代人的努力、继承和发展，使其形成著名品牌，实现了产业化经营。目前藏书羊肉以白烧羊肉、羊肉汤、羊糕和红烧羊肉为主要品种，运用传统独特的烹饪技艺烧煮而成。白烧以汤色乳白、香气浓郁、肉酥而不烂、口感鲜而不腻、常食不厌而闻名。近年当地又推出"全羊宴"等特色系列菜肴，品种达30余种。

  嘴里品着藏书羊肉，眼睛凝眸葱茏的穹窿山，我脑海中闪现出这样一幅画面：走进幽静的草场，皓月当空，聆听虫鸣，对酒当歌，海阔天空地畅谈，这简直就是一种诗意的生活。我又看到孙子和朱买臣，一路风尘走来。

2016年10月6日

三清山游记

一

关于祖国的山川美景，几乎都可用一个字高度概括，诸如泰山之雄、黄山之奇、华山之险、青城之幽等。然而，我却不知用哪个字来形容三清山？从总体看，三清山平面呈荷叶形，山势由东南向西北倾斜，即东、南、西三面陡峻，北面稍缓，东险、西奇、北秀、南绝，融"奇峰怪石、古树名花、流泉飞瀑、云海雾涛"自然四绝为一体。我想，就算是有这个字，也难免牵强附会。也许该用的字都用遍了，或许我本身就孤陋。

我感觉，三清山的名字就很有特色。三清山的 logo 就是一个简洁和动感的"川"字，中间还画着一朵云彩。三清山名字来源于玉京、玉虚、玉华三峰宛如道教玉清、上清、太清三位尊神列坐山巅。

这个道教名山原名少华山，位于江西省东部上饶市玉山县境内，其居"位"独优，地处浙赣之交，东达沪杭，南通闽粤，西迎荆楚，北望苏皖，接黄山而携龙虎，近武夷而处其中。三清山经历了 14 亿年的地质变化运动，因处在造山运动频繁而剧烈的地带，经长期风化侵蚀和重力的崩解作用，断层密布，山体又不断抬升，形成了举世无双的花岗岩峰林地貌。

世界遗产大会认为：三清山在一个相对较小的区域内展示了独特花岗岩石柱与山峰，丰富的花岗岩造型石与多种植被、远近变化的景观及震撼人心的气候奇观相结合，创造了世界上独一无二的景观美学效果，呈现了引人入胜的自然美。中外地质学家一致认为其是"西太平洋边缘最美丽的花岗岩"。

八月份，我和妻儿去游三清山。我从小是在东北山区长大的，爬山是我从小就养成的习惯。妻常常笑我，岁数这么大了，爬个山还像个兔子？这次三清山一游，第一个缘由就是要圆我十二年前的一个想法。十二年前，妻怀儿的时候，我们三口人爬过四川青城山后山。青城山是道教发源地之一。当时我还在西南交通大学读书，我感觉到青城山的"幽"确实名副其实。当然，我对着妻肚里的孩子，曾答应过她，十余年后，我要领着孩子再爬一座道教名山。如今，十二年已过，看着儿子稚嫩的肩膀，我就是想让他尝试一下第一次爬这么高的山的感觉，感受一下祖国名山的风采。当然还有一个缘由，我想去追寻这座道教名山中隐藏的一段故事——明朝时期的一个谜案，而且至今都是一个谜。以后是不是谜？我不知道。

如今，高铁改变了人们的出行方式。我们下午从上海虹桥站乘坐高铁动车经过2个半小时，黄昏时分就到了玉山县城。我在车上没少与儿子啰嗦那些青城山往事，儿子似乎明白了，怪不得他喜欢吃"夫妻肺片"。

二

早晨，我们从玉山县城乘坐中巴往三清山方向进发。一路上，村庄秀美，湖光山色，我觉得呼吸的空气都很清鲜。这种味道在城市里是没机会体会的。不到一个小时，我们就来到了山的南门。

我指着地图，将有关三清山的知识现学现卖给儿子："三清山有两个门，南门和东门，各有索道供游客乘坐并观赏美景。我们打算从南门开始，在山上要游览2天，最后在东门出山。"

我随手一指地图中央的一个山峰，继续说道："三清山中线直通玉京峰，玉京峰海拔1819.9米，是山的最高处，就像一把尖刀，插在三清山上。玉京峰自古就享有'清绝尘嚣天下无双福地，高凌云汉江南第一仙峰'之殊誉。你可以试着设计登山路线，主要景点全都游遍，但不能走回头路。"

很快，我们便从南门索道下站开始爬山，目标就是直接爬到预定的酒店——日上山庄，而不是乘坐索道。这段距离，从山脚至山顶，距离5千米，但海拔却由200米陡增至1816米。听说最快的爬山纪录是50分钟。我领着儿子边走边玩边欣赏山水。走在林间，可以看到流泉如丝带般缠绕山间。三清山飞瀑有十来处，都非常壮观，但由于它们藏在深山中，所以游客乘缆车是看不到的。我们心里想着"飞流直下三千尺"的瀑布，但爬了2个多小时，却没看到。

在阳光的普照下，已近中午，我们疲乏之极，这时候才到索道上站。妻找了一家干净的农家，让一位同龄的女主人炒了几个山菜，又烧了一壶山泉水。我们三人开吃起来。味道和我小时候在东北山区吃的喝的味道真差不多，山泉水清凉爽口，沁人心脾。我对着儿子忆苦思甜，指着其中一个山菜，说道：在上小学的时候，操场上到处都是马齿苋，我们从来不吃这东西，而是收割起来回家喂猪。现在，这种菜今天让我也尝到了，时代在变化呀。我还告诉儿子，我小时生活的地方叫作青山，山清水秀，与三清山比，少了三点水，那是我一生无法忘怀的地方，曾给我的童年带来欢乐。

然后我们从索道上站开始爬山，这段路程不算陡，不到30分钟就到了日上山庄。路上，我们看到那些流自己的汗、吃自己饭的挑山工挑着沉沉的货物。他们一身古铜色的皮肤，手里拄着拐杖，穿着解放鞋，那被汗水浸透的毛巾挂在颈上。

儿子走上前打听他们工钱是怎样的。原来挑一次也就是三角钱一斤，每次要挑一百二十斤左右的货物，一天能挑五六次。他很惊讶，钱真少？我告诉他：那汗如雨下的黝黑的脸庞，那肩膀上被扁担压出的深褐色的印痕，记录的是挑山工们长年累月的艰辛劳作。他们的肩膀挑起的不仅是上百斤重的货物，挑的是一个家庭的希望，他们用自己辛勤的劳动换来美好的生活。

我们在山庄的房间中远眺爬过的路。群山环绕，我们似在半空中。奇峰矗天，幽谷千仞，山势高峻，千峰万壑，绝景无限。短歇整顿后，我们继续从日上山庄出发。整个三清山的景区可以说是以这个山庄为分界点，分东、西部海岸景区。我们向着东海岸爬去，先是经过一线天，300多级台阶几乎是直上直下，很是消耗体力。等爬到一半路程，回望，仿佛自己已经悬空。这时候你会发现，下山比上山更难，因为看着垂直的悬崖，脚底下还要打哆嗦，自然增加了惊怵之感。看来，别无选择，只能努力往上爬。

南清园是三清山自然景观最奇绝的景区之一，这里的怪石很多，什么狐狸啃鸡、企鹅献桃、观音赏曲等怪石形神皆备，让人眼花缭乱。最可观的当属标志形象石"东方女神"和"巨蟒出山"，两怪石遥遥相对。传说王母娘娘的四仙女被贬下凡后，掌管人间季节，但因与村里樵夫相好，被天神惩罚，女神化作巨石，樵夫化作巨蟒。"东方女神"看上去美丽而朴实，那清秀的面孔楚楚动人。那"巨蟒出山"，蛇身高达128米，蛇头宛如巨蟒，三角形的头粗大而扁平，腰略微弯曲，它身上的苔藓好似鳞片闪闪发光，形态逼真至极！

南清园主要观景台均为观赏日出日落的绝佳位置。这时候，已经临近黄昏，太阳一跳一跳，在周围晚霞中沉没。我们欣赏着晚霞，不知不觉就到达了玉皇顶。玉皇顶也就是一个狭小的平台，是山顶上的分界点，一是通过阳光海岸栈道连接到三清宫，二是从玉皇顶基本上是垂直下山可到日上山庄。我们相当于转了一个圈，从玉皇顶往山庄的方向前进。这一路上，"司春女神""观音赏曲""葛洪献丹""万笏朝天""玉兔奔月""孔庄论道"等怪石无一不惟妙惟肖。

据说，庄子和他的学生在山上看见有一棵参天古木，它因为高大无用而免遭砍伐，于是庄子感叹地说："这棵树恰好因为它不成材而能享有天年。"晚上，庄子和他的学生又到一位朋友的家中做客。主人殷勤好客，便吩咐家里的仆人说："家里有两只雁，一只会叫，一只不会叫，将那一只不会叫的雁杀了来招待客人。"庄子的学生听了非常疑惑，向庄子问道："老师，山里的巨木因为无用而保存了下来，家里养的雁却因不会叫而丧失性命，我们该采取什么样的态度来对待这繁杂无序的社会呢？"庄子回答说："还是选择有用和无用之间吧，虽然这之间的分寸太难掌握了，而且也不符合人生的规律，但已经可以避免许多争端而足以应付人世了。"世间并没有一成不变的准则。面对不同的事物，我们需要不同的评判标准。对于人才的管理尤其明显：一个对其他企业相当有用的人，对自己来说却不一定有用；而把一个看似无用的人摆正地方，也许就能为你创造出意想不到的效益。

我又想到了庄子的话：吾生也有涯，而知也无涯；以有涯随无涯，殆已！人的生命是有限的，但是知识是无限的，用有限的生命去追求无限的知识，必然会失败。根据兴趣和需要，选择性地掌握一些知识。人生天地之间，若白驹之过隙，忽然而已。人生苦短，要懂得珍惜。庄子认为，人的自由与解脱，并不是远离人世间，而是处理好自身与人、与世界的关系。不要因外在的成败得失而陷于喜怒哀乐的情绪困扰，而应当享受生命当下的美好。

等返回到山庄时，已经是晚上八点多。儿子拿出地图再看着我们设计好的第二天路线：明天清晨，我们再从山庄出发，向西部海岸进发，要经过长长的空中栈道等，到达文化区——三清宫，再从三清宫经过阳光海岸空中栈道，到达玉皇顶，再从玉皇顶往东，从东面下山，到达东门。

儿子算计着两天的爬山路程，爬上爬下加起来大概要走30千米的行程。突然，儿子对着地图，哈哈大笑。他就像发现了新大陆一样，惊讶道：歪打正着，我们两天的路线要走完一个"心"字形状。难怪我的小心脏就不由自主地加速跳动。此时，我也察觉到了儿子说的心字形路线，于是，我情不自禁地想到一个故事，就给儿子讲了起来。

据说有一封享誉世界的另类情书保存在欧洲笛卡尔的纪念馆里。法国大数学家笛卡尔，就是发明直角坐标系的那位。1649年，欧洲大陆爆发黑死病时他流浪到瑞典。52岁的时候,在斯德哥尔摩的街头,笛卡尔邂逅了18岁的瑞典公主克里斯蒂娜。后来,国王聘请他做小公主的数学老师。小公主的数学在笛卡尔的悉心指导下突飞猛进,笛卡尔向她介绍了自己心形线研究的新领域——直角坐标系。每天形影不离的相处使他们彼此产生爱慕之心。国王知道后却勃然大怒,下令将笛卡尔处死。因小公主苦苦哀求,国王将笛卡尔流放回法国。笛卡尔回法国后不久便染上重病,他日日给公主写信,但都被国王拦截。笛卡尔在给克里斯蒂娜寄出第十三封信后便气绝身亡,这第十三封信内容只有短短的一个公式:$r=a(1-\sin\theta)$。国王看不懂,全城的数学家也解不开。国王把这封信交给一直闷闷不乐的克里斯蒂娜。公主看到后,立即明了恋人的意图。她马上把方程的图形画出来,她知道恋人仍然爱着她。原来方程的图形是一颗心的形状,这就是著名的"心形线"。后来,克里斯蒂娜登基,立即派人去寻找心上人,无奈斯人已去。

儿子睁大了眼睛,似乎在问:这故事可能吗?52岁和18岁能谈恋爱?我笑了。儿子不好意识地说道:妈妈长着一个娃娃脸,永远不老,现在看起来还很年轻,而爸爸的脸像饱经风霜的50多岁的老人。我也笑了,我知道他想表达什么意思。我和妻相对一笑。

十几年前,我在东北工作时,一次,我和妻在一起,有些不认识的朋友还以为我领着女儿呢。当时,真把我羞得够呛。可我高中时候就是数学王子呀,很多数学难题对别人来说是难题,对我来说并不是难题,我有时候可以轻松地得到答案。

曾经,我答应妻:我能帮你实现你的事业梦想。就这样,她成了我的另一半。后来,我们双双求学,毕业后到了江南二次创业。多年过去,慢慢成长和磨砺,她算是在眼科白内障手术方面事业有成,成了江苏省著名的眼科专家。我也似乎兑现了当初的诺言。

三

三清山有雾的日子,一年平均多达210天,而且变化莫测。果不其然，第二天一早，烟云弥漫，山形树影时隐时现，虚无缥缈。我站在峰顶往下看，雾气环绕，脚底仿若云海翻腾，有一种飘飘欲仙的感觉。我们原打算早晨看日出这次却没法实现了，因为，三清山已经成了云雾的海洋。

当然我们算幸运地赶上了晴雨云雾不同天，见证了多彩多姿的三清山。这时候，山间的浓雾像海浪一样层层涌来，瞬间眼前的世界白茫茫一片，十米之外也分辨不清。我的心悬了起来："这么大的雾在山上能看到景色吗？"

三清山属黄山余脉，位于黄山西南。三清山景区建设也模仿黄山西海之构建，在险峰半腰建凌空栈道，盘旋迂回。西海岸栈道现在已成了三清山的精华旅游路线。高空栈道盘踞在笔直耸立的石壁上，极大地延伸了游人的视野。漫步在海拔超过1500米的空中栈道，若没有雾的话，看奇峰异石，千山万壑，近峰远山，尽收眼底，有种心旷神怡的感觉。

但有雾的时候，信步在三清山的大峡谷高空栈道上，更是惊险刺激。放眼四顾，不仅对面挺拔的山峰、翠绿的松树全消失于一片白茫茫的云雾间，就连十米开外路边的景色也辨认不出。雾气虽然大，但在空中栈道上，能看到最有代表性的植物就是奇松了：有的直立在路旁，像草原上的哨兵一样；有的从石缝里冒出来，展露出顽强的生命力。这里的松树可真会见缝插针啊！它们的形状也很独特，阳光充足的一面枝繁叶茂，靠山的一面枝叶就非常稀少。

我在想这个栈道怎么造起来的呀。我找到一位栈道工，他是来检查栈道的安全的。我问起了栈道的修筑情况，这么长的距离要建多久呢？得到的答案是：先在悬崖峭壁上打桩，然后一路铺过去，风险和难度系数极大，但要感谢现在先进的工程技术。儿子一边欣赏栈道外面不远处的美丽的风光，一边从心底里佩服修栈道的工人叔叔真是伟大：没有他们，我们就没有这么好的角度看风景了，真的好了不起！

我听当地人讲，工人们需要在近400米高悬崖边高空作业。工人搭的架子就是他们的安全保障。地面作业可以使用大型机械，在悬崖峭壁上修栈道则全部靠人力。一条栈道施工要经过搭架—打梁口—钢筋—锚固—制模板—布面筋—浇筑混凝土—拆模—护栏—钢管焊接—上水泥—上颜色—打锚13道工序。即便是天气晴好，一天最多也只能推进20米。而且在栈道修建中，既要考虑景区的规划，又要结合地形地貌，寻找合理的栈道线路。工人们在简单的安全保护措施下，站在悬崖边的脚手架上，只是修路的第一步。打眼工和搭架工是栈道工种中危险系数最高的。工人们站在薄薄的木板上，依靠自身的平衡修建道路。工人们背着沉重的木板，推着满载混凝土的推车，穿过搭建在悬崖峭壁的木板路运输修路所需的材料。

这样的"中国奇迹"让人心服口服！正当我思考着工人怎么建栈道的时候，突然两只松鼠在肆无忌惮的打闹，打扰了我的思绪。儿子一下子又兴奋起来。刚才还是嘟着嘴不满意，因为大雾影响，什么都看不见。他一下来了精神，追赶着松鼠，在栈道上跑了起来。我吆喝了两声，给他警告。

四

三清山的兴衰沉浮始终与道教的兴衰有密切关系。迄今1600多年的三清山道教历史源远流长，共有宫、观、殿、府、坊、泉、池、桥、墓、台、塔等三清山石刻、古建筑及石雕260多处。这些古建筑及石刻依据"先天八卦图式"和"后天八卦图式"交相融合精巧布局，是研究我国道教古建筑设计布局的典范。

三清山道教始于晋葛洪，他曾"结庐炼丹"于山，并著书立说，宣扬道教教义。至今山上还留有葛洪所掘的丹井和炼丹炉的遗迹。于是葛洪便成了三清山的"开山始祖"。明太祖朱元璋特别推崇道教，把张道陵作为全国道教教主，俗称张天师。于是，贵溪龙虎山成为全国道教活动中心。其实，道教有多种，三清山是道教中全真教的祖山，是搞炼丹长寿的；谁不想长寿，当时的科技与环境下，求仙问道实属正常。而龙虎山则是道教中正一教的祖山，是搞画符驱鬼的，符合当时政府的统治需要。三清山距龙虎山仅300里，近在咫尺，三清山的教务活动几乎直接在张天师控制之下进行。

到了明朝景泰年间，三清山道教活动处于鼎盛时期。滁州詹碧云上山担任三清宫住持后，山上的道教建筑如雨后春笋般大量出现。山上陆续建起了玉零观、龙虎殿、纠察府、演教殿、九天应元府等，并重新选址在九龙山口的龟背石上改建三清观为三清宫。

几年前，我曾看到一则报道，号称明史第一谜案的"建文皇帝失踪案"有望得到破解。有人考察三清宫为明代失踪皇帝——建文帝朱允炆的终隐藏身之所。后来我又在央视《发现》节目中看到过整个推测和证据。十多年以来，明朝建文帝朱允炆曾经在三清福地一带藏身的种种证据，吸引了人们的注意力，甚至更多人对其曾藏身三清山的说法深信不疑。

中午一点多我们才抵达三清宫景区。这个地方是三清山的文化区，也被称为三清福地景区。三清宫海拔1533米，是三清山道教的标志性建筑，也是三清山道教古建筑群的"露天博物馆"。

俯瞰三清宫，云雾像流水一般静默地游走，令这座全真教的道观如梦似幻，缥缈若仙境。整个建筑为山上的花岗岩雕凿干砌而成，梁、柱、墙、池、门均以花岗岩琢磨铺造，镶嵌得严丝密缝。宫内神像道、佛兼容，和谐同居一堂。前殿为三清殿，供奉道教玉清、上清、太清三位天尊，后阁为观音堂，中间供奉观音塑像，两旁供奉佛教十八罗汉塑像。

原玉山县旅游局局长官涛先生从1982年至今屡次登山，进行实地考察。在历经了十余年的探究、思考后，官涛大胆推测、求证，推断明朝建文帝隐姓化名为全真道人"詹碧云"，并巧施谋略，应王祐（1456年重建三清宫人士）之邀成为三清山"三清宫住持"。据他推断：建文帝失踪隐身于三清山且建有自己的陵墓，该陵墓命名为"明治山詹碧云藏竹之所"，詹碧云实际就是建文帝本人。这一说法在江西文物考古界曾掀起轩然大波。

官涛先生的"证据"很多，有一些网上能搜索到。我在此地果然也发现了许多官涛先生说的信息，现罗列如下：

一是对联提示。第一，三清宫前牌坊上的一副石刻对联"云路迢遥入门尽鞠躬之敬,天颜咫尺登坛皆俯首之恭",“天颜"用于指帝王的容颜,而当时三清宫住持詹碧云正好身处咫尺之地。第二,三清宫大殿石柱楹联写着"一统大明祝皇祚于百世千世万世,三元无极存道气于玉清上清太清",这与建文帝隐身三清山时所题口吻符合。第三,清宫牌坊有一副对联"上下信士朝奉诚心有感,左右灵官监察正法无情"。据《说文解字》中解释:"允,信也。"对联中有"诚信"二字,而建文帝名字中的"允",从字体来看是上下结构,正应了上下之分,本义为"诚实可信的人",后引为"信奉佛教的在家男子"。

二是实物例证。第一,最有意思的是在大殿前边有一个水池,水池中间有个香炉,香炉左边有一条长胡须的龙,被锁住,到庙里上香的人都从龙身上踏过。龙在古代代表帝王,这只龙有四个爪子,代表朱允炆痛恨朱棣这个排行老四的皇帝。第二,朱允炆属蛇,是丁巳年的朱棣是庚子年属鼠的,一条蛇盘在被斩成两段的老鼠身上。第三,三清宫牌坊前左面设的是灵官殿,供的是道教中的护法神将,在1426—1436年间被明宣宗封为"隆恩真君",并被加封"玉枢火府天将",后人把他看成火神;右边供奉魁星殿,是文曲星,暗合文;左右对比一看,就是炆。

三是"明治山詹碧云藏竹之所"。"明治山"暗指曾经治理过大明江山,"藏竹"并非藏着书册典籍,"竹"谐音"主",即皇帝。整座陵园的建筑,处处体现出九五至尊的意思。建筑风格与南京的明太祖皇孝陵十分相似,是由同一色花岗岩仿陵园式建筑,其构造因山制形,拾坡而上,前陵后寝,共有五层。墓正中设有须弥座,座上建有宝塔。宝塔分三部分,最下端为双层环形基座;中部则成腰鼓形,正面镂空成拱状神龛,龛内放置詹碧云石雕像,该雕像道冠长须,鹤发童颜,面容清癯,栩栩如生。宝塔上端为七级六角密檐塔身及宝塔。陵墓周围矮墙仿五岳封土火墙式,前后四进院落是敞式拜堂结构。每层以寻丈石栏相隔,栏柱上分别雕刻石葫芦、莲花和形态各异的狮子,雕工精细,工艺精湛。该陵墓在三清山景区是除三清宫以外最大的明代古建筑,从前一直被认为是一座全真派道士的墓,但明显比王祜及其他墓大而气派。陵园东北侧,一处山岩上刻有"螣冈"二字，螣即蛇，民间又称小龙，不但与朱允炆属相一致，也跟他即位时年仅21岁可谓"小龙"相符。另外，从坟上供的詹碧云的像、塔、台阶、碑文上看，都具有九五之尊的特征。旁边的很多石碑有几百处与明朝朱允炆的信息相符。

四是三清福地的道教建筑物，大多为微缩小殿、小庙，这与建文帝当时财力不足有关。其殿堂虽小，但规制未减。进入"三清福地"之初，路边有一座小型石质庙宇，额题"九天应元府"，取自雷神道号"九天应元雷声普化天尊"，供奉雷神。但官涛先生认为，其中"应元"二字大有文章，或许暗指应天府南京。

五是三清福地中，有自称三清山开山之祖的道士王祜（1423—1515）的坟墓。坟墓的位置并不符合"左青龙右白虎前朱雀后玄武"的风水观念，在三清福地的位置并不理想。据说墓前平地的石墙就屡被雨水冲垮。形制上，王祜墓也远远不及另一处陵园——明治山詹碧云藏竹之所。开山之祖，甘愿葬身次要之地，形制不敢超越不远处的一座陵园，足见那处陵园主人不会是一个名不见经传的等闲之辈。王祜墓附近，路边岩石上刻有"方豪上"三字，暗藏建文帝的复国信息，其中"方"指因拒绝为朱棣登基草诏而被灭十族的大臣方孝孺。

综上，所有的信息都指向一个结果，詹碧云就是朱允炆，他曾经隐居于此，并终老于此。更加确切的信息留待天下有志之士去考证。无疑，官涛先生的探究是引人入胜的。实际上，早在官涛提出建文帝藏身三清山之前，上饶市文物考古研究所黄上祈出版的著作《三清山道教文化考略》，其中《明代建文帝失踪之谜和三清山追踪》一文，已经对建文帝可能逃往三清山、隐居玉山境内，做了一些猜测和推断。另外，1983年玉山县东南发现的《重修三学禅院碑记》碑文中有一段提到了建文帝当年逃出南京后曾来到三学禅院避难。

官涛认为，三清山道教建筑物大多为微缩小殿、小庙，这与建文帝隐身财力受限有关。其殿堂虽小，但规制未减。局限于特定历史下的有限财力但仍然精巧作之，利用信教徒崇教捐资，苦心经营几十年才全部完成。

其以名山大川为陵的豪博大气，决不亚于一般在位帝王陵墓建制。

明史专家方志远先生考察后，根据道教古建筑景观、摩崖石刻、石雕、楹联、景观景点命名、民间传说等，推测建文帝曾经隐居并埋葬于三清山的说法有一定的道理。他承认，根据现场考察，"詹碧云藏竹之所"极有可能是"詹碧云藏主之所"，以"竹"代"主"遮人耳目。虽然詹碧云的陵墓与南京皇孝陵相似，但还不足以说明这就是建文帝的墓。首先，最大的疑问就是建文帝是否真活了120岁。方志远先生说："在当时的医疗条件下，要活到120岁基本上不可能。据史料记载，有确切年龄记载的道士一般都只有60多岁。而一些没有年龄记载的道士如'张天师'都是活了100多岁的，这些只不过是道教故事中的一些传说罢了，没有依据。……但是，建造陵墓的人可能另有其人，这个人可能效忠于建文帝，或是同情其遭遇的臣子，也有可能是与建文帝关系密切的道士子弟。但根据记载，建文帝自幼聪明好学，为人仁厚有余，刚强浑厚不足，显得未免有些柔弱。依照建文帝的经历和性格，以及当时逃亡的历史环境下，他本人不具备操作建陵墓的能力。"这就驳了官涛的年龄之说。但建文帝是否真在此处藏身这一说法还需要漫长的考证过程。

朱元璋早年立长子朱标为皇太子，但朱标早逝。朱元璋便改封长孙朱允炆为皇太孙。但是，朱元璋的四儿子燕王朱棣很不满意。朱棣在朱元璋的众多儿子中才华最为出众，而且胸怀大志，后被委派负责统帅重兵，驻守北平，以防蒙古骑兵进犯。朱棣早年随父亲东征西讨，为大明王朝的四方安定立下了汗马功劳。起初他对父皇选立长兄朱标为太子不好说什么，但朱元璋又立懦弱无能的皇长孙朱允炆为太子，朱棣表示出强烈不满，并数次在朱元璋的面前诋毁朱允炆如何无能懦弱，绝非可托天下之人。朱元璋虽然心中也明白，论文武才华，四子朱棣都要远远高于长孙朱允炆，但为了维护自己确定下来的皇长子继承制度，他坚决地支持朱允炆做自己的继承人。

后来，为解决地方藩王对中央皇权的威胁，建文帝朱允炆厉行削藩之策。地方藩王纷纷被削夺爵位，抑或被废为平民，抑或被禁为囚徒。几乎所有的诸侯王都对此不满。燕王朱棣早就有起兵反叛、夺取帝位之心。朱棣以"清君侧"为借口发动了"靖难之役"。建文帝急忙征调各地方的军队入京勤王。但是，地方诸侯已被他得罪殆尽，纷纷投向燕王帐下。建文帝手下的文人不少，但没有多少可以带兵打仗的将帅之才。燕王的军队没费多大的力气，很快就打到了南京城。当燕军攻陷南京后，建文帝便在皇宫的大火中销声匿迹，活不见人，死不见尸。因为当时所有查找与寻访建文帝到头来终无结果，从此，建文皇帝流落何处，众说纷纭，成为明史第一谜案。

由于建文帝是历史上少有的被叔叔夺去皇帝宝座的人，而且，史书中关于他城破后下落的记载含糊不清，矛盾百出，因此，很能拨动人们的心弦。自明初以来的六百多年间，史学家与考古工作者从未放弃过揭开此谜的努力。然时至今日，史学界对此依然是众说纷纭，争论不休，莫衷一是。

我们可以从人性的角度试想一下，燕王朱棣为了夺取帝位，必须宣称建文帝已经死亡，否则他就不可能称帝。他要摆脱篡位的嫌疑，还要必须否定建文帝的合法性。但明成祖朱棣的子孙后代都认为建文帝的下落是个谜。到了明中晚期，关于建文帝的下落已经不再是忌讳。

我也想过，所谓的"靖难之役"长达4年，并非朝夕之间，建文帝应该有充分的时间准备。朱棣进入南京时，江南、西北、西南、东南等大部分还不在朱棣的控制之下，建文帝有能力组织有效的反攻。西南数省，留有很多有关建文帝的遗址和传说。他对逃亡路线和藏匿之所应该有所准备。

品尝着这一段历史谜案，我们从龙虎殿下来进入阳光海岸一路狂奔，还没到九天应元府就豁然出现一处开阔地带，可以肆意欣赏难得一见的美景。阳光和雾气的厮杀，形成奇观，定格在我的眼睛里，是如此精彩。我们在阳光海岸空中栈道继续前行，看了情侣石、玉光亭、度仙桥来到乾坤台。这个阳光海岸栈道是2014年才建成的，类似于西海岸栈道，但人工的作品中添加了不少现代因素。比如两个悬崖之间架起铁索桥，还有几处玻璃铺设在栈道上，让人踏在上面会感到既惊又险。我们就这样到了玉皇顶，已经下午2点，该差不多从东面下山了。

五

在回家的高铁动车上，我给儿子讲了两个故事的结局，也不是结局的结局。我和儿子讲：心形线，是一个圆上的固定一点在它绕着与其相切且半径相同的另外一个圆周滚动时所形成的轨迹，因其形状像心形而得名。在历史上，笛卡尔和克里斯蒂娜的确有过交情。但笛卡尔是1649年10月4日应克里斯蒂娜邀请才来到瑞典，而当时克里斯蒂娜已成为瑞典女王。笛卡尔与克里斯蒂娜谈论的主要是哲学问题而不是数学。有资料记载，由于克里斯蒂娜女王时间安排很紧，笛卡尔只能在早晨五点与她探讨哲学。笛卡尔真正的死因是天气寒冷加上过度操劳患上的肺炎，而不是黑死病。

有人说建文帝到了两湖，某家祖先就是建文帝。有人说建文帝到云贵，躲在寺院里头，如今该寺院内还有"大明建文帝皇帝万万岁"的匾额。有人说建文帝到了苏州，隐藏在穹窿山。又有人说建文帝到了泉州，搭乘远洋船只到了海外。今天的印度尼西亚有个海岛村庄的居民都姓洪，即朱元璋当政时用的年号洪武的洪。奇怪的是，这个村庄有个奇怪的活动——五月十六日烧龙舟，而五月十六日刚好是建文帝登基的日子，所以人们就说建文帝逃到了印尼。法国球星里贝里自称是建文帝的后代，还有多人说里贝里的那张大长脸长得还真像建文帝，这也是真的吗？近期，福建宁德发现了特殊的袈裟和特殊的古墓，引起了海内外的普遍关注，就连国际明史专家——日本关西学院法人代表阪仓笃秀教授闻讯后也前往福建考察。这一切使得这600年以来的大谜案更加扑朔迷离。

马渭源是南京电视台《金陵往事》首位主讲人。马渭源著的《大明帝国系列（破解大明帝国第一谜案）》以翔实的史料与田野考古依据证明明朝皇帝朱允炆出亡福建宁德，而不是别的什么地方。

结合历史以及对三清山景区的了解，不排除建文帝及其随从曾经在三清山一带隐居的可能，也不排除其死后葬于三清山的可能。假设詹碧云墓真与建文帝有关，那么墓中可能葬有建文帝的尸骨或其衣冠，这需要历史及考古专家做进一步的考证。

妻是学医出身的，说：最直接的办法就是将建文帝和其他朱姓皇帝的DNA做一个鉴定，谜底将大白于天下，明史将重新改写。

儿子听不懂我讲的谜案，但他给了我一个关于三清山用哪一字表达的问题。他说：我知道了，三清山可以用一个字形容，就是一个"仙"字，恩，"天下第一仙山"。

我让儿子试想一下，虽然我们没有看到日出，但可以幻想日出景色的气势磅礴，宏伟壮丽。于是我编造道：破晓前，天边渐明，翻滚的云海上，出现一圈金色的花边。俄顷，曙光初露，丹砂辉映，海中间突然跳出一个红点，形成弧形光盘，在冉冉上升中变成半圆；刹时，一轮红日冲出波涛，喷薄而上，腾空越起；这时，披着轻纱的峰峦和巧石，渐入眼底，整个山脉，沉浸在艳丽的彩光之中。天空中，霞光万道，犹如一个巨大的万花筒，使人眼花缭乱，美不胜收。

半月后，儿子又发现一个新大陆：我们即将搬入的苏州尹山湖边新房，整个湖的形状就是一个"心"字形。相传尹山湖为龙之爱巢，故湖呈"心"形。每当日出，龙腾出水，踏浪驾云，飞赴东海。项目主体呈街状，上覆钢结构，随街的形态蜿蜒曲折，既取飞龙之意，兼具空间围合，形成项目鲜明特色。

本故事不算虚构。

2016 年 9 月 10 日

第二章 尘海问津

我不曾历经沧桑

感'蟹'有你

"君到姑苏见，人家尽枕河。古宫闲地少，水巷小桥多。"这是唐朝诗人杜荀鹤描绘阳澄湖的诗句。章太炎夫人汤国黎女士有诗曰："不是阳澄蟹味好，此生何必住苏州！"

每到吃大闸蟹的季节，阳澄湖附近的几个县市都会有这样一个常见的广告："感'蟹'有你。"有时直接就是好。

阳澄湖站位于沪宁城际高速铁路的昆山南和苏州园站之间，坐高铁动车去阳澄湖吃蟹，如今也成了吃蟹季节的时尚。我国高铁发展迅猛，在时空里呼啸穿行，也激荡着我们的生活。我们赶上这个高铁的时代，难道不应该"感'蟹'有你"吗？高铁让我们曾经只要出门就不会离身的时刻表已变得不那么重要，曾经熟悉的车次也变得模糊，高铁的高正点率，让车站广场上曾经大包小包、神情疲惫的旅客也变得稀少。

吃蟹的季节，每年从9月下旬到12月底。高铁动车上经常有人做着快递大闸蟹的生意，相当于第三方物流的私人大闸蟹保镖，用一小拖车拖着一个大黑袋子，里面装满了正宗阳澄湖大闸蟹，送往上海，供给上海人消费。每当我看到这个场景，常会想到我们都似大闸蟹的命运。每早为了生存去上海打工，要被上海这个国际大都市宰割——水煮大闸蟹；但好像我们又是正宗的、阳澄湖方向来的、阳澄湖牌的呀，我们参与了大上海的建设。

根据 2015 年全年的大数据显示，旅客往返最频繁的全国十条高铁中第四条就是上海至苏州间高铁，而沪宁城际高铁铁路平均运营时速可达到 260 千米。我本人上班乘坐高铁通勤，每日往返上海—苏州之间，80 千米的路程，同城化的生活方法，半小时的车程，感谢有你。

又到了吃蟹的季节。朋友送我两只安徽淮北的大闸蟹，个头大，颜色灰白，生命力强。儿子喜欢和它们玩耍，玩了几天，兴趣逐减。看见邻家小弟吃大闸蟹，他也非常想吃蟹肉。

我买来两只太湖蟹和四只阳澄湖蟹，学着苏州人精细的做法，与安徽蟹一起蒸。家乡的兴凯湖喜欢把湖里的水和鱼在一起乱炖，味道才地道。我现在可找不到淮北湖、太湖以及阳澄湖的水，也没这个做法。二十几分钟过后，厨房和餐厅的空气中飘荡着蟹的香味。儿子实在忍不住，口水直流。

餐桌上，我帮儿子扒蟹。先从安徽蟹开始，儿子尝了，蟹虽大，但肚里没货，大腿肉又稀松，真得没味。

"真没想到，这只最大的蟹，真不好吃。"

"我爸爸真会扒，我知道什么原因了。就是爸爸经常和领导吃饭，扒蟹是熟练工种。"童言无忌。

我又扒了一只太湖蟹，儿子吃得津津有味。我最后扒了一只阳澄湖蟹，儿子说："味道最好，肉鲜嫩。"

儿子吃得很满足，问题开始了。我问："三只蟹，请小朋友体会一下有何不同？"

儿子讲："第一只虽大，但不好吃；第二只还行，如果不吃第三只，还不知道第三只味道这么香。"

"你知道为什么吗？"儿子摇头不语。

"第一只蟹，是安徽产的。淮北煤矿的某一个矿井经过十几年的开采，时间长了，地面塌陷，形成大湖，可是湖水是黑的。又过了十几年，人们注意保护生态环境，经过整治，湖水变清了，湖里也有了蟹。虽然蟹不好吃，但生命力很强。"

"美好的生活是需要人们去创造的。"儿子点点头，很困惑，这蟹还有这么多故事。

"第二只蟹和第三只蟹比较，大闸蟹的习性是在湿地生活。阳澄湖地区很适应它生长，当地已经有2500多年养殖历史了。不过前几年听说有养殖人为了提高产量，放了很多危害人类的肥料促进生长，差点毁了品牌。太湖很大，像海，生产鱼虾，是鱼米之乡，虽然产蟹，但不是主打产品。京沪高速铁路已经开通了，每小时300千米的速度。2011年刚开通的时候，时速可是350千米呀，在江苏地段经过时就在阳澄湖上飞驰呀。爸爸可以领你到阳澄湖去游览，动车组列车可以在阳澄湖30千米的范围内像闪电飞驰。"

儿子问我："那动车比奥特曼快吗？"

"国产的当然好，不是日本的。"现实很悲哀，小男孩差不多都喜欢奥特曼。不过还好，近年来，我国儿童动漫市场出了个"喜羊羊和灰太狼"。灰太狼永远都要和喜羊羊斗法，就是吃不到羊肉。但是，儿子喜欢灰太狼，不喜欢喜羊羊。灰太狼是发明家，非常聪明，而且做事百折不挠，还对老婆那么好，又住别墅，独门独院，不像羊羊们还需要群居生活。

最后，我总结："什么都要顺其自然发展，小孩子也是一样，爸爸首先要培养你的生存能力。"儿子似懂非懂。反正，三只蟹在肚子里，很饱，明天的事明天再说。

第二天一大早，儿子突然问我"京沪高铁为什么不能提速到350千米/小时"。这次是我哑口，明天的事情明天继续说。

（此篇被2015年12月15日《上海铁道报》改编为《吃蟹和教子》，但这篇是原汁原味的。）

初稿：2014年10月1日
修改：2016年3月1日

五分钱

一次，我在上海书城，偶然间看到一本书叫《大河三千》，是我初中同学 ZY 骑游京杭大运河、祝贺大运河申遗成功的一本书。他历时 19 天，骑行 3000 里，用车轮见证这条大河的前世今生。

他是北京奥运会火炬手、《体育博览》杂志社社长。我和他当年在初中一年级的作文竞赛上获得过一等奖。我那篇作文曾经刊登在县教育局的报纸上。这是我第一次写的东西见报，我还因此获得奖励——一支钢笔。此时的我想起了我的那篇作文。这篇作文让我曾经很自豪。班主任于老师教我们写文章要纯朴。我现在根据回忆整理，故事是这样的：

我爱看书，虽然那时书不贵，至少三角钱以上，还有 1 块钱以上的。为了不给家里添忧，我一般不会多向爸爸要钱。我通过捡废铁和煤球或是拾粪，一分钱一分钱地赚。我平时很节省，攒钱都用来买自己愿意看的书。

我每天都骑车上学、放学，每次都要路过我们那镇子最大的百货商店。当时存自行车要 5 分钱。有一次，看车老人忙，我存车时未交钱。等我出商店后，老人管我要钱，我很心疼，因为要买一本书，我还差三角钱。我低下头说，存车时交了，老头忘记了。实际上，我没交。那本书叫

《假如给我三天光明》，两块钱。

东北的冬天很冷，我每天上下学都骑车经过那个百货商店，每天都能看到那个走路蹒跚的老人，在一瘸一拐地看车。我心里很难受，为没交5分钱，我感到后悔。

看车老人是善良的，又是博爱的。老人费了很大辛苦，搬运自行车，摆放整齐，付出了劳动，而我5分钱都不愿意交，又撒谎，我感到羞耻。老人也是为了生存吧。海伦·凯勒关心福利事业，我应该像她一样呀，关心社会上的老人，特别是残疾老人。

我终于攒够了钱，买到了那本书。我读着很过瘾，也似乎忘了5分钱的事情。

读完这本书的时候，我轻轻地闭上了眼睛，试图尝试一下失明的滋味。这是一个人的奇迹。作者一岁半的时候，一场疾病使她变得又盲又聋又哑。书能够给予人走出困境的力量和信心，并能领悟生存的价值。命运带给她的无情重创使她变得固执、焦躁，后来，经过若干年生存的锻炼，她的精神获得了解放，性格上变得开朗、亲和、博爱，一生致力于盲人福利和教育事业，赢得了各国民众的赞扬。而且，她还善于思考，内心的世界很丰富，值得我去学习。

突然一天，我看到老人不在了，一个年轻人在看车。我很好奇，正好我要到百货商店买文具，又要存车。这次我进百货商店前，我交了钱，因为我受不了心里的折磨。

等买完文具从百货商店出来后，恰巧有一个人问老人去哪了。听他们的对话，我才知道，原来是老人突发疾病，不能看车了，儿子代替他干这个工作。

我很难受，再次拿出5分钱，交给年轻人。可年轻人不收，说存车时交过了。他记性好，没忘记。

我骑上车，把5分钱扔到年轻人怀里，说："这是还给爷爷的。"

当时，几位语文老师看后，都说这个孩子怎么能写出这个东西，他们认为：

第一，小作者内心是善良的。为了多读书，要自力更生买书，很不容易，恰巧差几角钱。

第二，小作者天天看到老人，心里一直在做斗争，心里很乱，后悔。

第三，书是买到了，那本书给了小作者勇气，孩子再次后悔。小作者最后还钱给了老人的儿子。

第四，巧妙之处，当小作者存车时，老人忙着收取别人的存车费，让小作者钻了空子。再后来，又有巧合，知道老人有病了，还了钱。钻空子和还钱过程中，小作者一直做思想斗争。

我在初二、初三也分别参加过两次作文竞赛，这两次是命题作文：《假若我有一支马良的神笔》与《一个你身边的熟人》。我得了三等奖，因为我没有结合自己的切身体会去完成，感觉文章有些华而不实。

这篇《五分钱》的习作，让我曾经风光过。但风光过后，于老师的那句话至今还在我耳边回荡："写文章要朴实，包括做事也要朴实。"

2014年7月6日

多年父子已成兄弟

有这样一段话：如果有一个男人，喜欢你的素颜不化妆，你有多丑他都不嫌弃，你胖了他也高兴，你瘦了他也心疼，你没钱用了他二话不说就掏给你，这个人就是你父亲，一个称职的父亲。我们心中实际都知道，父亲节这个日子最好陪在老爸身边，老人才能够快乐。陪在老人身边胜过一切好吃好喝的东西以及一切祝福的话语。

父亲刚过 68 岁生日，就迎来今年的父亲节。今天一早，我只能打个电话告知老爸，今天是父亲节。远在东北老家的父亲笑了："成年人，你也是父亲了，再次读读朱自清的《背影》吧，应该是每一段年龄对这个散文感受都会不一样。2005 年冬天你小子还领我去过南京浦口站看散文中描写的站台呢，如今站台是不是也拆掉了？"

《背影》是现代作家朱自清于 1925 年所写的一篇回忆性散文。这篇散文叙述的是作者离开南京到北京上大学，父亲送他到浦口车站，照料他上车，并替他买橘子的情形。在作者脑海里印象最深刻的，是他父亲替他买橘子时在月台爬上攀下时的背影。作者用朴素的文字，把父亲对儿女的爱，表达得深刻细腻、真挚感动，从平凡的事件中呈现出父亲的关怀和爱护。

在南京，浦口站就是这么一个火车站，人们介绍它的时候，常常会用到两个修饰词——"唯一"和"最"，它就是与南京城隔江相望的浦口火车站。浦口火车站是我国唯一完整保存了民国历史风貌的百年老火车站，也是目前国内最文艺的九个火车站之一。充斥着民国建筑风的浦口火车站见证了无数历史，上演了许多动人的故事……

我曾经与老爸讨论过文章里面的铁路规章技术问题，火车站怎么能让人轻易进入站台呢？文中说："父亲要而且走到那边月台，须穿过铁道，须跳下去又爬上去。"我和老爸抬杠：闲人随便出入铁路线，很危险的，车站安全管理不到位呀。老爸气得不理我，说我吹毛求疵。

现在我还给父亲讲了个故事。浦口火车站建站100年后的一天，我们突然接到英国政府的一封信函。里面内容大致是：浦口站已经建站100年，需要补修。英方是当时的建造者，信函中又附了详细的施工维修方案。父亲听后，没有理我。过了几天，他拿着一本书，照着给我讲了这样一个故事，并且说："你小子是学交通运输规划专业的，试问一下，是不是应该有这样的规划理念？我现在记忆力不好了，这个故事一时半晌想不起在哪本书上，现在才想到。"

1985年，牛津大学有着350年历史的大礼堂出现了严重的安全问题。大礼堂的20根由巨大的橡木制成的横梁已经风化腐朽，需要更换。也就是说，为保持大礼堂350年的历史风貌，必须要用橡木更换。但要找到20棵巨大的橡树已经不容易；就是能找到，每一根橡木也许将花费至少25万美元。这令牛津大学一筹莫展！此时，校园园艺所来报告，350年前大礼堂的建筑师早已考虑到后人会面临的困境，当年就请园艺工人在学校的土地上种植了一大批橡树。如今，每一棵橡树的尺寸都已远远超过了横梁的需要。一名建筑师350年前就有了用心和远见。建筑师的墓园早已荒芜，但建筑师的职责还没有结束。这真是一个让人肃然起敬的消息！

父亲接着说，我相信你一定会联想一系列的词汇——资源、可持续、长久、设计、规划，但这些都显得太弱。可能，只有一种力量会持续，那就叫"责任"。你对自己有责任吗？我又哑口，突然，我张大了嘴，说："老爸，你真伟大！"父亲用手扭着我的一只耳朵说："天外有天，人外有人，你小子别以为你现在有了两下子，就了不得了。知识是无穷尽的，活到老，学到老才行。你现在进步了，也敢叫我老爸？"

  时代变化快，我的儿子还未上小学，几年前便开始叫我"老爸"。这个称呼，如果我小时候用在父亲身上，肯定会被打得鼻青脸肿。父亲有时对我很和蔼，有时也吼两声。

  老爸爱剪报，从各色报纸上剪下一些有用的信息，然后一本一本粘贴、装订，积累了下来。现在退休后，他这个习惯一直没变。我小时候就看过《敌营十八年》和《大西洋海底来的人》等故事，就是一期一期看着老爸的剪报完成的。老爸的剪报成了我了解外面世界的一个窗口。那时候看到的信息量哪有现在这么快、多、广，当时能找到信息不是容易的事情。

  我现在早晨坐地铁上班，地铁站内发送的免费《时代报》，有时间的话我都要一份，上班闲来无事翻一下，有用的信息也剪下来收集。有时微信上看到适合自己的很多知识点，也复制下来，积少成多。另外，有时发现电子版的资料积累时间长了，也是难以查询的，于是，我有时也随手拿个笔记本用笔记录。当然笔记本的封面我是精心挑选的，耐磨又抗用。背包或是办公包我当然选最大码的，适合我而且能装。

  老爸曾经当过教师，他们学校有一个幻灯机。我还记得当时的幻灯片，相当于现在的PPT。有些幻灯图片是买的，也有的是老爸用彩笔画的。我看过不少片子，比如《十五贯》《大闹天宫》等。

  老爸字写得好，对二胡也通，还对做菜很感兴趣，烧菜精细，味道又好。这些我都耳濡目染。到我六七岁的时候，父母两地分居。父亲在一个县的车务段工作，每周回乡下一次。我记得，他一回家，就抱起我，一个劲地往我嘴里塞好吃的。县城里的好吃的，父亲省吃俭用积累下。我后来有时也和父亲到县城，参观他工作环境和寝室。老爸单位的食堂做的大发糕可好吃哩，如今再没这个味道了。

当时，乡下有很多上海来的知青。上海知青中，有一位包老师，常常和父亲一起拉二胡，也有时和老爸住在一起，相互交流拉二胡的技巧。包老师知识面广，知道的又多，我知道他们代表先进的生产力，上海始终是我憧憬的地方。

我十二岁的时候，像我儿子今年的岁数，老爸一次出差到上海。坐车从县城都到沈阳站了，他突然想到不对，儿子放假，为何不带去上海？于是，又回到老家，坐了二十多小时的车，拎着我，带着我从老家去了上海。

这里面，我插上一句。因为当时从老家出发的车是凌晨3点左右，我怕睡觉起不来，就偷偷找了一根细绳子把老爸的腿绑在了我的腿上。这样，他一起床，我就被动知道，我也该起床了。

在车上，我很兴奋，头一次出远门，而且坐的是卧铺。当时车上没有空闲的卧铺，我们就在一个卧铺上睡觉。

我们先去了北京。老爸找他的同学，是北京一所大学的教授。他陪我们游览了三天，故宫、长城等地方都去了。我感觉北京好大，北京的文化高大上。接着，我们又从北京去天津转车去上海。8月份的天气很热，在天津海河附近玩累了，晚上没找到地方睡觉，我们就在火车站的露天广场上休息，第二天一早5点钟，又出发坐车到上海。

我记得火车路过苏州的时候，父亲指着窗外让我看风景，告诉我，苏州有北寺塔和虎丘，一定要记住，那是苏州的标志，这个水乡可是我国的宝贝，千年古城。这辈子，他若是要在苏州养老，可是想都不敢想的事情。

上海的天很热，我在上海待了二十多天。我记得很多弄堂里有很多石库门的房子，住在石库门房子的旅店，床边都点着蚊香。当然上海的蚊子好大，若是咬一口，可够呛。记忆最深的就是早上吃面条，菜籽油的味道，每一次都把我熏得够呛。我们当时住在曹家渡，包老师家就在那里。当时的曹家渡石库门房子很多，现在可是一个新兴的区域，因为地处三个区的交界，发展的速度相当慢，但这几年突然一下子起飞了，归功于上海的城市规划。三个区同时开发，把曹家渡这个区域建设得很"上海"，成为一个新兴的商业中心，也塑造了一个商业奇迹。

我记忆中还有一处是上海老北站，就是今天上海铁路局机关博物馆所在地。我当初就是从老北站进出的上海。建筑很奇特，民国风情。如今，每当我中午坐在这个博物馆二楼的机关图书馆翻看一些闲书的时候，脑子里，不自觉地想到一个叫作宋教仁的人，为实现国民党民主化，被异己刺杀在上海老北站。老北站的历史很多，但也充满着血腥。

当然我还记得我去过外滩，当时浦东那边是一块荒草地；我去过南京路、西藏北路、中山公园、西郊动物园等地；我也去过上海交通大学，包叔叔说他现在在这所大学读函授，很希望我将来做他的校友。

我上初中的时候，老爸偶然在日历上读过一个茅以升背圆周率小数点后一百位数字的故事，并且还印有100位数的数值。当时可没有计算机，100位数也不好算的。我看了，也有一股子冲劲，二十分钟过后，我也背诵记牢了。

现在我还能记住一些。老爸为了说明如何快速记忆前32位，讲了一个故事：一所学校，老师让学生背诵32位。他去山顶和一长老喝酒去了。学生们当时都没记，等到老师快回来了，有人编了一首打油诗，大家都记住了。"山巅一寺一壶酒，尔乐苦煞吾，把酒吃，酒杀尔，杀不死，乐尔乐。"有规律的记忆才能记得牢。

前几天，我偶然也听到圆周率的钢琴曲，就是将圆周率小数点后的部分用钢琴的形式表现出来，从而表现出大自然的魅力。我让儿子听，儿子惊讶地睁大眼睛看着我，半天没有缓过神来。作为数字，还有一种令人不可思议的方式存在——上天传递给我们的旋律，变成了乐谱上的音符，演绎出意想不到的旋律，优美而舒缓。

我也给老爸讲了一个现在传得很广的故事。我去拜访一位做生意的朋友，他的生意越做越大。他儿子在家做作业，有道题不会，叫我们帮忙！题目是：鸡和兔共15只，共有40只脚，鸡和兔各几只？我答："设鸡的数量为X，兔的数量为Y……"我还没开始算，朋友已给出了答案。他的思维方式与众不同，而且往往出奇制胜。他的算法是：假设鸡和兔都训练有素，吹一声哨，抬起一只脚，40-15=25；再吹哨，又抬起一只脚，25-15=10。这时鸡都一屁股坐地上了，兔子还两只脚立着。所以，兔子有10÷2=5只，鸡有15-5=10只。这种算法，让奥数老师们情何以堪!不能读死书啊！老爸也乐得前仰后合："嗯，我现在处于夕阳红生活，但也要创新思维，不能老守着传统不变，我要琢磨一下养老问题。"

再后来，我在哈尔滨念的是中专，我中途退学。那是一天中午，我去食堂打饭，有一个菜叫葱包肉，就是看不到肉。我问师傅，答曰：包肉，就是葱多肉少呀。我差不多每天都吃这个。这一天，正当我吃着葱包肉的时候，学校喇叭里放了一首歌，是童安格唱的《生命过客》。刚开始我并不知道歌的名字，但从歌词就可推断出来。这首歌深深触动了我的神经。我不就是生命中的过客、汪洋中的一条破船吗？难道我的一生就这样完成，所谓平平淡淡才是真？

后来每天中午的广播都在放这首歌，我的神经再次被刺激形成了条件反射。我思考了一下，我可以重新回去参加高考，因为这是摆在我面前的一个捷径，面向我未来的一个捷径。我应该还有梦，只不过很长一段时间我把梦给丢了。失败算得了什么？不少同学都曾经给我寄贺年卡，写的都是"不以成败论英雄"这样的话，对我来说就是一种鼓励。

实际上中专的生活，同学对我都很好，我也没有说中专不好。班主任老师送我一把吉他教我学习弹唱，同学还选我当体育委员。每天早晨和晚上，我们要集体在校园里跑步。现在同学们也建立了一个微信群，大家感情深着呢。反正那时，我没事就到处闲逛。哈尔滨的索菲亚大教堂就是我在行走过程中发现的。当初这个大教堂还在众多的民房包围之中，全木结构，但好好的建筑没有得到开发。我当初就知道它会有出头之日。这个平面呈拉丁字布局，原为沙俄东西伯利亚第四步兵师修建中东铁路的随军教堂，现在已经成了哈尔滨这个"北方小巴黎"的地标式建筑。

我还站在哈尔滨工业大学的门前矗立许久，看到莘莘学子和蔼可亲的笑容，我知道那不属于我，我连影子都似乎没有。我看到哈工大门前有一个标志性雕塑。一个圆球被固定在半空中，圆球和支架间你看不到焊点。离远看，就是一个圆球独立地漂浮在那里。其实哈工大的焊接专业在世界上都是首屈一指的。盯着没有焊点的圆球，突然我好像有感觉了。我要努力呀。最终，我的梦想战胜了我，我的影子先行一步。我整理了一下高中的知识点——尽管还有两个月要高考——毅然回家重新参加高考，最终梦想得以实现。

老爸为我迁户口费了很大脑筋，前后去哈尔滨跑了六次办理手续。后来在一家传染病医院办理了一份因传染病不能继续在哈市念书的证明后，学校才给我除名，我才能迁出户口。

户口迁回老家县城，马上又要迁到北京，县城派出所不同意——没这么快，至少要半年才可迁出。老爸又找到乡下，我的出生地。那里政策宽松，我的户口迁到了那里；二月后又迁到了北京。在北京念书期间，我半年内是没户口的。当时规定，没有户口，粮票都不给供。我吃饭都困难，在同学和老乡的帮助下，我渡过了难关。

念大学的第一个寒假，我在京城买了两瓶56度的二锅头回到东北老家，第一次和老爸共饮，算是感恩？我也不知道。老爸却说，儿子能折腾，他只能做后盾。

老爸心里有数，他儿子不是"书呆子"。有时候，我俩相视一笑。

"生如夏花一样绚烂，死若秋叶一样静美"，这应该是每个人的梦想。我当初总觉得自己一个人、一杯茶、一帘梦可以走一辈子，说得高大上一点就是风轻云淡。但我现在还真达不到这个层次，也许以后能做到，或许是未知数。我有时对人对物近乎迟钝，但有时又聪明敏锐，连我自己都搞不清楚。我有时粗心得厉害，有时又细致入微，但对自己感兴趣的人或是事物，我还是有着热情的。对于自己愿意并喜欢做的事，我也会坚持到底，或是想各种方法去完成。

父亲一直不理解我这个儿子，我在家乡干本行，已经干得不错了，为何要远离故土，重新选择上海这个地方去打拼？难道就因为外面的世界很精彩吗？父亲的话，让我无法忘记。他常讲："人熟为宝。"我现在想想，是有一定道理的。这年头，尤其是在上海拼搏，很多人都感觉压力大、节奏快，乐观点说叫"痛并快乐着"。

但有一点，知子莫如父。他知道他的孩子秉性很难改变，就像易容师无论怎么乔装改扮，但两只眼睛的距离永远不会变一样。我在东北工作的时候，每当我工作失误时，他听到别人在议论我，他总会打我电话。别人要么看中我的优点，要么直接点我的缺点。父亲总是语重心长、权衡利弊地分析我所处的复杂环境，优缺点参半。

记得高二的时候，学校组织文化艺术节，我临时去给一位同学用电子琴伴奏《三月里的小雨》。由于我没有经验，第一次登台，排练时间又短，演出时我很紧张。台上是学校的师资班多才多艺的学生表演，我只能硬着头皮粉墨登场，结果节奏点快了。抒情歌曲变成了摇滚。我随着节奏一个劲地点头，头都不敢抬。但我和同学配合得很好。演出结束时，我俩鞠躬致谢。观众掌声如雷，感觉这个摇滚很有创意。我突然发现老爸站在礼堂最后一排的过道上，冲着我微笑。后来，老爸对我说："你第一次登台演出，又临阵磨枪，我怕你失败呀，过来就是准备为你擦眼泪的。一首抒情的歌曲让你俩搞成了摇滚，但确实效果很好。老爸看到了精彩。"

老爸现在总结教育我的成功经验同时也是失败经验。他说按照他的思维把我培养成人，好处一大堆，但坏处自然也一大堆。但我心中一直有一句话和老爸的想法一样，那就是：有用的知识能够改变命运，有时要创新思维，创新思维能够改变人生。

N年过后，我有机会来到上海打拼。老爸嘿嘿一乐：当初我领着儿子来上海，就知道做对了，这小子从小就喜欢上海，喜欢上海的味道。当然还有上海知青当初在家的影响力。

十年前，老爸得了糖尿病，身体状态不佳。去年，老爸到苏州和我生活了一段时间，他见我的第一句话就是"我来投奔你了，你要养我老，傻小子"。

我心有灵犀，我想着未来。于是，我在苏州的尹山湖边给他购买了房子，老爸自己挑选的。尹山湖不大，是苏州打造的一个新的内城景点，环境优雅，是一个养老的好处所，可以天天在湖边散步。父亲去过多次，喜欢那地方。

老人也有诗和远方。多年父子已成兄弟。

2016 年 6 月 19 日

天上掉下个林妹妹

我不懂《红楼梦》，曹公冷眼看世界，看穿了那个黑暗的世界，塑造了一个叛逆性格的贾宝玉。都云作者痴，谁解其中味。这篇文章我没资格写，但偏偏在这世界上，人海茫茫之中，我遇到了顾文嫣。本文也不是谈《红楼梦》中的写作手法，只是想谈谈顾文嫣的执着和坚持。

她是我们局一名绿皮车列车员，写出了《红楼梦》续集。去年，我通过高铁列车上的视频和上海铁道报社的《血泪成墨》的文章，知道了这位作者为写《红楼梦》续集，呕心沥血，写了8年。我问自己，在这世界上，用生命去写作的人多吗？我只能赞叹而又敬佩。此人，实乃异类也！但我确实不认识她。凭视频和相关文章的报道，我脑海里，她就是一个林黛玉的形象，外表柔弱，内心也应该柔弱。

去年年底，我在上海书城一次闲逛中，看到了她的《红楼梦圆》——文汇出版社去年9月出版——便买了一本。2015年是曹公诞辰300年，可想而知，作者出书也是为了赶这个时间段。当你看到这本《红楼梦圆》的时候，看到的也都是她的成功，你绝对体味不到她曾经历的痛苦和失败。

一个偶然的机会，徐州市政办的老年大学邀请她去售书和签名。一位熟人，曾和我合作多年出书的王连生老师，是这所老年大学的宣传部部长，他在微信语音中，告诉我要认识和结识她。在王老师心目中，我和她都务实、诚信、心善，能够坚持做自己愿意做的事情而不知辛苦。天上掉下来个林妹妹，但我们也就是微信上偶尔聊上几句。她本人的气质不像现代女子，宛如《红楼梦》里走出来的人物，让我惊讶。我感觉，8年来她封闭了自己，完全沉入写书之中，自己成了林黛玉。我成为她第一个可聊的朋友。我也知道，她不像我，写作基本是在电脑上完成的，她是在纸上写完，再在电脑上打字最终完成书稿的。

6月初，我在杭州的钱江疗养院，她去文联开会。我也恰在此开质量管理会议去当所谓的专家，就怎么与其偶遇了。于是，一个给书签名的事情自然发生。她给我买的《红楼梦圆》签了字和名："曲思源老师雅正，顾文嫣。2016年6月7日。"

世事越是喧哗，就越凸显出书籍中蓄纳的安宁、静谧及力量；凡尘愈是躁动，就愈加凸显出书籍中蕴藏的熨帖、抚慰和滋养。这本书是我自己在书店购买的。因为，我知道8年的成果，而且是呕心沥血的成果，我只用39元买，是划算的——一个人的生命呀。我不可能找其赠书，签名当然是我需要的。实际我心里一直有个想法，这本书将来会火。但我委实还没读过，只感觉这书续写的像曹公的口气和笔法。我心静不下来，也暂时读不下去。

曹雪芹生前历经磨难，从不向世俗低头，用生命铸就了影响后世千千万万读者的巨著，只要有这样的梦想在，那一缕精神的火苗就不会熄灭。由于曹雪芹除八十回《红楼梦》外，没有留下别的文献资料，八十回后绝大部分内容我们毫无所知，这就给作家续书带来了难以克服的困难，同时留下广阔的想象空间。一百个《红楼梦》的续作者就有一百种续法。

时间若是倒流，我可以穿越到我的小时候。当时，姥爷算是一个红学专家，我记得《红楼梦》里到底有多少个梦。他都在算在思考，他能把《红楼梦》一共多少个梦算得比较准；他对曹雪芹的故事以及家世，还有未解之谜，都有记录；他能把四大家族的体系用网络图画出。可见老人家对《红楼梦》的痴迷程度。特别是，对于曹公的诗词，他更是敬佩和赏识。

他手边一直有一套人民文学出版社出版的《红楼梦》。我记得那个合订本，不是署名曹雪芹和高鹗合著，而是署名曹雪芹和无名氏。高鹗只是出版人。姥爷曾经说过，高鹗写的续集很差，文笔和境界都比不上曹公。只是，当时为了普及，就把曹雪芹和高的续集合在一起，就成了现在的样子；是不是高鹗写的，都是个谜。现有许多红学家认为，程本后四十回非高鹗续写，乃无名氏之作。姥爷告诉我，当时曹雪芹手中这本书叫作《石头记》，《红楼梦》是他死后由别人改的，大家对这个名字都接受。曹公太穷了，死了连一块墓碑都没有。

《红楼梦》中梦红楼，千丝万缕情中游，一页红楼一页梦，真情之梦无尽头。《红楼梦》并非像通常的小说以故事情节的奇异吸引人，而是因其展现的博大精深的文化艺术价值使我们神魂颠倒。曹雪芹的文字含蓄隽永，呈现出七彩纷呈的画面，人物形象宛在目前，作品蕴含无限的思想内涵。虽然《红楼梦》中的故事并不奇异，然人物命运各有不同，各怀悲情。那些女孩子们的命运个个相异，条条道路通苦悲。曹雪芹不写重复的故事、情境、文字。《红楼梦》始终围绕宝黛爱情、贾府没落（包括经济衰退、政治失势）此两条主线叙说故事。

在文学创作上，当今写《红楼梦》续集可不是什么好玩的事情，是费力不讨好的事。一提到"红楼续集"，很多人都会想到刘心武。刘心武的"续集"，发了40万本，但被骂得够呛。我的一位哈师大毕业的女博士同学还曾和我说过，她看过红楼梦十几遍，耳熟能详。她曾和我讲过一些红的故事。清代有位女词人，叫顾太清，写过一本红楼梦续书，我总感觉这个顾文嫣，有顾太清遗风。

她是我局职工，一个普通的徐州客运员，跑了二十多年车的业余作家。她跑过徐州到北京和徐州到杭州的车，她多次去过北京的大观园和上海的大观园。这几天，她自己也买了两本自己的书。为何叫作梦圆？实际上写红楼梦续集的书不少，不能再叫续集了，梦圆也就是把曹公的梦给圆了。她追忆、追思曹公的想法写，而不是自己的想法。这书太耗心血，满纸荒唐言，一把辛酸泪。她说，现在变了，命运色彩已经变化，文字大概也如此。

在与众不同的背后，往往是一些不足与外人道的辛苦。他们简单地长跑，简单地做一件事情。他们做事，只为意义本身。所谓的成功，只是一个结果，它也许水到渠成，也许永无来日。与众不同的东西，在制造的过程中是枯燥的、重复的和需要耐心的。成功的花朵，人们只惊羡它现时的明艳；然而它当初的芽儿，却洒满了牺牲的血雨，浸透着奋斗的泪泉。

程高本《红楼梦》得以流传二百余年有其道理，且续书对《红楼梦》的推广普及的确功不可没。林语堂曾说过：《红楼梦》前八十回全是纷华靡丽文字，恐读者误认为海淫教奢之书，高君补书并非如后人乱续之比，确有想弥补缺憾的意思。其动机无可厚非，也想表达曹氏的本意，但续了四十回书，对于后半部所知只能片段而已。

2007年夏，某一位姓曹的朋友对顾说其人生经历与曹雪芹极其相似，他愿意提供其二百年的家族史，请她写部小说，为其家族立传。就是这样一个念头，她细读《红楼梦》，不能忍受程高本后四十回续书，感觉真是玷辱曹雪芹啊！

于是她开始搜集翻阅古今其他《红楼梦》的续书，但翻阅的结果便是，这些续书比程高本续书更不堪，尤不可忍耐！与曹公前八十回做比较，她叹后四十回作者的文笔、思想、精神与曹雪芹果真有天壤之别，且续书与前八十回情节相比多有悖谬。于是，她义无返顾做出决定，必须写部符合曹雪芹原意、与其文笔相近、具有相当水准的《红楼梦》续书，以慰曹雪芹在天之灵。写续集，难度非常大，且她再无心思创作其他，一刻不肯拖延，全心投入到构思创作之中。

从我和她的谈话中，我知道她经历了这几个必不可少的过程。

第一，研读《红楼梦》，成为曹雪芹知己。决心易下，但坚持却不是容易的事。自《红楼梦》问世，有无数的"红迷"，更有诸多的红学专家对《红楼梦》文本、版本、作者及其家世等作了精深的研究，有关《红楼梦》的研究著作汗牛充栋。红学发展至今成就斐然，又值探佚学蒸蒸日上渐臻成熟之际，顾越来越发现，自己凭一股子冲劲，给文学之巅的《红楼梦》

做续集实在太难了。现代人难以进入二百多年前人们的社会生活与语言环境，曹雪芹又是绝世天才，替其续书，坐等骂名而已。

刚开始进入《红楼梦》的语境，她认为并不难，有着曹公的思维，反复读诵文本，即可把握曹雪芹的语言习惯。续书者要悲壮地面对《红楼梦》，全面而正确地解读前八十回《红楼梦》，透辟地领略《红楼梦》的主旨要义、博奥的精神内涵，明晰地认识其高超的艺术价值，最终的感觉应该是终归含情地望向曹雪芹。

第二，找红学专家反复研讨，深谙最新动态。文学是她的信仰，曹雪芹的眼泪流淌在她的心上，她不能自已……最终，依据八十回前文本提示，古本脂评的指导，几代红学家的潜心研究，曹雪芹的原意，要吸纳的须是理性、客观、严谨、科学的红学研究成果，要通过对曹公的含情脉脉来过滤这些研究成果的真伪，并贴近曹公的本意。

第三，身临小说情境，与书中人物同命运，共呼吸。从《红楼梦》中的贾宝玉、林黛玉、薛宝钗、史湘云、薛宝琴、甄英莲、贾迎春等诸多人物身上，她都能够读到自己的性格、观念与身影，深深地理解并同情他们。当进入创作状态，多少人物她只当是自己，因此书中多少情境，她写着写着，禁不住泪如雨下。宝黛每每共语情话，迎春含恨香消，二宝婚后每场对话，宝玉悲怆出家，多少处多少次使她失声哭泣；尤有第九十四回写林黛玉死，第九十七回写贾宝玉自杭州回知悉林黛玉死，此两回书她打一字滴一泪，几度问天责神，泣不成声，痛不欲生……若想真正在续书获得成功，续书者须付出半生乃至一世情感的迷惑、理想的挫折，方能流淌曹雪芹滔滔汩汩的辛酸泪，写出情悲世冷的《红楼梦》。

第四，突破曹公诗词水准。最大的难点又袭来，就是曹公的诗词。欲著一部有着曹氏风格、符合曹氏真意的《红楼梦》续书，续书者须是情感激荡旖旎，语言俏丽迷幻，胸怀异才的诗人。小说中的人物多能作诗，诗歌精作方显身份，也是小说情节发展中不可缺的部分。巧了，诗歌是顾的生命，她本身是诗人。她首先是个诗人，不愿参加什么活动；生命喜欢安静，需要安静，如此才可以写出好的作品。创作是她存在的全部意义，荣誉必与作品成正比，时间先后而已。她喜欢安静，安静是幸福的，有灵感的。这多年，她只与书中人说话。

非诗人，难以真正和应曹雪芹的心跳；非诗人，不能完全地解读宝、黛等人诗性的馥郁，穿越万古的凄怆；非诗人，续书诗文断不能金声玉振，波澜老成。

《红楼梦》中的诗词曲赋是小说故事情节和人物描写的有机组成部分。她从前一直写现代诗歌，从容、浪漫、瑰丽，直至写《红楼梦圆》时，方逼上梁山，学写古典诗词。对她而言，古诗词创作有些艰难生硬，然情真意切，并借鉴曹雪芹的诗歌创作艺术特征，亦勉力按格律创作。是书成稿后，2014年10月始，她力攻、恶补诗词创作。很幸运，在何永康教授的悉心指导下，她尽可能完善了续书诗词。《红楼梦圆》中，诗、词、歌、联共有七十余首，篇篇心血、字字辛苦。

第五，要有勇气面对各种责难。红学界对她不利，她全凭实力走向光明。她大量阅读红学家的研究理论。王昆仑、蔡义江、丁维忠、何永康、张庆善等诸多红学家的著作，给她莫大光明的启迪，让她细致、透辟、全方位地读懂了《红楼梦》与曹雪芹，也大致明白了八十回后的情节。依据《红楼梦》前八十回文本提示，及众位红学家们的探佚，八十回后的情节基本达成共识，比如卫若兰射圃、探春远嫁、黛玉泪证前缘、妙玉屈从枯骨、宝玉悬崖撒手等。可以说，没有数代人的努力和潜心研究，恐怕《红楼梦圆》难以问世。当然，故事中还有许多争议之处，或不知所踪的情节故事，她认为大可以事体情理为核心，合乎生活实际、合乎逻辑地推理与创造。她和我讲："像《红楼梦圆》中，薛宝琴的故事，贾宝玉因北静王举荐于内廷短暂供职，尤氏得孙贾榆抄家后易姓，此类故事俱是我个人设计。我自然认为是合乎情理发展的且有意义的设计，是本人充分发挥想象力推理构思出来的。此三点也是《红楼梦圆》中，最可能引起读者争议的情节。"

顾文嫣自2010年1月2日开始创作《红楼梦圆》，历时四年，2013年底完成，此后修订书稿一年。应必诚、何永康、朱永奎、严明、王怀义、邵琳等阅读过《红楼梦圆》的各位红学家，对续书予肯定以及可贵的指正。她参考了各位老师意见，几易书稿，终得完竣，使曹雪芹梦圆，红楼梦圆！

在徐州的书店，有人告诉我，《红楼梦圆》和四大名著放在一起卖了。我国当代红学专家冯骥才，94岁了，把这本书看了十遍。可想而知，《红楼梦圆》这书的价值以及和曹公想法的贴近程度。

8年来，为了续书，她的健康受到严重损害。她原本身体虚弱，近年由于创作压力巨大，工作异常辛苦，数种疾病缠身。

天才缘于勤奋，还要忍受寂寞，成功永远不会迟到，大器晚成的人更懂生命的意义。一种坚持，一种信仰。是梦，是真实的血泪。

第三章 学海泛舟

我不曾历经沧桑

千里京沪一日还

一

中国的几大奇迹，很多人都建议增加高铁一项。我想京沪高铁应成为我们国家科技发展的名片，与万里长城、秦始皇兵马俑等一并成为中华民族的骄傲。在我国众多的高铁线路中，京沪高铁工程是最具有代表意义的，具有技术先进、安全可靠、适用性强、绿色环保、性价比高等优势，已经成为中国铁路"走出去"的亮丽名片。

如今，高速铁路受到越来越多人的青睐，正在改变着中国人的出行方式，成为中国经济社会发展的强力引擎。截至2015年底，我国高速铁路运营里程已经达到1.9万千米，占世界高铁营业里程的60%左右，比世界上其他国家高铁运营里程总和还多。我国是世界上高速铁路发展速度最快、运营里程最长、在建规模最大的国家。不远的将来，我国的高速铁路与其他铁路共同构成的快速客运网将超过4万千米以上，基本覆盖中国省会及50万以上人口城市。

京沪高铁是连接我国最繁华城市的铁路，在世界上都占有举足轻重的地位。这条铁路横跨京、津、冀、鲁、皖、苏、沪7省市，连接"环渤海"

和"长三角"两大经济区，承担两大经济区域以及京沪通道内区域旅客出行的需要。沿线区域人口占全国人口总数的 26.7%，是中国经济发展最活跃的区域之一。作为"高铁经济走廊"，从"长三角"到"环渤海"客流、物流、信息流、资金流，京沪高铁极大促进了区域经济发展和民生改善。今年的 6 月 30 日正好是京沪高铁安全运营 5 周年的日子。本文即是笔者修改之作，欢迎品评指正。

二

2011 年 6 月 30 日 15 时，这条世界瞩目并具有划时代意义的高铁线路正式开通运营。我有幸乘坐首列列车。始发站是上海虹桥，终点站是北京南站。

有比较才有发言权。到目前为止，我们都会说，这条线路的质量很高。京沪高铁已经成为我国高铁质量最好的一条线路，是高铁线路示范线。京沪高速铁路是世界上一次建成的线路最长、标准最高的高速铁路。本次首发 G2 列车沿途停靠南京南、济南西、天津南站三站，按时刻计划 20∶03 最终到达北京南站。

我从单位乘坐中巴前往虹桥站，和我同乘的大多是京沪高铁的建设者。看得出来，大家都很兴奋和激动。四十多分钟的行程，我顾不上和同事们说话，脑子里一直往前穿越，修建京沪高铁的历史一下子在我脑中涌现出来。

从 1990 年启动京沪高铁可行性研究，到 2011 年 5 月 10 日开始试运行，21 年中的大部分时间京沪高铁是在论战中度过的，论战始终没有停止。就是这样一条看起来理所当然的高速铁路，却经历了常人难以想象的磨难，历经 18 年争论。这么长时间的大规模的论战在铁路发展史上具有重要的意义，是史无前例的高速铁路思想启蒙。

这条铁路经历了"建设派""反建派""轮轨派""磁悬浮派"的论战，而且几种派系交织在一起。

1990年初，高铁建设派最大的梦想就是在京沪之间建设一条时速达250千米的高速铁路，预定运行时间在7小时左右。在那时，这种标准已经让他们非常满足了，但现在回头看，这个速度值显然不够理想。反建派相应提出了反面意见，包括我国的经济实力不足以及要学习美国摆式列车技术等等。

1994年6月10日，被称为中国高铁发展史上的"香山会议"召开，四大派系集中一次大亮相。当时"轮轨派""磁悬浮派"处于同一战线，共同呼吁京沪高铁及早上马。"反建派"的主要观点包括两个方面：第一是既有京沪铁路技术改造潜力还很大，不需要新建铁路；第二是认为中国经济不发达，人均GDP远未达到1000美元，消费水平低，老百姓坐不起。就这样，京沪高铁仍在建与不建中徘徊。

转折点出现在1998年6月。中国科学院第九次院士大会、中国工程院第四次院士大会在京召开，"建设派"的声音成为主流。但"建设派"又分为两派，争论进入了一个崭新的阶段。后来，专家建议在中国先建设磁悬浮试验线路。

2001年3月1日，上海磁悬浮铁路项目正式动工，采用的是德国的常导磁悬浮技术，2002年12月31日全线试运行，2003年1月4日正式开始商业运营。从上海浦东龙阳路到浦东机场，线路全长29.863千米，运营时速430千米，全程只需8分钟。

磁悬浮运营的经验是：

第一，磁悬浮造价高，若是采用此技术修建京沪高铁，相当于轮轨技术的造价三倍还多。

第二，磁悬浮有四大核心技术——控制技术、车厢制造技术、驱动技术和土木轨道技术，而中国只拿到了土木轨道技术。2003年上海磁悬浮发生事故，电缆烧毁需要从德国空运过来，因为中国没有拿到相关技术。2003年到2006年间，磁悬浮又有几次事故，官方的意见是说磁悬浮故障与上海当地气候以及潮湿等环境有关，而德国没有出现过类似现象。可见中国不能在技术上受制于人。

第三，与高速轮轨技术相比，磁悬浮技术在稳定性方面还有差距。再看德国，德国人口最多的北莱茵—西伐利亚线路也因造价太高而决定废除79千米的磁悬浮铁路计划，而不是搁浅。

1999年到2003年间，铁道部组织相关研究机构完成高速铁路科研项目353项，包括铁道建筑及设备、机车车辆及供电、通信信号、运输经济、新材料新工艺、综合技术等。2007年8月国务院正式批准京沪高速铁路可行性研究报告，这场漫长的争论才宣告结束。

三

我的思绪仍在飞腾，14:00左右我们到达上海虹桥站。同去的局机关的三十多位同志很兴奋，纷纷拿着首列车票拍照留念。无疑，首列车票具有纪念意义，而且票面上标有乘坐者的名字以及身份证号码。甚至还有些同事在琢磨着记者访问时要说的话，好有机会露一下脸——这一辈子也值得。

我拿的相机是NIKON，便临时当起摄影师，给他们轮着拍照。老者先拍，年纪略小者其后，比我小的只能排在最后。不用组织，秩序井然，大家一团和气，和谐社会，表情也都很到位。

国内各大报纸记者蜂拥而来，摩拳擦掌，张罗着开通仪式。不用抬头，就能听到直升飞机在空中盘旋的声音。全球聚焦在上海虹桥站。当然，名主持人很多，反正我不认识几个。

不过有些人专门"偷拍"美女。今天，美女确实多。如今，高铁列车员叫"高姐"，很多是从礼仪学校优选出来的

我看到了我的北方交通大学S同学，十多年来一直在钻研客票分配。这几个月，尤其是动车实名制，把他忙乎得瘦了一大圈。我俩见面无语，但会心一笑，握了一下手，合影留念。他在工作，查看虹桥站的客流情况，无缘乘车体验。

在站台上，高铁的建设者打着标语走来，胸前戴着军功章。他们是英

雄的建设者。工期一直在缩短，而且1318千米的线路是按照时速380千米的标准建造，标准很高，困难重重，不过他们都克服了。我情不自禁地给他们敬礼，他们也在与我打招呼，似乎是老朋友。

中铁十二局一位认识我的朋友，曾读过我的技术文章，向我回了礼，握着我的手，说："我国需要发展高铁，高铁是唯一以电力为能源动力的交通方式。它在低碳排放、节能环保方面的优势非常明显。根据媒体报道，京沪高铁每人百千米的能耗仅3.64度电，约为航空的1/12。日本通产省统计：一个人同等里程消耗，如果铁路是1，那么航空是4，汽车是6；一个人的二氧化碳排放，铁路是1，航空是6，汽车是10。""我们仅是建设者，建设成功了，我们为之自豪。但接下来，你们搞高铁运营的要发挥才智。高铁运营管理需要你们，你们也是英雄。"话说得多好，多么大气，我品尝到了他的自豪感，但也深深知道，中国高铁靠大家，我们都是高铁人，缺一不可。

高铁建设成功了，接下来就要运营了，一点不错。京沪高铁发车频率最高，是我国最繁忙的高铁。我国高铁的运营组织经验还在起步阶段呀，需要我们去求实、摸索、创新、突破。

四

京沪高铁真正的建设阶段只用了三年，从2008年4月18日开始，比原定工期提前了一年半。几处关键和限制地段例如南京大胜关大桥都已经提前修建。这条"新中国成立以来一次建设里程最长、投资最大、标准最高"的高速铁路，注定成为中国辉煌的高铁之路的一个象征。从中国当时的经济状况看，对于时速350千米以下，轮轨技术应当占优势；磁悬浮技术要达到时速400千米以上才有优势，成本是轮轨技术的三倍还多，维修费用更是无底洞。

2013年2月，京沪高速铁路工程项目通过了国家验收，认为"全线运营安全稳定，各项检测指标稳定地保持在相关规定指标的最优水平，实现了预期的建设目标"。京沪高铁线上的南京大胜关长江大桥更是创造了世界桥梁史体量最大、跨度最大、荷载最大、速度最快四项纪录，荣获国际桥梁界影响最大的乔治·理查德森大奖。

这么多年来，我一直跟随着京沪铁路的论战和发展，一直在关注，也最终成全了我的学业，也促使我来到了这个南方大都市。可以说，没有高铁的发展，就没有我的今天。我对高铁有着特殊的感情，希望中国铁路高速发展。

用轮轨技术建设后的京沪高铁设立了北京、天津、济南、徐州、蚌埠、南京、无锡、苏州和上海等21个客运车站，票价只有目前全价机票价格的55%，即六七百元左右，时速300千米二等座票价仅为555元。如果采用磁悬浮技术，票价至少在2000元以上，比飞机票还贵，有多少人愿意乘坐、有多少人坐得起，都是个问题。

铁道运输协会秘书长、北方交通大学纪嘉伦教授和我讲，多年前他曾与媒体谈道：高铁与原铁路网兼容互通，可发挥网络优势，而磁悬浮不能；高铁在国外已有多年成功运营经验，磁悬浮则没有，技术和经济风险太大。还有专家提议，磁悬浮若运营能达到600千米，且技术成熟，可能有希望。在未来，高速铁路的实力不仅体现在营业里程、机车车辆、运输能力、服务质量等方面，还应体现在将城市连接成庞大的运营网络上。

五

动车组列车在飞驰，窗外风景如画。长江、淮河、黄河，阳澄湖、太湖、大明湖，汉墓、孔庙、泰山等景点，随着列车的经过站点，让人不断遐想。高铁将这些景点距离拉近了。

宽敞明亮的车站，洁净舒适的车厢，急速飞驰的感受，体贴温馨的服务，方便快捷的换乘，这些都极大改善了旅客朋友的乘车出行体验。在车厢实际上你几乎感觉不到列车速度之快，人们也就是在车厢显示屏上看到列车时速。车窗外高速公路上并行的宝马汽车，瞬间被高铁甩在后面。我登乘过 350 千米时速的动车组司机室，往列车运行的前方看，速度体验完全不一样，尤其是列车过弯道，飞驰的列车如陆路上的飞机。

六

自 2011 年 6 月 30 日开通运营以来，京沪高铁仅在当年的半年时间内运送旅客就达 2415 万人次，2015 年运送旅客近 1.3 亿人次，2016 年上半年运送旅客 6700 万人次。沿线车站运用"互联网+"理念打造综合的新媒体平台为旅客提供更多服务，让旅客出行更加方便、温馨。京沪高铁提供了快捷、安全、方便、舒适的旅客运输服务，节约了旅行时间，产生巨大的时间价值，形成了沿线城市的"同城效应"，大大改善了我国东部地区投资环境，加快了沿线区域城镇化进程，创造了更多的就业机会，有力促进了经济社会发展和民生改善。

经过 5 年的运营实践，京沪高铁已形成了集基础设施、移动装备、综合检测、防灾减灾、应急救援为一体的安全管理体系，建立了系统配套的高铁安全保障体系。铁路部门按照"安全管理规范化、现场作业标准化、检查整治常态化"的思路，加强安全风险管理，强化职工作业标准，确保了京沪高铁的安全有序运营。

从客流及上座率的情况进行分析，京沪高铁自开通运营以来上座率不断提高，年上座率增长率为 15%~20%，现在基本保持在 70%~73%，日收入平均达到 5000 万元以上。

围绕如何满足客运需求，铁路运营部门逐渐在摸索京沪高铁运营组织的规律，目前采取"高密度、小编组、公交化"的运输组织方式，主要采用 CRH380A（L）、CRH380B（L）、CRH2A 型三种车型的动车组担任运输旅客的任务，有 8 节、16 节两种车辆编组方式，并建立起随季节和市场灵活变化调整的弹性机制，也就是根据季节、时间、上座率的高低推出不同的促销方法，实施日常（周一至周四）、周末（周五至周日）、高峰日（春运、暑运、黄金周和小长假）三种列车运行图。在日常和周末遇有突发客流时，可增开高铁列车。

近20年来，铁路部门组织设计施工、装备制造、铁路运输、高校、科研院所等行业内外科研力量，进行科技攻关与自主创新，在高速铁路工程建造技术、高速动车组研制、列车运行控制系统、检测验证技术、技术发展和建设管理模式等方面，构建了产、学、研、用相结合的高铁技术创新体系，取得了一系列自主创新成果：突破了复杂工程环境下高铁基础设施建设技术，研制了新一代系列动车组，研发了成熟的列车运行控制系统，创新了高铁运行检测验证成套技术；构建了建设管理和安全保障体系，打造了技术先进、安全可靠、兼容性强、性价比高的中国高铁品牌。

2015年，"京沪高速铁路工程"项目荣获国家科技进步特等奖。

七

如今，随着京沪高铁客流的猛增，目前京沪高铁运营能力已经紧张，部分区段已经呈现超饱和状态。去年九月在武汉举行的第十七届铁路枢纽与站场会议上，针对这方面的情况我作了发言，也引起了关注。直到现在，很多人都在讨论京沪高铁是否提速扩能。当然有很多方案，也有很多困难，唯一没有争论的便是技术问题，而更多讨论的焦点是经济成本以及客运需求等方面的问题。

还有人建议在沿海地段修建一条新的京沪高铁通道，我相信会有一个科学客观的方案。京沪东线又称京沪新线，被认为是现在京沪铁路的一个有效补充，并具有极强的社会、经济和国防效益，连接北京—潍坊—连云港—上海的沿海铁路线，全长1080千米，其直线与飞机航线相同。若列车时速为200千米，5小时左右可到达；时速250千米，4小时左右可到达；时速300千米，3小时左右可到达。应当指出，此方案地理地形条件得天独厚，北京、天津、黄烨、连云港全部为平原，直线较多，有利于提高速度。我们拭目以待。可以说，是否提速和采取新线方案等，所有的方案都是在保证老百姓安全和需求的前提下进行。

多年来的专业素养告诉我，我国综合交通体系正在形成，各种运输方式在竞争的基础上最终要走向统筹兼顾，这也是整体运输资源合理调配的开始，总体最终要达到平衡状态。我希望我们国家的交通运输越来越好。

初稿：2011 年 7 月 1 日
修订：2016 年 6 月 30 日

二十一年后

几多风雨几多秋。2015年的金秋十月,就说是丰收的季节吧。10月28日,人民铁道报在新书征订栏目中,登载了中国铁道出版社出版的《行车工作协调艺术(第二版)》,价格22元。为了能推广,我们曾建议价格不要太高。

历时三年的努力,应该算是艰辛吧,我们完成的这部佳作,被中国铁道出版社誉为经典的业务书籍。此书是王连生老师和我智慧和汗水的结晶。

2015年11月5日,这本书送到了我手里。书的封面图片是我拍的,场景就是上海铁路局调度指挥中心大楼调度大厅,我曾经多么熟悉地方。2013年4月,我们搬迁到这个大楼,此大楼可防十二级地震。当时,全路新建四个客运专线调度大楼,我们的调度大楼是四个调度大楼中最小的一个,可高铁管辖的线路却占了全路的六分之一还多——上海寸土寸金,就这么解释吧。

第二版出版日期标注是2015年10月,而第一版是1994年10月,相隔21年。第一版曾对铁路行车工作的指导具有现实意义,深受铁路一线人员欢迎。王老师还曾去过北方交通大学上过课。此时的王老师很激动、热泪盈眶吧，人生又有几个 21 年呢？

《行车工作协调艺术》第二版，由上海铁路局局长主审、副局长作序，第一次就印刷 12000 册。这本书相当于我作为骨干参与的第一本著作。考虑到书的影响面，尽管作者中只有徐总调度长一个人的名字，但我算是完成了一件事情，将上海铁路局的行车协调方面的管理经验提炼并体现在文字之中。

李开复在与癌症做斗争的 17 个月中，将其人生的心得体会"我的死亡修分"付诸《向死而生》这本书。里面举了这个例子：1955 年，毕阙（Henry K.Beecher）提出安慰剂效应。二战时期，他曾被征召当军医，有一次手术遇上麻醉剂用完了，不得已只好用生理盐水代替。令他震惊的是，不知情的伤兵在注射后，居然真的止住了疼痛，停止了哀号。这个特别的经验让毕阙在战争结束后，开始投入到这个问题的研究当中，最后发表著名的论文《强力的安慰剂》。他主张的观点是：患者在服用安慰剂后，会因为心态与自我暗示可以让身体分泌出舒缓症状的物质，从而发挥疗效。这个时候，若患者对医生高度信赖的话，病情好转的效果将会更加明显。

我并不是想谈安慰剂，只是想从这个故事引出《行车工作协调艺术（第二版）》修订的始末。积极的心态和相互间信任总会给工作带来一片生机和和谐，工作中的人际关系更是如此。

具体到铁路工作，是个大联动机，是多个部门、多个工种共同完成的。在行车工作中，这多个部门、多个工种必须如同机械钟表各个部件一样协同动作，一环扣一环，才能精确运转，才能更安全，才能高效益。要做到这点，除了各工种人员都要一丝不苟地执行规章制度，做到令行禁止以外，还要有一个很重要的方面，那就是行车各工种之间的密切协调与配合。

机会总会留给有准备的人。我不知道自己算不算是有准备之人，我有时就是凭着感觉去做事；当然很多事需不需要做，是经过我大脑过滤的。我心中当然还有杆秤，主观和客观之间有个权重系数在管控，可以叫作管控一体化。

2013年7月的一天14:00左右,我正在调度所我的办公室里处理我的人事工作。单位将近700多号人,没有人事部门,与人有关的事需要我协调和办理,而且人的各种需求五花八门。铁路体制内工作时间长了,调度员有一个特点,做事直来直去,反正交给你了,你就做吧。于是乎,我忙得头都不能抬,就像机器。举个简单的例子,最近二胎政策放开后,想生育、符合条件的调度员很多,我连各地区二胎的政策都要有所了解,因为我负责敲章呀。可以说,很多工作都是动态的。不过,我算乐观,心中有篱笆,技术方面也没荒废呀。

我转移一下注意力,准备去调度大厅看看调度员的状态。于是,我走出办公室。隔壁有一会议室,是领导开会的地方和每周一下午党委组织中心组学习的地方。我路过时,偶然发现有一老者,坐在椅子上。老者的精神状态很好,和他这个年龄不相适应。

怎么桌子上连一杯水都没给倒?出于后勤工作的敏感,我问:"您贵干?"

"哦,我是徐州来的,原来是徐总调度长的老部下,后来在济南铁路局运输处退休,我来找徐总办点事,可惜他不在,我再等一会?"

"既然这样,徐总通常要16:30才会回来,您和他没有预约吗?"

"预约啦,他说临时有事,我来一次也不易,就等等了。"

我赶忙回到办公室,给老人家泡了一杯龙井茶。转身,我到调度大厅。半小时后,我回来时,发现老人家还在那里,拿着一张报纸在闲看。我于是发短信给徐总,我知道他临时有情况,今天不能回来。

"您有事可以再来吧?徐总今天不能回来了,因为有临时任务在身,他也身不由己。"

老人家说:"打电话说不清楚,当面好谈。这样吧,我写个东西,你交给徐总吧。"

我找了纸张,老人家边写边说:"我叫王连生,我这次来就是想让徐总安排一下,我想调研。目前,我的能力不济了,上海局很多调度理念和做法都走在全路前面,我想再写一本书。第一版我曾经写了十年,是我毕生引以为豪之处，这次应该是第二版。我刚才也发短信和徐总说了，他告诉我这件事要我和你小曲谈，你可以全权负责，徐总做总体指导。"

原来，1994年7月，也就是我大学毕业到铁路车站现场工作的第二年，老人出了本书叫《铁路行车协调艺术》。他自学成才，苦苦钻营心理学，结合铁路行车工作现场实际，苦心写了十年，主要就是利用心理学和关系学的思想，将其用到铁路行车工作的岗位上，说明和谐产生的巨大魅力，可以大大提高运输效率。那本书通篇语言精彩，可读性强。他还曾到北方交通大学——我的母校讲过课。书中，他举了大量的实例，对铁路行车组织工作有很大启发。当时，这本书产生过很大的影响。

可惜我这人对什么心理、生理的东西不是很感冒。不感兴趣不代表我不想做。老人家的专注精神打动了我。"学到老、活到老"一直是我的想法。老人家一字一句写了十年，那个时候是用手写，不是像现在用电脑打字。我又看了一下他拿出的1994年的版本，封面已经发黄，纸也老化了。等我翻开第一页的时候，我便发现此书内容的精彩之处了。

二十年过去了。中国铁道出版社考虑到该书曾经的影响面和高铁发展现状以及对现实的指导作用，准备重修出第二版，但需要增加高铁、供电以及施工组织等内容。我一听这事情，心里便一动。于是，我和老人便攀谈起来。他是阅历广泛，谈吐不凡。他也发现，我的知识和工作岗位，可以助其一臂之力，我们可以合作。

说干就干，我俩便商量起细节来，比如，在不能改变原书的风格和框架下，各个章节到底怎么安排。时间很快就过去了。17点多了，老人要回徐州。我越来越敬佩他的精神，以苦为乐、无师自通地干了10年，难得，也能理解。

我知道写书的苦。资料要积累，知识点要学习，还要和实际工作结合。那时候不像现在可以在电脑上打字，电脑上修改起来也很方便快捷，他都是用笔写的呀。

我送他到了宝山路地铁站口。老人说，还没有如我这么尊敬他的人哦，还亲自送他到地铁口，一般人送他到铁路局机关大门口就不错了。

我说："按照既定计划，我们分头行动。几个环节：一是您最好把原稿电子版给我，需要打字，您找人吧，我现在也没这个精力；二是我负责修订，我要删掉过时的内容，补充新的内容，与时俱进；三是高铁、供电和施工部分我组织人去完成资料收集；四是我安排好您去徐州供电段现场调研，掌握第一手供电知识的材料；五是我和徐总汇报，让他提出章节修改计划。当然，风格都是按照您第一版的框架进行。"

组织写书的过程是比较艰难的。按照原书的风格和框架，首先我要找到合适的人选提供资料，主要包括供电、施工和高铁部分。

从2013年10月份，定下框架和人选后，我便开始组织。2014年7月份，有关资料基本上收集完毕，在第一版的基础上，增加了高铁、供电、施工等内容，使得该书的内容更加广泛和全面。2014年8—9月，我按照徐总的想法进一步整合，又和徐总探讨书中的不足之处，然后又找几名具有相关经验的专家提意见和建议，包括与行车规章对照、语句歧义等等。最后总书字数达到了22万字。在此期间，我和王老师成了忘年交。他这人说话激情四射，善于谆谆教导。退休后，他在徐州一家市政府办的老年大学当管家，课程设计、组织活动他都是行家里手，干得也是风生水起，受到老年人的赞扬。

2014年10月黄金周长假，我利用三天时间，闭关修炼，从头修改此书。我将22万字的书稿，忍痛割爱删掉2万字，很多过时的东西都被我一刀咔嚓。后来，王老师实际很心疼这些字数，但最后还是呵呵大笑："我看中的小曲，还真行。对头，是需要破四旧。"

本次大修订后，我又陆续找专家修改。其间，王老师与出版社的编辑也一直在联系。看得出来，编辑对他很信任。听王老师讲，出版社那边也没想到，第二版的增加部分竟然都补充上了。

2015年6月，我和王老师到北京铁道出版社会见梁兆煜编审。他当初也是第一版的编辑。

王老师说：你写的论文虽多，但还是个人的圈子，谈得更多的是个人想法和理念，需要将你个人的东西提炼出来。中国高铁发展10年了，而且你就是一个见证者,世界高铁看中国,中国高铁看上海。你见多识广,而且还爱思考。还有,出书的话,可以结交更多的有识之士。

我原来以为出本书,找关系是很难的事情,尤其是不花钱出书更难!原来如此,真正需要的书,是不需要个人花钱出版的。窗户纸一捅就破,还是应了那句话:你是不是那块料,书的质量是否高。

回到书的内容吧。看看书的序言怎么说的,内容如下:

增强行车各工种间的协调配合,是铁路每个工种各员工的必修课。自古以来,会用兵者,智用兵法,能产生"以一当十"之威力,所向披靡,无往不胜。每个铁路行车工作指挥者,也拥有千军万马,要运用好"尺有所短,寸有所长"的辩证关系,去发掘每名铁路员工的潜在能量,就会产生"以一当十"不可低估的能量;行车工作中充满了无穷的"变数",要用精湛的行车指挥艺术,使行车各工种间密切协调配合,产生巨大的能量,这将会收到事半功倍的良好效果。

语言,有着神奇的魔力,讲好了,可使千军万马形成雷霆万钧之力,具有排山倒海之势;讲不好,即使有众多精兵良将,也可能功败垂成。要用温暖的话语去温暖每一名铁路员工,用精湛的语言艺术在行车指挥工作中去产生神奇的"魔力",化解运输工作中产生的各种各样矛盾,激发每名铁路员工的工作热情,在工作中始终充满活力。

协调工作是"公共关系学"在铁路行车工作中的具体体现,是"行为科学"在铁路行车工作中的具体应用。实践证明,在同样的工作条件下,不同的工作人员,会有不同的协调能力;不同的协调能力,在安全与效益方面,会产生截然不同的结果,有的结果相差是天壤之别。因此,"协调"是一门艺术。它在行车工作中,不是可有可无,而是至关重要。各工种之间的密切协调,能调动起所有行车工作人员的积极性,使消极因素变为积极因素,能消除行车工作中的不安全隐患,使行车安全得到可靠的保证。

列车调度员总想利用和谐的人际关系,把行车指挥工作做得得心应手;机车乘务员总想在各行车工种的协调配合下,避免超劳,尽快地到达乘务终点站；车站值班员和车站调度员总想在和谐的人际关系中，施展自己的组织才能，高质量、高效益地完成各项运输任务；工程施工人员总想在各个部门的密切协调配合下，最大限度地利用好"施工天窗"，保质保量地完成施工任务。

  目前，经我们精心修改后，《行车工作协调艺术》一书已成为铁路业务书籍中的经典之作。这本书汇集了调度员的智慧，凝聚了机车乘务员的倾诉，总结了行车工作人员协调配合的经验，道出了铁路运输员工的心声。密切的协调配合可促使铁路运输工作更加安全，同时创造更大的运输效益。本书在调查研究的基础上，广采博引；在总结现场工作实际的基础上，加以理论化、系统化、条理化，深入浅出地阐述了行车工作协调艺术在实践中的应用，可作为指导行车工作的指南，希望能在繁忙的铁路运输工作中得到推广和使用，创造出更大的综合效益。

  实际上，这第二版虽然内容都堆积上了，但我只是按部就班地按王老师的理念、语言叙述的方式以及框架进行完善。很多东西，我并未创新，逻辑性也不强，框架设计交叉部分很多。而且，运输组织是随高科技发展而不断变化前进的，还有心理学和管理学的新理论和方法也在发展呀，需要更好的总结和积累，徐总的总体指导也需要完善和发展。

  第三版是以后的事，如果对铁路运输实际有用、读者欢迎，我便会修订第三版，重新用我的一些想法精练这部书，当然是在王老师的成就和经验的基础上，和老人家共同商量如何去修订。第三版的名字可叫作《铁道运输工作组织与协调》。我想，随着铁路的迅猛发展，5年后可以再版。

  2015年10月17日，金秋十月的阳澄湖畔，景色迷人，当然也是吃大闸蟹的季节。王老师来到苏州，畅游重元寺，住在苏州疗养院，欣赏石湖景区。老人家说的话还是那样鼓舞和激励人。他讲到，他研究人的心理多年，因为心理学在发展，相应书中描述的内容也要发展，希望能传承下去，还要有第三版、第四版……

  写作对于一个专业选手来说，也许不应该是什么大事，但对于我们这样的外行人来说，其实就是大事。十年的功力，坚持了下来，造就了一本书，王老师也成了专家。老人家十年钻研精神确实感动了我。

"在阳澄湖吃正宗的阳澄湖大闸蟹，味道就是不一样。"王老师如是说。

感谢王老师，难忘王老师！祝愿王老师身体健康！

初稿：2015年10月30日
修订：2015年12月16日

光阴的故事

一

2016年6月30日,这是一个难忘的日子。从大的方面看,是京沪高铁开通运营5周年的日子,这5年我一直关注京沪高铁的安全与运营。这一天,我收到了本人第一本专著,中国铁道出版社寄给我的《铁道运输组织管理与优化》。

谁都知道《白鹿原》是一个里程碑式的著作,是大作家陈忠实利用十年费尽苦心写成的。有朋友说我这本书是铁道运输业中的"白鹿原"。我可不敢讲,但接下来几年,我会以利再战,写几本属于自己的专业书,其中的"优化"两个字便是我的品牌,打上我的烙印。

6月16日,我接到编审L老师的电话,问我"客流密度"这个专业词汇的单位,需要我重新确认。我心中敬佩之情燃起,多么敬业的编辑呀。实际上,一个月前我已经把最终稿件寄给出版社了。我没想到,他们一直在修订诸如公式、单位、标点等细小之处。

此时恰逢国家铁路局的C博士来电告知我,她刚从国外回来,参与了一个高铁谈判事项,并和我讲了一下中国高铁走出去的优劣条件。我在与其交流的过程中，突然想到，她对国外高铁市场了解，就让她帮我审一下两篇关于高铁安全的文章。1小时过后，她回话："看得出来，出版社已经在保密方面做了审核，但高铁安全方面写作中的一些创新做法要修订到位，最好把我国的高铁运营创新之处要提炼到位，特别是长三角的高铁运营特征再深入提炼一下，在世界上都是独一无二的，可以凸显我国高铁运营的独特经验。"

于是乎，我欣然再次将书稿做了修订。最后，我很放心地交差了。十余年间，我从没想过要出书，只是平时注重了积累；等到最终完稿时，我看自己的书后，也着实吓了一跳，怎么会如此？这应该是积少成多、顺其自然的结果。我感觉包袱少了一个，人也相对轻松了。

二

本文的流水账部分采取倒叙的手法，请读者原谅。

5月20日我接到编审L老师的通知，需要我最后一次修订，然后就要印刷。想到5月20日是同济大学建校109周年，而刚过去的5月15日是西南交通大学建校120周年的日子，我于是在书的前言中增加了一句："今年恰逢交通大学成立120周年，明年同济大学将迎来建校110周年，从饮水思源到同舟共济，我感慨万千……"

4月23日是世界读书日，这一天，我收到L老师微信通知："请改稿时遵守以下原则，使全稿字符有所遵循：所有表示变量的符号都用斜体，非变量用正体；矩阵和向量的符号用黑体，下标如是变量用斜体，如是阿拉伯数字用正体；全文上下左右正斜体、大小写、黑白体必须统一。请以此为原则将全文检查一遍，特别是后边涉及数学模型的部分，这个工作在付印前迟早是要做的，然后将完成的PDF发给我，谢谢了。"

4月12日，L老师给我来电，他在校对书中的各种公式，就连大写、小写、上标、下标以及正体、斜体、加粗与否，都一一核对了。通话过程中，L老师有时还咳嗽。我知道他多年来身体一直不是很好。他还告诉我，书中一些表格中表名称以及表框中内容，都需要核对，相关问题提出了33处，需要我校准。我感觉到了他的敬业和严谨。

4月1日愚人节那天，我将修订好的校样交给了快递公司，长长松了一口气。此时，我想到了一本书，英国小说家毛姆70岁时写的最具有深度哲思的巨作——《刀锋》。很多人讲这是他最有代表性的作品，成书于他创作经验最成熟的晚年。毛姆以主人公拉里口吻针对出书说过这样一段话：如果人生真的存在某种意义，那需用足迹和思索去寻找。他出书没有什么特殊意义，所以要写，只不过是为了整理一下所搜集到的那些资料。而之所以想到出版，也不过是因为他认为写出来的东西只有把他印成铅字了，才能掂量出它的分量。我感觉此时的我就是拉里。

3月28日我接到出版社寄给我的样稿，L老师告诉我，十五日之内，我修订好再寄给他们。我一鼓作气提前完成。

2月14日情人节的晚上，书稿成了我情人。当天晚上，我基本上将书的原稿修改完毕，把书稿电子版发给了L老师。

三

我把自己定义为通俗学者，也就是从实际出发去研究运输组织工作中遇到的问题和难点，而不是过多地钻研理论。长期的实际工作让我养成了这个习惯。

十多年来，看到我国特别是东部地区高铁迅猛发展，我突发奇想，就让我写的文章从碎片组成一个体系吧。但出书不是为了出名，而是为了自己的一个梦想。还有就是，我希望长三角高铁运营组织的宝贵经验得以提炼。或是，让更多的专家来批评指正我，促进我更好地修订，再往高大上一点说，也算是对我国高铁做出一点贡献。

从2015年11月中旬开始，每天晚上9点半钟以后，我利用1个多小时的时间去做功课，利用空闲时间修订。书稿为A4纸、350页，约50万字。为了更能够看清楚，我不仅仅是在电脑上修订，每个月修订后，还特意打印装订一本，正反面打印，纸张也比较厚。我深深知道修改也是很困难的事情。

去年4月份，我和徐州王连生老师合作，利用三年的时间完成《行车工作协调艺术》第二版修订，他和我约定6月份去北京，去铁道出版社找20年前此书第一版的编辑商量第二版的出版问题。我便从自己十年内写的80多篇文章中，选出52篇有代表性的，也想尝试出一本书。

5月份经我初步审核，我把各色文章整合在一起，像本书的样子了，并准备将书的名字叫作《铁路运输组织和优化论文集》。

6月份我和徐州的王老师去北京中国铁道出版社，受到了L老师的欢迎。我顺便把自己的书稿电子版给了他。他看后便说，这是一本奇书。

王老师启发我："书的名字不能叫作论文集或是文集，这样会影响到读者的范围。"这真是一个金点子。我试着思考，就叫作"铁路运输组织管理与优化"吧，但需要将我的论文进行修订、整合，进一步条理化、系统化，可以说难度很大，还要分章节编写。书的定位在哪？我思考着。大学时代学的"铁路行车组织"课程，十多年来，我结合我的工作岗位和工作实际，至少从头到位研究过100遍以上，我也一直在尝试运输方法的改进。如今，我也要有自己的一本运输组织管理与优化的书了。

2015年7、8月，我几乎没干事，有信心也没信心，等待着中国铁道出版社的消息。因为我不太相信我不出钱就能出书？这个过程好像一个人遇到初恋，最开始总是迟疑的，总感觉自己能力不足一样，但还是想尝试。

9月底，L老师回话，说是审批通过，得到认可，并申请了书号，特别是我的作品结合了"长三角"高铁运营的背景，有示范价值，并定于2016年出版，出版的时间取决于我修订的速度和质量。

我顿时感觉压力山大。成功在我眼前，但过程却是艰难。我要将各种文章按照专业书籍的方式融合在一起，这是一个杂乱无章变成系统的过程。如果不叫作论文集，那必然要有章节，章节的名称怎么定，里面每篇文章怎么放，都是难题。要分层、分类、归纳，而且有些文章过时或是错误的观点和数据都要修订，这是一项系统性的工程。而且我只能用业余时间来完成。

  10月份，我灵感上线，我将那么多的文章划分了章节。可是有的文章既可以放这个章节也可以放那个章节，需要我判断和决策。按照"五年内不过时，十年内可延用"的原则，我也翻阅了不少资料，补充完善了很多内容，并对一些内容做了超前分析和写作，补充了很多知识点。我紧密结合铁路运输实际问题展开，按照问题、现状、思路和方法、对策措施、总结展望的顺序将文章逐篇进行修订和合并、取舍，又结合新的运输组织和认识的发展，补充了5篇新的论文，并突出了"长三角"高铁发展和物流发展的特色。在修订过程中，我理解了整合和融合的关系，并将错别字、歧义句等做了认真修改。

  2016年2月18日，我接到L老师的电话。他告诉我，可以签订合同，但书的内容还需要进一步压缩，字数还是较多，要把精要的文章留下来，作为精品书来编辑。考虑到书的影响力、文章质量和严肃性，他建议删掉12篇文章，只剩下40篇，更为精要些。

  季羡林讲：德国书中的错误之少，是举世闻名的；有的极为复杂的书竟能一个错误都没有，连标点符号都包括在里面。我想用这个标准去衡量自己的第一本著作。我又想到了欧阳修，他的创作精益求精。为了修改文章，他常常把文章抄在一张大纸上，挂在墙壁上反复琢磨修改，直到满意为止。就是写20个字的小柬，他也工工整整地写在纸上，仔细推敲，从不轻易一蹴而就。即便是到了晚年，欧阳修仍然在自觉地修订文稿，常常斟酌到深夜。

  8月份，中国铁道出版社迎来了65华诞。这个出版社极具行业特色的鲜明风格，具有独特地位。铁道出版社以出版铁路科研成果、教育培训、技规标准等专业图书为主，共出版图书及音像电子出版物等3万多种，有400多种出版物获国家级和省部级奖项，形成了深厚的文化积淀。我也就凑凑这个专业书出版的热闹吧。于是，我又开始了最后的努力。

四

我很庆幸此生选择了交通运输这个行业,并将其作为自己毕生的事业和努力的方向。

时间追溯到 2011 年 6 月 30 日 15:00,我有幸登乘京沪高速铁路开通运营的首发列车。我浮想联翩:小时候,受粮食供应限制,我每两周就要随在东北山区车务段工作的父亲乘坐摘挂列车进城买粮。100 多千米的路程因沿途摘挂作业长达 4 个多小时,尤其是冬天,多么寒冷!那时候我就知道了铁路运输有调度员这个岗位。调度员就要随机应变、运筹帷幄、决策千里,并要在应急处置过程中大显身手。

我在北方做过多年的调度员工作,坚守岗位职责磨练了我的耐力。术业无止境,我一直尝试努力做好调度指挥工作。那时候我是多么希望我国也有高速铁路。我在大学时代看到日本高铁的发展,都梦想我国何时有高铁。

如今,高速铁路调度员通过现代化的调度指挥设备,遥控指挥着高速列车运行,高速铁路的梦想已经变成现实。

此书基本上是我在上海铁路局调度所工作十年的经验总结和理论联系实际的结晶,也是我曾在北方从事铁路运输各项工作将近十年的延续。

在常人眼中,工学博士是搞理论的研究型人才,我走的却是应用型路线。多年来的铁路工作逐渐养成我研究问题的思路和特点——注重实践,将各类知识灵活运用。我能将复杂问题分解处理,并注意结合部的协调。我欣赏简洁的解决现实问题的模型和方法,但模型不能解决很多实际问题。

2007 年我成为铁道部首批高速铁路调度培训班的成员,高速铁路新知识的学习让我耳目一新。2009 年通过实践和分析,我结合沪宁线完成《既有繁忙干线通过能力规划模型及算法》一文,在第九届全国交通运输科技领域青年学术论文征集中,被专家评为"优秀",直接推荐到《交通运输工程学报》发表。同年，我参加了全国交通运输领域博士论坛，《动车组交路运用计划优化》一文被评选为 6 篇优秀论文之一。2011 年通过多次登乘沪宁城际高铁动车进行客流调查，我撰写的论文《城际铁路客流预测研究》，在上海市交通运输学科研究生论坛中荣获一等奖。2014 年通过撰写并宣讲"长三角铁路货物快运列车优化策略"，我在中国物流学会组织的首届青年论坛中获得精锐奖，并被聘为特约研究员。2015 年我又在中国物流学会年会"货运改革＋互联网"分论坛中演讲"高速铁路电商列车运营组织创新发展策略"。我曾连续八年在上海铁路局企协征文中获得一等奖，连续八年在铁路总公司企业管理协会组织的论坛或征文以及调研报告中获奖。

多年来，我有机会给铁路职工和大学生授课。值得欣慰的是，通过我的授课和启发，现场很多优秀的大学生选择了调度所并通过选拔成为调度的骨干。我曾多次在同济大学等多所高校讲解我的高速铁路观和铁路物流观，也深受好评。

五

读书是一种情怀，我一直深深记得一句话：好好读书和学习，会让自己成为一个有温度、懂情趣、会思考的人。北京交通大学的学习让我选择了铁道运输这个喜欢的专业，掌握了铁路运输的基础知识；铁路现场工作的实践又磨练了我，阅历的增加又使我能够从客观的实践出发；西南交通大学硕士研究生的学习经历又培养了我系统思想的建立，能够综合运用各种知识解决实际问题；同济大学博士研究生的学习经历又培养了我独立思考的能力，能在不断研究和处理复杂问题时形成自己的体系结构。

从事了这么多年铁道运输管理工作，铁道运输专业的理论到底是什么？我的看法是：铁路运输的整体理论就是系统工程。可以说，铁道运输中的理论都是从实践中积累并运用系统工程方法总结归纳出来的。从论文写作的整体看，也是运用系统工程的方法，采取分类和分层的过程归纳而成。综合就是创造，整合就是创新，而我们面临更多的是持续优化。论文的写作离不开灵感，灵感的产生，一是来自于实际问题，二是来源于所掌握知识，三是强调各种知识的灵活运用，并通过系统工程的理念和方法最终形成。

　　文字是有灵性的，文学作品如此，学术论文和调研报告也是如此。写作表达的是作者的理念和观点创新，可以表现在思想、理念、思路、方法等方面。我欣赏的是思想和方法都有所创新的文章。

　　书的内容分为上、下两篇。上篇是运输组织与管理，说明铁路运输组织存在大量需要调研分析以便提出解决方案的问题，从而确保运输安全、提高运输效率和效益；下篇是运输模型与优化，阐述铁路运输中存在大量的优化问题需要构建模型统筹解决。我努力打造每一篇文章，当然，也存在错误之处，比如有些结果还没有经过实践检验等。这些错误之处能使我不断深思，不断从错误中提炼出正确的观点，以便进一步弥补和完善。

　　在这纷乱繁杂的社会中，我能努力使自己摆脱喧哗，让内心平静，让心去飞驰。每次我到铁路基层站段，都能发现"粉丝"。多年来的文章和报告，已成为他们学习模板和参考资料。有时，我们还能针对新的运输情况进行深入交流，取长补短，让我受到启发，进一步不断修正。

六

　　这本书共计46万字，我觉得有几大集成特色，有一些是我受L老师启发并梳理的。

　　第一，我曾经尝试写不均衡运输的三部曲。2005年，我写了铁路运输不均衡运输组织问题。2007年，我写了不均衡车流调整。2009年，我又写了不均衡车流组织。2009年，在此基础上，我写了不均衡车流组织和调整的协同管理；2012年，我又从不同的角度写了编组站堵塞或是区段车流堵塞情况下的疏解措施。可以说，针对此类问题，我的思考逐年在加深。这几篇不均衡运输文章中，有两篇被全盘抄袭发表；还有一篇虽然参考文献中注明引用我的文章，但他的全文基本是抄袭。我没空计较，因为我是向前看的人，我怕耽误我的时间。

第二，2003年10月我写了《行车安全保障体系实施框架研究》一文，当时我在念研究生。文章最后写到展望，提出要研究高铁安全保障体系相关问题。直到2016年4月我才发表类似文章。两篇文章发表间隔13年，算是我对普铁和高铁运营安全保障体系的连续性探索。

第三，我补充赶写了《沪杭高铁运营组织分析》一文。因为只有增加沪杭高铁这条具有代表意义的高铁运营情况，而不仅仅写沪宁城际高铁和京沪高铁，才会使得书中长三角的背景更加具有说服力。

第四，在书中货物运输组织一章中，我补充赶写了《编组站快运货物列车组织优化》一文，紧密结合了目前快运货物列车组织的现状。这篇文章正好发表在《铁道货运》2015年第12期上。该文使得这章更加完整，也成为一个亮点。

第五，对《高速铁路调度应急处置辅助决策系统分析》一文，我做了全面修订，几乎是重写；在《推进调度安全风险管理有效途径》一文中，我补充了"建立以人为本的风险教育培训体系"；在《高铁调度标准化管理体系构建》一文中，我补充了施工管理标准化。

第六，几大展望和发展趋势，在《高铁调度标准化管理体系构建》一文中，我在结尾增加了高铁调度标准化管理要以计划为龙头的发展趋势；在《城际客流预测》一文中，我在结尾中补充了长期和短期客流预测文字，并指出了短期预测的方法；在《高铁调度应急辅助决策系统》一文中，我补充提出两阶段的构想（第一阶段是人工阶段，第二阶段是智能阶段，但此阶段也离不开人的处置）；在《高铁运输组织关键技术初步分析》一文中，我在结尾补充写道：高铁运营组织的几大关键之处是处于战略层和决策层等问题。

第七，书中另一大特点，有本人晋升工程师和高级工程师的参评论文，让读者能够体会到作者参评论文的标准和质量。

第八，书整体分为上、下两篇。上篇是管理方面的调研报告或是叫作定性文章；下篇是模型优化的文章，基本上属于定量分析。分章节去梳理，本书内容广泛。书中每篇文章都有出处。

第九，书中创造性的发明，在思想和方法上。一是广义周期运行图的提出；二是城际铁路高峰时段通过能力计算方法的提出；三是城际铁路动车组运用计划互换交路的充要条件的提出。在方法上，主要是三均值、区间数、数论、DEA、集对、随机理论等方法的应用，还有"四阶段法"的扩充。另外，各个文章都强调系统工程方法。

第十，本书还有一大特点，案例分析基本上是以实际问题为突破口，解决了实际问题。只有一文是探讨，就是城际铁路高峰时段列车间隔时间的优化探讨，因为我没有翔实的数据，其余文章基本是实例分析。

七

感谢北京交通大学交通运输学院韩宝明教授，从我的大学时代就一直鼓励我奋进并投入到高速铁路的事业中去。我难以忘记您对我学业上的启发和鼓励；感谢西南交通大学交通运输与物流学院杜文教授和王慈光教授，杜教授对铁路发展宏观思想的把握，王教授理论与铁路运输实际模型的巧妙结合，使我深深难忘并有所继承和发展。同济大学交通运输工程学院徐瑞华教授对我理论联系实际的研究道路的鼓励，让我无法忘怀。感谢我的硕士生导师张殿业教授，他常常强调"idea"，对我系统思想的建立有很大启发。特别感谢同济大学我的导师徐行方教授，他是我的良师益友，每每看到导师修订过的文章红笔字样，我甚为感动！

感谢论文预审、评阅工作的专家和学者，你们所提出的中肯建议和鼓励，给了我莫大的帮助和思考；感谢期刊论文专家辛苦的审稿，你们的严格要求是我努力的方向；还有编辑老师的严格把关，使我知道何为"严谨"。特别是论文评审时让我退稿的专家，使我知道何为"学无止境"。

我出版这本书，还有一个想法就是：探索的艰辛与发现的喜悦已经深深留在我的记忆之中，时光易逝，告诉我过去已经过去，新的十年在向我招手,我依然需要努力,期待我的新论文集完成的那一天!

八

下面是我同济大学的导师徐行方教授为此书写的序言。

随着现代铁路以技术密集为标志的高度集中化发展,特别是近十年来高速铁路的迅猛发展,铁路运输管理活动的复杂性、互动性及规模化程度不断加大,需要专业管理水平相应提升,需要有清晰的管理思路和科学的管理方法。以高速铁路为例,目前相关的运营组织理论滞后于运输组织的实践,国外的运营经验也只能借鉴,这就需要更多的专业人士不断积累、总结运营组织经验,探索其中的规律并使之上升为理论,再将成果运用于实践。

作者就是这样一位杰出的实践者,他从事铁路运输实践与研究二十多年,在北京交通大学、西南交通大学、同济大学三所著名大学交通运输专业求学,从饮水思源到同舟共济,学习经历丰富。我十分有幸成为他的导师,读博期间他以刻苦努力、奋发向上的精神,发表二十余篇学术论文,以三年最短的时间获得博士学位,都给我留下了深刻的印象!

作者成功的秘诀在于一切从实际出发,脚踏实地,潜心思考,充分运用系统工程、运筹学等理论与方法,主动研究遇到的铁路运输实际问题。他是一位思想活跃、才思敏捷、观点鲜明、脉络清晰的高效、多产的"论文高手",并侧重于解决问题的思路和方法,通过二十多年来对铁路运输问题的探索与积累,以"现状、问题、思路、理念、方法、对策、措施、建议、展望"为主线,努力做到每篇文章都是精品,形成了《铁路运输组织管理与优化》这本难得的文集。

十年磨一剑,弹指一挥间,首先对这本书的出版表示衷心的祝贺!与其说这本书是论文集,不如说是作者对铁路近十年发展中一些实际问题的积累、总结、思考、感悟、创新和展望，是二十多年来实践经验与理论的结晶，具有科学性、实践性和前瞻性。"长三角"是我国经济最发达的地区之一，作者特别对"长三角"地区铁路客货运进行了较为深入的研究，包括京沪高速铁路、沪宁城际铁路、沪杭高速铁路、金山市郊铁路以及货物快运列车运营组织等，反映了当代铁路安全、技术及动态管理与优化的最新特征，具有较强的示范作用和重要的现实及实践意义。

随着高速铁路网络化进程的不断推进，希望更多的管理和研究人员关注我国铁路事业的发展，努力探索铁路运营管理特别是高速铁路运营管理的科学规律，不断提高运营管理水平。

九

就用一个女奇人的一句话作为本文的结束语吧。

"我没有一天放过自己！"建筑大师哈迪德以传奇一生向世人诉说，"所谓幸运儿，不过是敢于挑战、坚持自我的弄潮儿，耐得住寂寞，经得起考验，守得住繁华，坚持下去，就能看到幸运。"

我也幸运此生赶上了我国铁路快速发展的时代，深感这世界变化太快，认识程度、知识结构及能力水平都无法与飞速发展的铁路技术相适应。唯有努力！

2016 年 7 月 4 日

哑巴英语

我先讲电影《阿甘正传》中的一段台词："生活就像一盒巧克力，你永远不知道你会得到什么。""没有什么事情随随便便发生，都是计划的一部分。"阿甘虽然有些弱智，但他做事能够专注，在兵乓球技术娴熟后，他代表美国队有机会绕过半个地球来到北京和中国队比赛。比赛期间，队友们预定了一家"北京烤鸭"店去品尝美味。由于阿甘的服装没穿好，他回到房间去换衣服，结果他的队友先开车走了。阿甘独自一人乘出租车追赶他的队友，他用英语对出租车司机反复地说："北京烤鸭，北京烤鸭。"于是乎他在车上耗了一个小时，怎么还没到目的呀，但他觉得观光了不少地方。当司机轻拍他的肩膀时，他还说"北京烤鸭"，然后又扑动了几下胳膊。阿甘的意思是说："鸭翅膀。"司机咧嘴一笑，阿甘又拼命点头，司机似乎明白去哪了。继续驾车时，司机还不时回头看后座位的阿甘。阿甘再次扑动胳膊，于是司机把他送到了飞机场。

同学小A给我来电，说他的博士学位英语考试经过三次努力终于通过，谢天谢地！因为学校规定博士只能考三次英语，这次如果再没通过，他的博士学位证就拿不到了。我在向他表示祝贺的同时，不知触动了哪根神经，想起了电影《肖申克的救赎》中的一句："让你难过的事情，有一天，你一定会笑着说出来！"

难道英语就这么难学、难考？英语学习效果的好坏应该因人而异。有人似乎有天赋，学得也快也好；有人就学得很慢，进步也不明显。在中国不管你读什么学位，有两门必修课：其一是政治，永远学不完，小学、初中、高中、大学、硕士、博士，否则你别在国内转悠；其二是英语，现在恐怕幼儿园就开始学了——结果怎样，很多情况更像父母让子女学钢琴，又有多少孩子成了演奏家？

我对语言学习没有偏见，但我似乎天生就不是学习语言的料。英语，对我来讲，就像"鸡肋"，弃之可惜，食之无味。我学了二十多年的英语，大都是为了考试而学习；有时虽然能产生热情，但无奈天生愚笨，没有将其当成交流的工具，也非生存需要。我现在还真像个哑巴，曾经的"只会读、不会讲、差不多会写"变成了现在的"差不多会读、仍然不会讲、更不会写"了。

多年来，在学习英语的过程中，我就像汪洋中的一只破船。有时我感觉自己还像1996年阿根廷足球队——在马拉多纳带领下，在不被看好的情况下，摇摇晃晃，挺进世界杯的八强、四强……冠军。我虽然没得到过冠军，但我还是有些考试通过的经验和教训呀，通过对我来说也许就是冠军。

我小时候学汉语，汉语拼音中的声韵母我都搞不清楚，平卷舌发音不分，这似乎成了我学习英语发音不正确的客观因素之一。我曾把"鞋垫"叫"鞋地"、"苹果"叫"情果"、"吃饼"叫"吃顶"等，很多家乡人都笑我，我好像在这方面是个白痴。我发音不好，那我就简化。比如，说"鞋垫"，我先说"鞋"，然后指指鞋的里面。呵呵，简化了，家人还很清楚。

后来，我做铁路列车调度员的时候，有两件事我至今难忘，这也是本人的教训。我把有些不该简化而简化的坏毛病带到工作中了。我曾在填写列车编组顺序表的时候异想天开，再加上工作繁忙，把"脚阳气站"写成了"脚气站"；把松江站的所属铁路局，没经过大脑，就写成了哈尔滨局——松花江站在哈尔滨局，松江站实际在上海局，两个地方差了三千多公里呀。于是，我被领导训斥"粗心人一个"。结果，我费了大半年，用心工作，领导才看到我这个人很努力。我到上海工作后，还特意去了一次上海枢纽的松江站看看。当时我咧嘴一笑，很多同事不知道我笑啥。

老爸曾多次讲一个学英语的励志故事。他的一初中同学，黑龙江大学毕业的，学英语的时候苦练基本功，对着镜子练习发音口型，一遍一遍地练习，逐步培养自己的兴趣。老天不负有心人，后来他到了北京邮电大学并当了英语系教授，成果显著。

我也找到了一个励志的成功故事。那个李阳，疯狂英语的创始人，曾经在兰州大学学习物理专业，但他当时英语学得不算好，英语四级第一次都没通过，痛定思痛后，他努力突破了自己。他的诀窍就是：要敢说，大声说，边做手势边喊，要不怎么叫"疯狂"呢，这样学英语才会有起色。

有一则更励志的故事，一男追一姑娘多年，姑娘用英文发了一段话给他，他找朋友翻译："要不你离开我，要不我就和你同归于尽。"那男子伤心欲绝，再也没有和她联系。后来，男子英语过六级了，才知道那句话是"你若不离，我必生死相依"。

我身边也有励志者。有位同事晋升高级职称的时候，第一年考英语理工B类，他没有通过。第二年，他突发奇想，创新思维，买了一本日语字典，去参加日语考试，结果考了61分，他通过了。他自豪地介绍经验："日本文字看着就差不多猜到相关意思，不用学，像我们这样晋升职称，只要通过了就可以了，我平时又不用这玩意。"

2002年5月，我在西南交通大学面试时，要求口试。快轮到我了，我前面的一个同学刚从面试教室中出来，他在里面待了十五分钟左右。他看我岁数比较大，便告诉面试的内情：他面试的时候，一位老教授用英语问了他几个专业方面问题，他听不懂；他说他是学日语的，结果老教授又用日语问了他几个问题，他也听不懂，当时他有点发傻。

我在想，这么难呀？我英语口语不好，闯一下吧，丑媳妇早晚要见公婆。当我进入教室面试的时候，我没想到的是：老教授用汉语问我几个专业问题,我怎么也不能用英语回答吧。后来,我才知道,老教授很理解我这个现场上来的人——我工作快十年了,哪有工夫学英语——就直接用汉语问我了。我也才明白,口试也可以用汉语呀。可是当时我似乎热切盼望他用英语问我几个问题,因为,我事先也准备了那几句套话。人在最害怕的极限往往就不在乎了,豁出去了。我感觉那时候我很超脱。

入学一个月后,导师突然让我在一个报告中讲讲铁路系统的安全情况。他强调 idea,但要求我用英语汇报,因为来听报告的是外国人。我于是找了很多铁路专业术语的英语单词,什么燃轴、路旁安全系统、列车控制系统、摆式列车等,差不多用了我一个晚上。第二天,我带着疲惫的黑眼圈站在讲台上汇报,但我还是说不出口,只好由一个英语学得好的师弟临时当同步翻译。因为他不懂铁路现场的实际,也只能我去用汉语讲。于是,我俩配合得很好,外国朋友还问了几个问题;经过翻译,我回答得也比较到位。这一关我又混了过去。

更搞笑的事情来了。实验室有个黑人哥们,他是访问学者。英语是我们其他师兄弟之间的交流工具,他们交流得很畅通。我平时不和他沟通的,我发音不准,我不敢说。一天早晨,我去实验室比较早。黑人哥们也早,我俩相互一笑。他皮肤虽黑,但牙齿很白。正巧那天学校很多学生参加成都金牛区人大代表选举,窗外很多学生排队进大礼堂。这黑人没有见过这个情况,他在他的国家根本就没见过这个阵势。他好奇地问我什么情况。我也想炫耀一下,英语的"代表(representative)"一词很像"侦探(detective)",结果我说成了"侦探"。他更不明白,中国就是怪,"侦探"还要选,而且这么多人有兴趣去"侦探",那中国犯罪率多高呢?我苦笑,翻了字典后,告诉他,是选"代表"。黑人哥们一屁股坐在椅子上,从此我俩再没对话过。

有人说,坐高速铁路乘坐时速 300 千米/小时动车的时候,相对方向若有车在区间会车,那你的相对时速要达到 600 千米/小时,互相促进呀。我二次创业到上海,上海话对我来说也难懂,但慢慢地,我发现上海话没长进,英语口语倒好像听懂了。上海话促进了我英语口语的相对提高,这哪跟哪呀？看着中央电视台九台的英语节目，我好像有感觉了，看着国外新闻我看得懂了。

还有一次，我一位高中同学让我到上海站帮忙接两位德国客人，还告诉我他们懂英语，我可以用英语和他们交流。当我去车站接他们前，我想了半天，高铁、特快列车、上海浦东、陆家嘴等词语英语怎么说。可是一见面，人家都说汉语，我怎么也不能说英语吧？

几年前的一天，我又接触了一个日本人。他讲英语，比如，very good，他卷着舌头说，"歪雷歪雷骨的"，我笑得要命。日本人学英语比我还难呀。看来，我不是不可救药，我发音比他好呀。

2012年6月，我去南京参加一个国际会议，我翻译论文阐述自己的观点。我试着用"百度"翻译，后来在大会上作发言。会上，外国专家学者讲了很多，我几乎听不懂。轮到我在小组发言了——一个小组十几个人，都是国内人——我带头第一个用汉语说我的主要观点。当然，PPT是用英语准备的。我获得了大多数人的掌声。我发现，大家都是为了发文章而来的，而不是真正想用英语交流。

我说说我几次考试的成功秘诀。我考研究生时，2002年是最后一年不考听力的，以后要考听力。那一年我搭乘了最后一班车。但我平时练习过，比如英语学习时，学了《走遍美国》上、下两册。中央电视台当时每天播放，我有空就边看边听。那个时候我也没有复读机，就用录音带录下来，没事就多听吧，但似乎我都有事，也没工夫多听。为了准备研究生入学考试，我又自学《新概念英语》第三、四册，里面语法集中，各种知识点都有。这是老爸的那位北邮教授同学告诉我的。我真的受益匪浅。短期内我有了学习的资料，可以一拼。

曾是大学校友的一位资深大姐告诉我，当然其英语相当棒，"中国人学位英语考试，要想取得成绩，一定要懂得英语单词的第二种意思，熟能生巧最好，你将会超脱"。没错，我试试，百发百中。我发现中国人出的英语考试题中，什么"单词解释、完型填空、阅读题目"有一半就是这样。外国人考我国的高考英语题目，不也就能得六七十分吗。我还专门选看了一些外文周刊资料，这些资料属于阅读题目的素材，但你要是能够了解了作者的意思，那你就提高了阅读水平。我没事常常练习如何抓住作者思路。

至于英语作文嘛，我不像考研专业户。我平时也没工夫写呀，我只能晚上坚持学习，因为白天要工作。英语作文我没练习写过。在一些学习资料中，英语范文多，我没事就看呗。等到考试前，我似乎一篇都没写过，但我脑袋里有十几篇范文的模板。考试时，哪是我在写，我只是结合作文题目的要求，整合好故事情节，尽量做到天衣无缝，完全是我脑中十几篇熟练的范文那些话在往外冒，我只是根据考试题目合成了一些句子而已。要知道，曾有多少考生作文没写完，遗憾终生，我不能犯这样的错误。

现在，我还对《新概念英语》第三册的一篇文章记得很深，内容是：孩子的脚踏车坏了，需要修理。当时，爸爸开的公司已经很大了。妈妈领着儿子去找爸爸，结果发现爸爸趴在儿子的车下，正在当修理工修车呢。我看了觉得很温馨。我的意思是说：不管你干的事业有多大、你将来有多发达，也别忘了你曾经是谁，你最初的样子何在。

初到上海的日子里，我愿意四处游玩；当然若是不花钱地玩，我则更喜欢。我曾经想考个导游证；有了导游证，我可以免费全国各地旅游。华东师范大学就可以申请报考，后来听说考导游证要考英语口语，又不得不放弃。口语通不过的，不像歌中说的那样，狼是爱不上羊的。导游证我只好放弃。

2008年11月，我报考同济大学。为准备博士入学英语考试，我事先在网上下载历年试题。我发现了一个特点，就是试题隔年难。例如，2007年英语成绩要求66分以上，2006年只要52分，而且难的那一年水平相当于英语专业八级。我猜想2008年应该是难，相当于专业8级别水平，我可按照52分的标准努力。于是，我有了目标，按部就班，也找了英语专业八级考试书籍，开始学习英语单词的第二种意思。作文的话，我找找当前热点话题。专业八级的书很多，我挑选了几本适合自己的，看完后，就开始做卷子，单词、完形填空、阅读和作文融合在一起，各个击破，发挥长处，统筹兼顾，综合平衡。至于阅读嘛，我理解的阅读题目应当与时俱进，人文、地理、社会、经济和科技等文章都要多看，从中还可以掌握单词、句法和写作。那一段时间，我每周要花五角钱买一期《参考消息》报纸。周三那天的一期有英语文章一篇，而且是当前的话题，有名家翻译，达到了"信、达、雅"的标准，我也算望梅止渴。我坚持看了三个月的《参考消息》。

2008年11月29日考试当天，我去同济大学，起了个大早却赶了个晚集。我在赤峰路上堵车，迟到了20分钟到同济大学四平路校区。我又开始找南楼考场，费了半天劲才进教室。迟到了这么长时间，按理说我没戏了。但我一看英语的题目，和我想象的差不多。题目很难，相当于专业八级的标准。说心里话，我不怕题目难，就是怕简单。其中一篇阅读文章就是类似《参考消息》中的科技文章，我一气呵成。但毕竟时间有限，最后剩下十分钟写作文，十分钟能写出二十分的作文吗？那年作文题目是关于金融危机。不容我多想，我用英文一挥而就。当年的金融危机现象是美国次贷危机引起的。我事先也有想法，顺着就写出来了。先是点出问题，然后阐述危机的影响程度，最后是怎么应对，包括政府怎么办、个人怎么办等等，宏观微观都有。最后，我还没忘记展望，就是我们要有信心，相信这场危机最终会平稳渡过。也许有人会问我，你真会写，你懂吗？平时下了多少工夫呀？告诉你，我运气好，没写过，就看范文了。我历来英语考试都是没感觉，但这次稍微有了感觉，应该不会太差。等到我交卷从考场出来，我就看到几个小女孩哭哭啼啼要死要活的样子，原因是英语没考好。我脑子里瞬间想起，当初我在大学时，看到一位师姐考研究生，英语统考题目难，她也是事后哭得如世界末日提前到来一样。结果，分数公布后，分数线45分就够，她又笑得前仰后合。我当时就有一个想法，我也想尝试。

博士面试时，需要用英语作5分钟的自我介绍，面试老师还要用英语问你几个问题。我说的内容大致是：我叫什么，北方工作过，又来上海工作，学运输组织，《运筹学》是我喜欢的，写过一些论文，独立性强，有自己的观点,进入博士阶段准备好好学习、天天向上等。三名老师也没用英语问我呀,就说我口语发音不准。后来,我们又集体翻译一大段什么智能交通的文章,我都不知道翻译出了什么,好像与智能交通有关。

　　读博士期间,我也不知怎么学的英语。英语分为口语与听力、阅读与写作等课程。每次上课几个科目的英语老师都讲:"就英语水平来说,博士退化,不如硕士生,硕士生也不如本科生。"学了一学期,我又熬到了博士学位英语考试。我想一次通过,不想耽误太多时间,不通过便没有B学位。

　　我差的是口语。这回英语口语考试的规则是:两人一组,抽卡片,按照卡片的意思两人用英语对话,十分钟完成,卡片只能换一次。原来的规则是两人自由组合。我准备寻觅一个女生。她口语好得就像播音员,有同情心,保护弱小。若通过,我肯定请她吃大馆子,随她挑。结果,规则变了,老师按照学号指定。

　　女老师开始问答。第一张卡片,画的是一腐败官员领着小蜜出国旅游。我英语表达不出来,再来一张。第二张卡片是公款吃喝,我还是不会表达,再换。老师不同意,说是违反了规则。"老师,在职的,不容易,孩子他爸了,又不是学英语的料,有同情心的老师才是好老师,教学的目的应是传道授业解惑也。"我实话实说。这句话,我是用英语憋出来的。老师默许。我又换了一张卡片,画的是医托。还好,我满头大汗,把脑袋里的整合作文随口说了出来。这十分钟好比一小时。最后老师给我16分,满分是25分。

　　我知道我不是好学生,英语是学不好的。目前,网络上自动翻译软件很好,我在翻译一些资料时候,就用自动翻译,然后我再调整一下,很快就会搞定。想想自己,为什么英文经典歌曲我能听懂,口语却很差,答案是:兴趣是最好的老师。

2016年2月1日

献给母校的百廿周岁

一

我念过两个交通大学，也就是北京交大和西南交大。我念书的那个时候北京交大还叫作北方交大；西南交大，原来叫作唐山工学院。

今年恰是两所交通大学诞辰 120 周年。它们历经百年沧桑，与中国的铁路发展相生相伴。

提起中国的交通事业，人们都会想起中国铁路事业的开拓者——詹天佑和现代桥梁事业的奠基人——茅以升。

这两所交通大学与两位人物是分不开的。两所交大到处有两位老先生的遗迹。两位老先生的形象在两个交大无处不在，激励着一代又一代的交大学子在科学技术的道路上探索前行。

如今，我的同学回到北京交大，都会情不自禁地想到我，因为我的名字叫思源。北京交大的主楼叫思源楼，侧楼有思源东、西楼。主楼前的路叫作思源路。同学有时会开玩笑和我说，母校的楼仿佛就是我集资建的。我也乐呵呵地回应："你以为我是邵逸夫呀，我的名字只是巧合，此思源楼非逸夫楼，不可同日而语。"

红果园的得名有一种说法是因为过去这里有很多红果树，但是这种红果树并非山楂树。它是一种多年生灌木，每年结有草莓般大小、全身有毛的浆果，成熟时变成橘红色，很好看，不能食。听几位老教授讲，学校刚刚迁来时，在操场中央的土堆上。在家属宿舍区还有很多株，现在不见了。

1970年6月北京铁道学院改名为北方交通大学。当然这个北方交通大学的内涵已与原先不同了。过去北方交通大学是领导京、唐两个学院，而今北京铁道学院单独成了北方交通大学，唐山铁道学院迁往成都并改名为西南交通大学。北方交通大学的校牌上仍然是毛主席题写的校名。

20世纪90年代初，我在北方交大念书的时候，学校的楼房是比较旧的。我记得新建的9号楼大厅中有一块牌匾，写着"饮水思源"四个字。那时候感觉交大并没有与"饮水思源"联系起来。毕业N年后，我再次回到北京交大，整个学校大变样，新建的主楼巍峨挺立，取名思源楼。

我能想起我走在思源路上，秋风乍起，梧桐树叶飘落，一个金灿灿的世界。一位我曾熟悉的交通运输学院美女老师，身着风衣的风姿，已经定格在我脑海。如今，这位女老师也快到了退休的年龄。上个月，她和我讲，她一定要在退休前，把我国高铁客运组织和服务的新理念在最新的教材中提炼出来，打造全新的教材体系，不忘初衷。

我还记得，在北方交大校园中，当时听过一首歌《冬季校园》："我亲爱的兄弟，陪我逛逛这冬季的校园。给我讲讲，那漂亮的女生，白发的先生。趁现在，没有人，也没有风，我离开的时候，也像现在一般落叶萧瑟，也像现在……"这冬季的校园也像往日一般安详宁静，也像往日有漂亮的女生、白发的先生，只是再没有人唱往日的歌……如今，我也是白发了。

在青春的旅程中，每个人都会有太多太多的故事。经历过的酸甜苦辣，都显得那么青涩。因为年轻，青春是那么灿烂，也是那么脆弱。北京交大带走的是我的青春，我一直怎么认为。至于学习嘛，我不是很认真学习的，因为总感觉自己年轻，而且交通运输是一门实践课程，介于技术和管理中间，毕业后现场锻炼，就能承担。但在北方交大里，学到的知识为我日后从事铁路运输工作奠定了基础。

西南交大也有块石头，上写"思源"两个字，是校友张维老院士赠送的，坐落在镜湖边上。我入校的时候，就深深记住了这两字。

刚进入西南交大的时候，导师带着我到实验室。他告诉我要在实验室好好锻炼。他要我自己找电脑部件，自己组装，自己装操作系统。

我记得，教我现代物流的叶老师，50多岁的老太太，拿着粉笔在黑板上画车站站场图，线条依然笔直笔直的，人老了气质和风采依然俱佳。这应当是骨子里的风采。很多老师讲，叶老师年轻时候的打扮穿着都是院里女老师的模仿对象。

记得在西南交大，我讲的第一堂课是杜文教授的"交通运输系统分析"。这门课程是北方交大开拓的，将交通运输和系统科学融合在一起。杜老师看我是现场上来的同志，他在贵阳铁路分局现场也干过十年，就让我准备一堂课，讲讲铁路的系统管理和发展理念。我准备了不少资料，结合我当时的知识结构，还做了精细梳理和提炼。这是我第一次上课，我终生难忘，我抬头看着天花板，好像能够找到天花板上的蟑螂。我紧张，嘴好像不是我的。我机械地讲，讲了整整两个多小时。我不敢看同学，不敢和同学进行目光交流。

很多时候，考试才是真正的学习开始。记得我在西南交大读书时，有两次开卷考试让我学到了不少知识，至今难忘。一门课程是《决策支持系统》，熊教授指定了一本参考书讲解，并说考试是开卷。于是，大家都没放在心上。等到期末考试时，我一看有20道题目，2小时答完，就是写字也写不完呀，何况至少有十道题目在那本指定的参考书中没有答案。我发傻过后，有了对策，让一师弟去茅以升图书馆借了若干版本关于决策支持系统方面的书籍；我们几个同学分工协作，最终完成了开卷考试。大家都说学到了很多知识。

还有一次，是听老一辈师兄说的。朱松年教授，就是运筹学方面很有名的老教授，曾给他的学生出了5道开卷题目，告诉学生可以上网查阅资料，一周内交卷。学生发现很多东西都没见过，于是上网查阅最新运筹学方面的进展，而且很多都是外文。开卷真有益。

茅以升无论是为学，还是为师，再或为事，以至为人，他都是西南交大人成功之楷模、立身之榜样。只要说到茅以升，人们肯定会由其名联想到钱塘江大桥。

今年也是茅以升先生120周年诞辰。先生与西南交通大学同龄同辉，一生相系，渊源深厚。他曾在全国专门学校成绩展览评比中以优异成绩为母校赢得"竢实扬华"之尊荣；并以留美官费研究生考试第一名留学康奈尔大学，用自己的努力与才学为母校赢得了"东方康奈尔"之美誉，后来成为美国卡内基梅隆工学院首位工学博士。他曾先后四次出任西南交通大学校长。

西南交大犀浦校区，图书馆巨大的壁画上，有茅以升的浮雕像，他的目光闪烁着睿智，穿过厚重的历史，射向明灿的未来。九里校区，学校专门在图书馆前安放茅以升铜像永久纪念，并将校园主干道路以茅以升的字——唐臣命名。在峨眉校区，二号教学楼前，屹立着青年茅以升全身铜像。2015年末，为了纪念茅以升诞辰120周年，学校图书馆已经重新命名，叫"茅以升图书馆"。

5月21日晚，中央电视台《新闻联播》用了近5分钟时长专题报道西南交通大学——"科技成果确权 自主创新提速"，介绍了西南交通大学在加速科技成果转化中的新尝试和新实践。创新体制，释放活力，西南交通大学在科技成果所有权制度的改革中，敢于直面问题，探索出一条多赢的产学研发展之路。

6月3日晚《新闻联播》也报道了北京交通大学团队在高铁科技创新中取得的成绩。

以交通为名，以交大为荣。一路有你，一路随行。我的交大。

2016年9月10日

第四章 史海听涛

我不曾历经沧桑

仰望王阳明

一

常有人说：世界的模样，取决于你凝视它的目光。这是个鲜花与牛粪并存的世界。你专注于鲜花的时候，你的世界就是香的；你把视线转向花下的牛粪以后，世界就变臭了。那么，你想活得美好，干吗非要盯着牛粪不放？这是个主观唯心主义的片段。

如今，作为生活在这个时代的人，我们常常会把自己搞得都很忙，似乎我们的脚步永远都慢不来。但生活在这个世界上，你会发现有那么一些人，他们可能很平凡，但他们不想在定好的框框里机械地生活，于是我行我素、反对平庸或是不守规矩，甚至桀骜不驯。他们努力做了点不一样的事。

王阳明原名王守仁，浙江余姚人，因晚年居于阳明洞，世称"阳明先生"，是心学的创始者。他是历史上颇为耀眼的人物。

短短 57 岁的寿命，他在一个落后于他思想的时代里，做出了异乎寻常的事，做出了很高的水准，真正做到了"立德、立功、立言"三不朽，成为一代楷模，万世偶像。

英雄能战胜世界，但不一定能战胜自我；圣人能战胜自我，但不一定能战胜世界。如果，一个人既能战胜世界，又能战胜自我，你说应该是什么样的人？

王阳明是圣人，是哲学家，著书、讲学都让高级文人仰望，而他带兵打仗更所向无敌。他把打仗当作一门艺术，把敌人玩弄于股掌之中。心学有完备的体系，理论化和哲学化都很强，他独创的理论，如知行合一、致良知、心本体等，把儒家学说发展到一个高峰，使得中国的传统文化得以发扬光大。

一个内心强大的人往往是一个心存远方的人，他之所以能够耐得住一时的沉寂，主要是他深信某个恰到好处的时机会给予他一个璀璨的前景。内心强大的根源在于对自己能力的信任，当然也离不开卧薪尝胆般以待时运的耐性。

这个人我只能仰望。目前，市面上的王阳明的书太多了，围绕他的传奇故事和创造心学方面的书层出不穷。我读过若干个版本，述说他的人生传奇经历的书多大同小异；而写心学的书又力度不够，对心学理解程度也不够。

我现在写这篇文章，也感觉是费力不讨好。明知山有虎，我为何要写他，因为这个世界曾让我感到困惑。我写他，因为他让我的内心逐渐强大，而且，我把他当作一个人而不是一个神，可以去客观地描述。

尼采说过："万事开头难，可不开始，就不会有进展。"那就开始。

二

2013年底一部《私人订制》的电影，主题歌曲《解放》让我耳目一新："心中有片美丽的牧场，蓝天、白云、干净的土壤，而梦是一群吃草的牛羊，自己就是放牧的太阳……背着欲望的行李箱，里面装满爱和善良，向着信仰的那个方向，还能画出自己的模样……总是小心歌唱、咳嗽说谎，在清澈的湖边照见自己，才发现印堂无光，压抑写在脸上，挤变了形也不愿投降……我要飞,迫不及待!……解放!"

这首歌宣扬的就是我们面对现实的情况需要个性解放。听着这首歌,我想起了自己在大学期间写的团员评议材料。那时候,写东西就是照搬照抄或是找模板模仿。写完了这个东西后,我僵硬地坐在书桌旁,揉了揉略微有些肿痛的眼睛,突然也不知道惊动了哪根神经,最后填上了三个字:"我要飞!"

系团总支书记Z老师后来找我谈话,问我:"你知道你的评议材料哪些话打动我吗?"我愣了,就那种我都不想看第二遍的所谓材料,还能打动一个人?他说:"就是最后三个字,我想这应是你以后的心声。"当然,我当同学面宣读这个材料的时候,也不会说出这三个字。这三个字只在我心里。后来,大学毕业时,我在纪念册中写道:"一个人的成长需要梦想,但有时还要嘲笑一下自己的梦想。"

此时,我又想到了王阳明。N年来,随着年龄和阅历二者相互促进的结果,我对此人的认识也不断在升级。他提倡人的个性解放,这种个性解放是在良知的基础上,把心做强做大。

第一次和他打交道,应该是我的高中阶段,可那时我仅仅知道他的名字。我们学的都是正统的马克思唯物主义,老师按照教科书的批判框架严肃地说道:"王阳明是典型的主观唯心主义,我们坚决要不得。"似乎,这就给定性了,唯心和唯物主义的关系永远就是水和火不相容的关系。

"难道唯物主义一定就是正确的?有时一个人的心若是强大,去努力做事,心中还有个度的问题,唯心些也不能算错呀。"我满脑子里在嘀咕。

我去找姥爷寻找答案,姥爷是我的百科辞典。在我心中,他知识最丰富,人生阅历也多,而且是黄埔军校毕业的。姥爷笑了:"现在很多电影都把国民党员搞得很愚,我陪你看了好多次这样的影片了吧。姥爷看这些电影不为别的,就想看看我们这些国民党员到底有多臭!你看我这个国民党员不讨厌吗?"

"姥爷当然是我的亲人,我喜欢和您探讨问题,何来讨厌之理?"我呵呵一乐。

"国民党员中也有爱国亲民的人,也就是说凡事都有双重性,没有绝对的正确和错误之分。书上说的主观唯心主义代表人物——王阳明,他是明朝的大哲学家,他能把中国五千多年儒释道的知识集成在一起并加以融合,而没有像武侠小说描述的很多人那样,为了练习多种武功走火入魔。王阳明在中国历史上具有很重要的地位。

民国政界不少人物是王阳明的粉丝,心学的道理影响深远。

"文人用兵当以三人为最,一是明代的王阳明,一是清代的曾国藩,一是当代的毛泽东。据说毛泽东少年时曾读过王阳明的《王阳明全集》、《传习录》,并逐句逐字做了批注。毛泽东早年的很多思想本来就同王阳明比较接近。比如,'求是'的思想原本典出王阳明。后来毛泽东结合中国的实际发明的游击战打法,貌似王阳明神出鬼没的军事打法;另外,八路军纪律严明,要求干部清正,处处为老百姓着想,'为人民服务''精神文明'等思想和心学致良知的精神不谋而合。可是,1949年新中国成立以后,王阳明的光环却消失得无影无踪了,其中的原因,我想你以后会探讨明白的。"

"1937年,日本发动大规模侵华战争,日本高级将领无不通晓王阳明的兵法。心学是提纯思想品格的学说,是磨炼心志的学说,同时在军事上是特有的兵法。攻心为上,不战而屈人之兵,日本鬼子为什么坚韧不拔,其民族特点是不言而喻的,士兵深受心学影响。在明治维新时期,日本就以王阳明的心学为主导思想进行改革。其陆军统帅等都是王阳明的信徒。

"如果把他的心学围绕唯物和唯心的理论打转,似乎永远转不出这个圈。但如果将他创建的心学作为人的生存和解决问题的工具,我想对一个人的成长来说,是绝对有益的。"

三

2002年元月,我冒着严寒参加硕士研究生考试。政治课程考试中有一道分析题目,就是王阳明最为经典的美学片段——他与朋友游南镇,朋友指岩中花树问:"天下无心外之物,如此花树,在深山中自开自落,与我心亦何相关?"先生曰:"你未看此花时,此花与汝心同归于寂;你来看此花时,则此花颜色一时明白起来。便知此花不在你心外。"

根据马克思主义哲学观点,不同的哲学根据其对思维与存在的关系的问答,凡认为存在决定思维是唯物主义,而认为思维决定存在就是唯心主义。根据这一划分,王阳明就是唯心主义者,又是主观唯心主义。

实际上,我读上段话时,总感觉有些模糊。我还注意到有一个"看"字,应该说是有实践内容呀。我也说不清楚,已经定性的东西怎么会改呢?

2011年9月,我在上海崇明岛培训,其中一门课程是"人类生存困境解析"。上海市委党校著名的冷鹤鸣教授讲道:危机的根源是人类的生活方式,当前人类危机主要集中在利己、享乐主义等。

这也让我联想到王阳明。我最为敬佩和学习的是王阳明在纷繁乱世中的那份执着和淡定。无论在荣华富贵之中,还是困苦落难之际,他都坚持着自己内心世界的追求,融入天地万物之中,此心不动随机而行,而且面对诽谤和不公,他能镇定自若,只求内心光明。

千圣皆过影,良知乃吾师。今天的阳明先生故居地处余姚城区历史街区武胜门路西侧,阳明东路以北,坐北朝南,平面呈长方形,占地面积4600多平方米。故居的主体建筑——瑞云楼为重檐硬山、五间二弄的二层木结构楼房,在建筑设计和营造上反映出明代浙东官宦建筑的一些典型特点:用材粗壮、气势恢宏,各幢建筑结构严谨,按中轴线对称分布,主次建筑分布有序,饰件素雅。

2013年10月的一则报道震惊了我。浙江余姚王阳明故居遭受水灾侵袭,初步估计损失在220万元以上。管理人员忙碌地搬运各种"水劫"物品:被水浸湿的线装书、浸坏的家具地板以及电器设备。所幸的是,由于王阳明故居没有恒温、恒湿的展柜,他留下的两幅手迹——一封家书、一封《客座私祝》册页——作为国家一级文物常年保存在余姚博物馆的库房里，完好无损。

学问不可短期致之。我在市面上精挑细选，专门找十年磨一剑的书，又读了两本关于王阳明的书。

中国传媒大学周月亮教授对王阳明研究了数十载。他说道：心学既是让人活得合理、滋润的心理学和教育学，又是实用性强的运用学、运筹学，是随机应变、恰到好处的艺术；心学是在纷繁复杂的世事中、欲念中找到"虚灵不昧"的定海神针。

还有一位笔名叫"水西无相"的技术工作者，他业余时间爱好研究心学，十年钻研，从中国思想史的纬度，以王阳明的传奇为主线，深入浅出地解读了"心学"的前生今世。他讲道："我们当前的时代，在经历过快速发展的三十年之后，人们开始习惯了衣食无忧的生活。繁华落尽，总有一番起伏不平，我们开始一边咒骂这个腐朽与不公的年代，一边努力争取获得既得利益的机会。信仰倒塌，规则丧失，良知湮灭。在这样的社会状态，王阳明的思想显得异常解渴。"

四

翻开共计六卷的《明史》，很多是多人合传，比如明朝第一将军徐达、第一功臣李善长等，叙述的时候往往寥寥数言。然而，王阳明是为数不多的单独立传的。

王阳明（1472-1528）是明朝著名的哲学家、文学家、教育家、政治家、军事家、书法家。他官至南京兵部尚书、南京都察院左都御史，因平定朱宸濠之乱等军功被封为新建伯，隆庆年间又被追封侯爵。他是心学之集大成者，非但精通儒家、佛家、道家，而且能够统军征战，是中国历史上罕见的全能大儒，被封"先儒"，奉祀孔庙东庑第五十八位，有《王文成公全书》三十八卷传世。

在古代，人们往往把立功、立德、立言视为人生的最高境界，称为"三不朽"。立功是指建立政治功业；立德是指为世人树立道德楷模；立言是指为后世留下著作。从这个标准衡量，达到这个境界相当之难。王阳明是中国历史上立德、立功、立言三位一体的超级人物、全能型人才。这样的人古往今来少之又少，王阳明绝对是凤毛麟角。在儒学思想家中，唯有王阳明兼有"三不朽"，被后世称为"完人"。

为什么有这么多一流人物对王阳明顶礼膜拜？我依稀看见，有一群熟悉的陌生人正站在门外，他们是王门弟子，是王畿、徐爱、王艮、钱德洪、罗汝芳、何心隐、黄宗羲，是中江藤树、佐藤一斋、吉田松阴、木户孝允、佐久间象山……他们穿越历史的风尘，身着青衫，面带微笑，正叩响门环，恭敬地给王老师请安。

他的心学是中华文明史上的一朵奇葩，是值得我们每个人都为之骄傲的财富。不仅在当时，而且在后世；不但在中国，而且在世界各地，都有着广泛而深远的意义，具有理论、方法和实践三方面的指导意义。他在五百多年以前提出的"存天理、去人欲"和"致良知"以及"知行合一"的理论今天都不过时，曾激励了多少名人志士发奋图强。我们赞叹王阳明为中国、为世界所做的贡献。身为中国人，我们为我们的伟大哲人感到自豪。

值得一提的是心学诞生四百多年后的人民教育家陶行知。他是中国进步知识分子的典范，毕生致力于改革和发展中国的教育事业，他被宋庆龄誉为"万世师表"。他在美国攻读教育学博士学位后回国时，在船上与人谈及回国志向，他说："我要使全中国人都受到教育。"陶行知一生从事教育事业，提出了"生活即教育""社会即学校""教学做合一"三大主张。生活教育理论是陶行知教育思想的理论核心，主张"社会即学校""生活即教育"是重视大众的实践，主张"教学做合一"是他的教学法，也是他的认识论。陶行知极重视实践，强调实践是理论的源泉，理论是实践的总结与指导。他在《生活教育》上发表《行知行》一文，认为"行是知之始，知是行之成"，并改本名为陶行知。陶行知曾提出，我们每天要对自己四问：一问我的身体有没有进步，二问我的学问有没有进步，三问我的工作有没有进步，四问我的道德有没有进步。其中最重要的一问就是道德有没有进步。因为在他看来，道德是做人的根本。根本一环如若缺失，纵然有一些学问和本领，也无甚用处。他提倡，要在"事"上去指导学生修养他们的品格。这和王阳明"致良知"的理论很是相近。

有个故事更为神奇。王阳明的哲学思想在明中叶以后传到日本，并成为显学，后来影响到明治维新时期的日本思想界，对日本的革新起了一定的积极作用。郭沫若年轻时在日本留学，彷徨无助，精神恍惚，事业爱情都没有任何起色，夜间噩梦又不断，神经极度衰弱。他深感绝望，再加上受到郁达夫《沉沦》的消极影响，以至于想到了死。就在他准备自杀的前一天，冥冥之中，他走进了一家书店，他发现了书架上的一套《王文成公全集》。于是，他被深深地触动了。郭沫若悟了，他开始模仿阳明"静坐以明知"和"磨炼以求仁"，每日潜心静坐30分钟，去除杂念。每当遇到挫折、情绪低落时，就反复默念"险夷原不滞胸中，何异浮云过太空"。王阳明能够在艰难险阻中净化自己、扩大自己、征服自己，体现了天地万物一体之仁的气魄。他的思想中包含着某些促进思想解放的因素，相比之下，自己这点青春期的迷茫又何足挂齿！

在中国哲学发展史上，王阳明的"心学"无疑是一颗璀璨的明珠。王阳明开创的一代学术新风，不仅浸润了明代近百年的儒学，在明清之际掀起了一股启蒙思潮，而且直到现在，仍为人们津津乐道。

五

客观上说说王阳明在几个方面上的成就和影响。

第一，在哲学上，王阳明融合儒、释、道三家之精华，独创并构建了以"心即理""知行合一""致良知"为三大命题的阳明心学体系，力图纠正宋明以来程朱理学繁琐与僵化的流弊。他洞察到道德意识的自觉性和实践性，将儒家封建道德建立在简易的哲学基础上，使人人可行。他的思想流行达150年之久，形成了阳明学派。他的学说信从者上至宰相，下至农夫，流传之速，蔓延之广，不仅有明一代无人能匹，纵观古今中外亦不多见。他的弟子中官居高位者不计其数，入阁拜相者不乏其人（徐阶、张居正、赵贞吉等），在各自领域独领风骚者更是如过江之鲫（徐文长、汤显祖、徐光启、李贽等）。在明朝，他从祀孔庙；在近代，康有为、梁启超、章太炎、孙中山，五四运动时期的陈独秀、胡适无不从阳明心学中吸取人性解放、自尊无畏的思想，建立了不朽的事功。但王阳明忽略客观的知识，他只重视个人的道德修养；在道德规范的形成上，又忽略了历史条件的决定作用。他有些弟子产生了"虚玄而荡，情识而肆"的弊病，即任性废学，一切解脱。

第二，在教育上，王阳明从34岁起从事讲学活动，直至去世，历时23年。其中除6年（1522-1527）是专门从事讲学之外，其余均是边从政边讲学。他所到之处，讲学活动不断，并热心建书院，设社学办学校。此外，他还不拘形式，随处讲学。他热心设学、讲学的目的一是为了传播自己的学说，二是为了对民众加强封建伦理道德教化，即所谓"破心中贼"。《明史》王阳明传中只附了一个学生，既因为别的成了气候的学生都有传，而且大约这个学生最能体现阳明学的精神，也是经典案例。这个学生叫冀元亨，因去过宁王府而被当成阳明通宁王的证据被抓，在锦衣卫的监狱里受尽百般折磨，最后致死。但他对人依然像春风一样，感动得狱吏和狱友们垂泪；他把监狱当成了课堂，所有的司法人员都为之称奇。

第三，在军事上，王阳明在不费朝廷一兵一饷的前提下，选练民兵，平定了为祸南方四省的大规模叛乱；又在朝廷高层的掣肘下，率领没有实战经验的民兵，仅用35天就击溃了宁王朱宸濠的数万精兵，一举粉碎其蓄谋了几十年的篡位大计；南赣剿匪、征广西思田更是体现了王阳明抚剿并用、文武兼修的军事思想，将兵家权谋上升到了"此心不动即为术"的化境。

第四，在文学上，《古文观止》选了王阳明散文两篇。这两篇文章确实代表明代散文创作所达到的艺术高度。

我仰望他，原因就是：

一是别人博而不精，他却愈博愈精。阳明心学已不仅仅是简单的儒学正脉，他吸收了佛、老二者之精华，借用儒、释、道三棵大树，育出了自己的心学之果，最终在致良知上归宗，以天下为己任。而且，他兴趣广泛，博学多能，文武兼备，不仅诗文出众，还热衷于骑射、兵法。

二是阳明心学是炼心的学问，是"乾坤万有基"，具有很好的移植性。他的思想最大魅力在于深入浅出，绝非书斋里的空想，而是实实在在、学以致用的利器。用到政治上，他成了第一流的政治家；用到军事上，他又成了一流的军事家。

三是他虽然是个"富二代"，但从小就立志当一个圣贤。为了实现这个理想，他寻找出路，走遍千山万水，百转千回，终于灵感出现。王阳明将中国人宏大而细腻的心理图谱精确地描绘出来，传达了一条真理：一切战斗都是心战，内心的强大才是真正的强大。

四是他的经历和心路历程艰辛，但能够超脱现实，能看到明王朝"波颓风靡"的社会危机，感受到"沉疴积弊"的种种弊病。在这种情况下，他能够从实际出发，随机应变，审时度势，见机行事。

五是他在肺病经常发作的情况下高强度学习、写作、讲学、工作。他小时身体就不好，肺部经常感到不适，脸色始终呈现青黑色。他一直用道家的导引术缓和病情，但还是到了30岁就患了肺结核。这在古代算是绝症。即使生命朝不保夕，他没有自暴自弃，而是与病魔搏斗，与死神纠缠，最终实现了自己的人生价值。

六

他的一生可分为四个阶段。

第一个阶段，是从出生到17岁婚前。他提出了一生中唯一的理想就是做圣贤。他生在书香门第，从小就受到了良好的教育，按照他老爸那个状元郎的观点：应该参加科举考试、修身齐家治国平天下。但在他的少年时代，我们看到的是放荡不羁。他第一个理想就是当圣人，而且是这一辈子唯一的理想。这和他老爸的想法和要求是截然相反的，相当叛逆。

理想不联系实践就是梦想，没有实践也就是妄想。"立志"是一个人成长要走好的关键一步。在志向的引导下，一个人才能勤学苦读，在困难面前毫不退缩，勇往直前地追求心中的灯塔。小时候的王阳明过于自命不凡，目空一切。实际上这种性格也为他日后受诽谤埋下了祸患。

当时，王阳明的父亲要复习参加科举考试。王阳明的教育重担完完全全落在爷爷身上。爷爷有着自己的教育方式，任其性格发展。无疑，王阳明是幸运的，有这么个懂他的爷爷。爷爷的教育方法现在都不过时。王阳明后来说过，孩子教育不要抑制孩子的天性，不要施加过多压力，要去鼓励他们，向孩子感兴趣的方向引导。

11岁后，他就进京了，去和状元老爸一起生活学习。老爸安排他在最好的学堂接受最好的教育。老师曾问："何为人生第一事项？"很多孩子的回答是"唯读书登第耳"——当然，老师很赞成，这和今天教育小孩子要考重点大学差不多，当然当官最好——可小王同学不以为然："登第恐未为第一等事，或读书学圣贤耳。"

为了做圣贤，他出没于佛寺道院，希望能够从和尚、道士身上找到成为圣贤的灵感。但除了学会打坐念经之外，他感觉不到圣贤的影子在哪里。然而，他没有灰心丧气，仍然不断地追寻圣贤之路。那个时候，他还是充满激情和干劲的，认为终归会找到方法的。

15岁时，他来了一场想走就走的旅行——边塞行，游历了居庸关和山海关，游历黄河南北、大江上下，了解风土民情，熟悉边塞形势。回来后，他拟给皇帝上疏阐述国防事务方面的主张，他还练习武术骑射。他心中的偶像是50年前保家卫国的于谦。

第二个阶段，17岁到27岁。这里面有两个转折点，一个就是遇到了娄谅，他的一字恩师。还有一个就是他悟出了要做圣贤，就要适应当时的社会环境，才能有所成就。

17岁他奉老爸之命，回南昌结婚。很多书上说，新婚之夜，他却在一个道观中和老道人聊养生，冷落了新娘。应该说，他8岁即好神仙，结婚前后曾沉溺养生，但终于没走上隐而求仙之路，因为神仙之道的理论深度和现实可行性无法让他心诚悦服。

婚后他路过南昌上饶，拜访当时的理学大师——娄谅。娄老前辈大他

50岁，他把朱熹"格物穷理"四个字送给了他，还讲了"圣人必可学而至"的道理。

朱熹是谁？连朱元璋都想和他套近乎，硬说是朱熹的后代，还杜撰相关证明材料。

当时，王阳明对南宋大理学家朱熹的"格物致知"思想深信不疑，希望通过对自然界一草一木的耐心品味和静心思考，以得到所谓的"天理"。

他回家后便发呆，下决心穷竹子之理，结果格了七天七夜的竹子，什么都没有发现，人却因此病倒。从此，他对"格物"学说产生了极大的怀疑。怀疑——"天理"岂是"格"尽天下事物就可以得到的？王阳明心中充满了困惑与彷徨，他开始寻找新的途径来探知人生的真谛。

21岁他轻松中了举人，他原本以为在科举的征途上会势如破竹，然而接下来两次落榜。

第一次落榜后，许多人都感到不应该，京城里的一些达官贵人都到王宅里去安慰他。考试以前的王阳明，已经承载了人们多重的期待。当时相当于宰相的内阁首辅、很有才学和智慧的李东阳笑着说："你这次不中，来科必中状元，试作来科状元赋。"王阳明悬笔立就，在座的诸位大老，连连惊叹："天才！天才！"

就是这个天才，没想到第二次考试又失败了。按一般人的心理推测，这压力太大了。王阳明却说："世以不得第为耻，吾以不得第动心为耻。"显出了其心不为物役的力量。这一句很实在的话，很有个性：世人都觉得考试落榜是可耻的，我认为，因为考试落榜而感觉可耻，才是真正的可耻。

实际上，几年来，他一直熟读兵书战法。六年的积累，厚积薄发。他涉猎甚广，儒家、道家、佛家、法家、墨家、纵横家等先秦诸子的学说他都有研究，甚至连《堪舆》这类阴阳术数他也有很深的造诣。据说他的墓地就是他亲自选定的，至今仍被许多风水先生津津乐道。墓地在洪溪，距离越城三十里，入兰亭五里。

然而，失败的感觉和阅历的不断深入，还有老爸的谆谆教导，让他感觉到，要实现梦想，必须利用官场，适应当时的社会：现实的目标就是要考场上当英雄，而不是狗熊，以后才能有机会做圣贤呀，当官是做圣贤的一条捷径。虽然他对做官不感兴趣，但当时社会环境和家庭环境的影响，迫使他不断地适应，但怎么做、怎么行动他还是茫然的。

27岁他考中进士，正式步入仕途。应该说，27岁前的王阳明可没有融汇贯通的惬意与从容。他很痛苦，四处出击处处碰壁。随后几年，他当过乡试的主考官，地方法院的审判长，吟诗作画，访问名山古刹，遍览佛家和道家经典。

第三个阶段，官场上不好玩，心学诞生。一个转折点就是龙场悟道。

35岁，成了他一生的转折点。明代弊政之一是太监专权。当时的正德皇帝是明代最风流成性的天子，他荒淫无道，整天与一帮太监混在一起，游山玩水，酗酒逞强，把朝政当儿戏，只听任刘瑾等宦官胡来。当时任兵部主事的王阳明出于义愤，冒死和其他人一起上书。他因弹劾太监刘瑾擅权，被重杖四十。

插播一段广告，题名叫《全球曾经最富有的人——流氓瑾哥》。2001年，《亚洲华尔街日报》将刘瑾列入1000年以来全球最富有的50人名单。根据赵翼《二十二史札记》记载，刘瑾被抄家时有黄金250万两、白银5000余万两，其他珍宝细软无法统计。一个几百年前的人，居然能够登上今天的国际报刊，可见瑾哥能量有多大。是的，他曾经当过带头大哥，而且，混得太好了。

刘瑾对王阳明等人恨之入骨。他当即下令将王阳明重打四十大板，谪迁至贵州龙场，去做一个没有品级的驿丞。尽管这样，刘瑾仍不想放过王阳明，他暗中派人尾随王阳明，准备将他在途中害死。

王阳明行至钱塘江，遇到了刘瑾派出的杀手。他急中生智，乘夜色跳入江水，并把自己的衣物留在岸边，制造了投水自杀的假象。浙江官府和他的家人都信以为真，在钱塘江中四处寻找尸体，还在江边哭吊了一场。王阳明潜逃到福建，想隐姓埋名，了此一生，又担心影响家人的安全，只好想方设法避过追杀，到贵州赴任。

在龙场艰难困苦的三年里，王阳明对心的力量又有了新的体悟。一开始,他对得失荣辱都可以超脱了,但生死一念尚觉未化,于是在困难的生活中,他经常问自己:"圣人处此,更有何道?"在一个夜深人静的时刻,他"大悟格物致知之旨,寤寐中若有人语之者,不觉呼跃,从者皆惊。始知圣人之道,吾性自足,向之求理于事物者误也"。他提出了心学的初步体系。

相对于当时主流的程朱理学,在中国人的生活实践领域,王阳明的心学是一种新的思维角度、一种新的范式。

这里讲一个故事。他恢复官职后,在一地方当县令。到任不久,县里捕获了一个罪大恶极的强盗头目。此人平时杀人越货,无恶不作,审讯时还摆出一副死猪不怕开水烫的架势,说:"我犯的是死罪,要杀要剐随便,就别废话了!"王阳明微微一笑,说:"那好吧,今天就不审了。不过,天气太热,你还是把外衣脱了,我们随便聊聊。"强盗头目说:"脱外衣还可以松松绑,脱就脱吧。"王阳明又说:"天气实在是热,不如把内衣也脱了吧!"强盗头目也说:"光着膀子也是经常的事,没什么大不了的。"王阳明接着说:"膀子都光了,不如把内裤也脱了,一丝不挂岂不更自在?"强盗头目马上紧张起来,连忙说道:"不方便,不方便!"王阳明说:"有何不方便?你死都不怕,还在乎一条内裤吗?看来你还是有廉耻之心的,是有道德良知的,你并非一无是处呀!"强盗头目点头称是,便把罪行从实交代。

第四个阶段,建立功业。

明代的政治已相当成熟,官场相当拥挤;没有人在高层为你说话,千里马也只能是拉车驴。王阳明一生有两次大功,一是靠当时的兵部尚书王琼举荐巡抚南赣平土匪后又平宁王叛乱;二是靠他的学生和同事、当时的吏部郎中方献夫推荐平思、田民变。

当时的明王朝处处为自己制造神秘色彩。明朝学术一大特征是,一方面以高度的责任心追求建功立业,另一方面又以山中姿态,表明自己与世无争。王阳明似乎也受此影响。

1516年,福建、江西、广东一带发生了大规模的农民起义。王阳明被任命为都察院右都御史兼巡抚,作为地方的最高军政长官,担负镇压农民起义的重任。王阳明上任后,针对农民起义的烈火愈烧愈烈的形势,一方面四处散布消息说,官兵不堪防守,准备全面撤退,等待时日再来剿杀,一方面暗中集中优势兵力加紧训练。一个月后的深夜,王阳明发动突然袭击,重创农民起义军。

现在看来,当时有很多农民是被土匪诱惑和利用了,成了土匪中的一员,与朝廷作对。一些穷山不能养活的农民,亦民亦匪,占据着山区数十年,几任巡抚都搞不定,长期影响老百姓安居乐业。这些土匪还混入官员队伍中,官府一有行动,土匪便先知官府行踪。

调查研究后,王阳明很快采取了三项措施。一是招兵买马。没当土匪的人经常受土匪骚扰,他们是主要兵源。二是整治官员队伍。经常放风官府有行动,观察并寻找间谍,抓个正着。三是推行"十家牌法",即十家一牌,互相监督、互为担保,一家犯法,其他九家一同连累受罪,让真农民和假农民有所区别。当然,他还兴办学校,教百姓读书识字,宣传国家大政方针,防止民众违法犯罪。这些措施收到了良好的效果。切断土匪和官民的勾结后,王阳明采取了各个击破的政策,声东击西,神出鬼没,诱降计、反间计、连环计等轮番使用。三年间,江西、湖广、福建有名的土匪基本上被王阳明消灭干净。

王阳明赣南剿匪取得的成就估计是很多人一辈子都难以达到的。赣南平叛后,居住在南昌的宁王朱宸濠举兵叛乱。蓄谋已久的宁王组织了十万大军,顺江而下,势如破竹,准备一举拿下南京,自立皇帝。得到消息的王阳明未及报告朝廷,时任赣南巡抚的他主动出击。此时王阳明48岁。实际上,王阳明早已经料想到了这个情况。当时兵部尚书王琼让其去赣南剿匪也有防范宁王的打算。

事发突然,好在王阳明手中已经拥有调兵的旗牌。当时以防万一,他曾要求兵部尚书王琼给他发的。然而,他调兵至少需要四天时间。可这四天内,宁王就要顺江之下直抵南京了。

他采取围魏救赵战术,直接攻打宁王的老巢南昌。宁王首尾无法兼顾,只好回师救援。双方大战于鄱阳湖上。其间,王阳明下令将写有"宸濠叛逆，罪不容诛；协从人等，有手持此板、弃暗投明者，既往不咎"字样的免死牌，扔入鄱阳湖中。到后来，叛军几乎人手一块。朱宸濠仰天长叹："好个王阳明，以我家事，何劳费心如此！"就这样，在短短三十多天的时间内，一场危及江山社稷的叛乱，几乎是在王阳明的谈笑之间就灰飞烟灭了。

事后，王阳明有大功而见嫉，非但没有受到应有的奖赏，反而招致飞来横祸，差一点被诬告谋反杀头。一般人处此状况，大多是会忧愤难平的，但王阳明从容化解。经过这样的变故，他更加坚信"良知真足以忘患难，出生死，所谓考三王，建天地，质鬼神，俟后圣，无弗同者"。他给学生的信中说："近来信得致良知三字，真圣门正法眼藏。往年尚疑未尽，今自多事以来，只此良知无不具足。譬之操舟得舵，平澜浅濑，无不如意，虽遇颠风逆浪，舵柄在手，可免没溺之患矣。"

原来，正德皇帝感觉在宫里待着没什么意思，正想借宁王叛乱之际"御驾亲征"，过一把打仗的瘾。没想到王阳明这么快就平定了叛乱，正德皇帝龙颜大怒，认为王阳明轻而易举地平定叛乱，是对自己的"大不敬"。有官员乘机上奏，说王阳明与宁王串通一气，所以才会轻易将宁王俘获。

无奈之下，王阳明只好假装把宁王放掉，让自称为"威武大将军"的正德皇帝率领大军"亲自"把宁王捉住。皇上和太监们总算过了一把瘾，上演了一场别出心裁的闹剧。正德皇帝"亲征"后装模作样地宣布：御驾亲征大获全胜。平叛宁王的功劳记在了正德皇帝和宦官身上。王阳明保全性命已属万幸，自然不敢再奢望什么功劳，他的仕途再一次陷于低谷。

一年后，嬉游成性的正德皇帝驾崩，嘉靖皇帝登基。屡立战功的王阳明却未等来命运的改变，他被任命为南京兵部尚书的闲职。忧愤之下，他以回家养病为名请求辞官回归故里。回到老家的王阳明兴办书院，讲学不辍，继续完善和传播他的思想。

嘉靖六年（1527），两广地区再次爆发民变。朝野上下又想到了被闲置已久的王阳明，让他重新出山，前去镇压起义。王阳明采取了自治的政策，和平解决。不幸的是，此时王阳明身体每况愈下，到任不足一年就病逝了。王阳明临终前，他的学生周积问他还有什么遗言，他自信而乐观地说："此心光明，亦复何言！"后人从中不难品味出他的满足感与成就感。

七

《传习录》是王阳明的语录和论学书信集，由其弟子搜集整理而成，全书包含了王阳明全部的哲学思想及其主张，堪称王门之圣书，心学之"圣经"。全书分上、中、下三卷。上卷经王阳明本人审阅；中卷里的书信出自王阳明亲笔，是他晚年的著述；下卷未经本人审阅，但较为具体地解说了他晚年的思想，并记载了王阳明提出的著名的"四句教"："无善无恶心之体，有善有恶意之动，知善知恶是良知，为善去恶是格物。"

《传习录》为语录体，是师生之间答问的记录。如果单独看其中一段，有时候会对一些概念摸不着头脑，但是往往在书中的其他章节对这一概念进行了详细的说明。如此，我们联系不同章节的内容，就可以对《传习录》的主旨思想有一个最贴近阳明先生本意的把握。

王阳明思想上的转折点就是"龙场悟道"。王阳明在龙场，带着不少随从。他是一名学者，自有在艰苦环境中坦然处之的涵养。但是，他的随从们却一个个病倒了。王阳明被迫自己打柴担水，做稀饭给随从们吃。他又担心他们心情抑郁，便和他们一起朗诵诗歌，唱唱家乡的曲子。唯有这样，随从们才能稍稍忘记当时的处境。

然而，王阳明却始终在想："如果是圣人，面对这种情况，会有什么办法呢？"昼夜苦思的王阳明，终于在一个夜梦中豁然开朗，悟得"圣人之道，吾性自足"的道理。他从睡梦中跳起来，欢呼雀跃地大叫："我知道了，我知道了！"荒芜的龙场，给了哲学家心性的自由，成了王阳明"运思"的天堂。

王阳明学说的精髓在于"心即理""知行合一"和"致良知"。他认为朱熹要求人们绝对服从抽象的"天理"是没有道理的，不符合现实社会的客观实际。他认为"天理"就在每一个人的心中，要求人们"知行合一"，通过提高自己内心的修养和知识水平，去除自己的私欲与杂念，从而达到和谐运行，即所谓的"致良知"；教化人们，应将道德伦理融入到人们的日常行为中去，以良知代替私欲，就可以破除"心中贼"。

"致良知"是王阳明哲学思想的组成部分，也是他的学习论。在王阳明的学说中，"良知"既是宇宙的本体，也是认识本体，道德修养的本体。"致良知"既是认识过程，也是道德修养的方法。

王阳明批评朱熹的学习论是"支离"，标榜自己的"致良知"学习论是一种"简易""轻快脱洒"之教，实际上是以内心的直觉体验来代替对客观事物的认识，否定人们向外界学习的重要性，是一种主观唯心主义的学习论。这种学习论认为学习的最终目的就是"学以去其昏蔽，"从而达到"灭人欲，存天理"，这又与朱熹的"存天理，灭人欲"异途而同归。所不同的是，朱熹提倡通过读圣贤之书来达到，而王阳明则强调通过自我体验来实现。

王阳明主张"致良知"，认为只有疗救人心，才能拯救社会；只有每一个人去掉内心世界的"恶欲"和"私欲"，才能解决现实社会问题。王阳明的"心学"肯定了每一个人的感性认识，更贴近现实生活，远比朱熹的冰冷冷的教条更有人情味。

"人欲"战胜"天理"，是明代中期以后商品经济和社会发展的必然要求。王阳明"心学"一出，顺应时代发展，学子云集，风气大开，迅速成为当时的主流思想。

八

王阳明坚持了我国古代儒家教育的传统，把道德教育与修养放在首要地位。他认为培养学生形成优良的品德是学校中最重要的任务。在此基础上，学生的各种才能得到发展，日臻精熟。他培养学生形成的优良品德，即"父子有亲，君臣有义，夫妇有别，长幼有序，朋友有信"五者而已。然而，在当时士人"皆驰于记诵辞章"、重功利而轻修养的社会风气中，他重新强调人自身道德修养的重要，应该说具有一定的历史进步意义。

人性要解放，才能发挥主观能动性。王阳明引领了明末思想解放潮流，他的思想流传千古。他的一生，是光明的。他的一生都是传奇；他历经坎坷，但意志坚定；混迹官场，却心系百姓；他反对暴力和贪欲，坚信正义和良知。

王阳明最大的贡献就是为世人袒露出了心体，以自性之光照亮自己，凌驾于意识之上俯视喜怒哀乐，做出准确客观的判断，最终达到"此心不动，随机而动"的心理境界——定。定就是猝然临之而不惊，无故加之而不怒，气定神闲，指挥若定。定则能静，静则能安，安则能虑，虑则能得。

常人的心时常处于妄动的状态，各种闪念像滚雷一样在心中炸响。由于对妄动无法察觉，你经常处于跟着感觉和情绪走的失控状态，不仅看不清事物的真相，临事时还会心虚气馁，感到理亏。因为"以志帅气"，内志不定，外气必弱。而心定之人，他的心就是一面明镜。你的妄动会清晰地映照在镜子上，致命缺陷暴露无遗。对此，王阳明的主张是：真理就在你心中，要用"心体"来主导意识。并且，外在信息在进入到心体也就是心理结构之前，要先在意识层面经过解读和过滤，因为自人降生，社会化的过程就从未中断，正确的做法不是与世隔绝而是审视辨别。

九

如今，我们已经离不开手机，我们会在任何时间不由自主地滑动屏幕。我们常常为每天冒出来的各种稀奇古怪的八卦新闻而亢奋，我们已经沉不下心好好看完一本书，我们已经不去想上个星期自己曾经做过什么，我们众口一词一遍遍重复着网络新词汇。我们对广告长度和软度的忍耐力越来越强，我们不知道除了被别人投喂信息之外还能怎样学习、怎样思考……这真的是你想要的生存状态吗？

有人说：我们现在很多中国人的"信仰"就是"钱钱钱"。"信仰"源于"敬畏"。敬畏神威、敬畏闪电、敬畏天空中的惊雷，唯有敬畏，才能自律自救。

严酷但真实的成长路径是：思考—实践—理解—能力。你学过的知识80%会忘记，你体验到的事实50%会记得，你实践过的事情30%会理解，你理解的实践只有10%会转化成能力。在这个倒三角的能力转化器中，你的思考是能力的源泉。我们还需要思考吗？

前几年，我去济南，去看趵突泉，没水，水枯竭了。过了几年，我又去了，趵突泉汩汩而流。原来趵突泉是被努力改造过了。我想，人的思想就像这泉水一样，有时因为环境因素而中断，但绝不能枯竭。可以这样说，一切因思想而异。如欲改变命运，首先要改变自己，如欲改变自己，首先磨炼内心。

残酷的事实是：没有人可以引领你，每个人的路都是自己选的，真正能改变你的只有你自己。书本的作用也仅仅是告诉你，你可以做到这样，如此而已。知识是一种资源，也是一种能量，正确和合理地开发和运用，才能成为力量。

学习改变人生。不论你干什么行当，若想把你从事的行当做到极致，要做到学以致用，灵活变通。学以致用这个词，如何理解呢，有四重境界。

"有本"。就是通过读书和学习得到的常识性的"本本"，也可以说是"参照"。照本宣科、依照葫芦画瓢有时有一定道理。如果脑袋空空，就会束手无策。

"鉴本"。孟子有言："尽信书，不如无书。"本本主义过错不在"本本"，而在于抱着"本本"不放。"鉴"本就是对"本本"的扬弃，是"借鉴"与"选择"。

"生本"。有了理论武装，心中存储知本；有了实践锻炼，不断积累资本。

"创本"。就是活学活用，由破而立、由鉴而创地生成"智本"。

十

我觉得，一个人真正伟大之处，在于对自己未来形势发展的把握和可控。真正的超人，不是逃避这个世界，而是要知道这个世界的游戏规则，还要有能力游离于这个体系之外，有智慧地区别自己想要的和不得不做的；不需要阿谀奉承，更不愿意被世界改变，但这世界你所从事的领域离不开你；会做自己不愿意做的，只是为了以后更好地去做自己愿意做的。

做这样的人，你需要几个特征：一是要有超脱的理念，虽然谈不上超越这个时代，但又要通过脚踏实地的实践获得这个理念；二是拥有一技之长，让自己无论到哪都能赚到钱；三是明白自己想要的生活，坚定地去追；四是能够对自己未来形势发展做到把握和可控。

十一

2014年，我偶然看到一篇论文，作者分析了王阳明的强调"看"这个本源活动。世界的存在只有在人的感性活动中才能得到证明，独立于人的感性之外的世界就是无。在这个意义上，确实可以说"心无外物"，我们不能把"心"理解为一个独立的实体，而是感性活动中不断展开自身的场域。

作者感觉王阳明说"此花不在你心外"可以理解为他在强调"心"与"花"在存在论上的同源共生关系，强调了"看"这种本源的感性活动。花必须通过心才能得到证明和说明，独立于"心"的花对人来也就是无。从存在论的角度而不是从主客二分的角度理解王阳明的回答，就不应该把王阳明武断地判为唯心主义。

十二

有一种鱼叫马鲛鱼，估计和我们东北的大马哈鱼相似，长得很漂亮，皮肤银白眼睛巨大，平时生活在深海中，春夏之交溯流产卵，随着海潮漂游到浅海。渔民捕这种鱼的方法简单实用：用一个孔目粗疏的珠帘，下端系上铁，放入水中，由两只小艇拖着，拦截鱼群。这种鱼的个性很强，不爱转弯，即使闯入罗网之中也不会停止，用东北土话说叫作：一条道跑到黑，不撞南墙不回头。一只只前仆后继地陷入竹帘孔中，竹帘随之紧缩；缩得越紧时，鱼越是被激怒，拼命往前冲，结果就会被牢牢卡死。

现实中，我们总感觉理想和现实存在着差距，而人又应该朝着理想化的方向努力。知行合一，对你我来说，就是要在开放的环境中，生生不息地把握每一时刻。

我们往往不清楚自己的志趣和事业在哪里，这是一个逐渐清晰起来的过程。不过，你可能暂时不知道自己要什么，但必须知道自己不要什么。人世间充满诱惑，它们都在干扰你走向自己的目标，你必须懂得抵御和排除。事实上，一个人越是知道自己不要什么，就越有把握找到自己真正要的东西。

人生几程山水，千般故事，终将化作泡影。一路走来，你想要的未必属于自己，你得到的却未必是所期待的。真正的平静，并不是避开车马喧嚣，而是心中修篱种菊。真正的生活是内心生活，真正的航程也在心里。

"破山中贼易，破心中贼难。"安顿好自己的欲望之心，就是破除"心中贼"的过程。

有一个叫李月亮的人说：真心地欣赏自己并引以为荣，愿你永远有着对未来无限的勇气，饱含着内心独有的铿锵，然后，你没有软肋，也无须盔甲。

仰望王阳明，修心可学王阳明。

初稿：2014年4月5日
修订：2016年1月28日

道衍和尚

一

大千世界，精彩纷呈。如果说这世界上有全能型人才的话，那么本杰明·富兰克林可称得上是人类历史上最多才多艺的人。他是美国的开国元勋、独立战争的领袖之一，也是美国历史上第一位享有世界声誉的科学家、发明家、文学家及启蒙思想家，又是著名的实业家、政治家、慈善家、社会活动家和外交家。

富兰克林以拉家常的方式写自己的故事，把自己成功的经验和失败的教训娓娓道来，整部自传融合通俗易懂的叙述与睿智和哲理的火花为一体。这部传记（实际上自传内容仅占全书的第一部分）是全球最有影响的传记之一，问世近200年来，一直影响着一代代的美国人和各国的青年们。

翻阅中华上下五千年历史，也有这么一个人。他没有自传；他天生不是做和尚的，而又是注定了做和尚的；他白天谋策略，搞筹划和设计，晚上却当和尚，研究佛教，可以说是工作、学习、生活三不误！

他生前得到了明成祖朱棣的最高宠信，死后也备极哀荣。在宗教史、政治史、文化史、科技史等方面，此人都有极其优秀的表现。《永乐大典》《明太祖实录》、永乐大钟、隔声建筑、诗作、书画等任何一项成就都足以让他傲于当时、留名后世，而他却偏偏数者兼具。做出如此伟业的他，竟还是一位僧人，更令人叹为观止。

他走的不是正统路子，人性中还存在着复杂的矛盾体，学者们对其研究相对薄弱。我能找到的唯一的一本是北京社科院郑永华博士撰写的《姚广孝史学研究》，其他书籍中他多是朱棣篡权中的陪衬。

二

北京城有很多名胜古迹。20 世纪 90 年代初，我在北京念书时，我经常一个人去观赏古迹。

离北方交通大学南门不远处，有个大钟寺。我一边听着《忧愁河上的金桥》曲子，一边晃晃悠悠来到了大钟寺。姥爷曾与我讲过，那里的永乐大钟是世界上现存最古老的大钟，有几个世界之最哩，其铸造艺术高超，钟体悬挂结构巧妙，而且钟声悠扬，实乃巧夺天工。我参观后，便知道了这个大钟的监造者和设计者的名字——姚广孝。

朱棣担任大明帝国总公司董事长后，修建北京城，大批南方的能工巧匠被征集到北京，主事者就是姚广孝。今天北京站边上的苏州胡同就是那时苏州工匠的聚集地。从紫禁城的设计，到《永乐大典》的编纂，再到永乐大钟的铸造，假如没有姚广孝这位奇才的参与，今天的北京没准儿会逊色几分。我当时还不知道他是个和尚。

多年后，我看了当年明月著的《明朝那些事儿》，便从一个新的角度看待姚广孝其人其事了，也想起了我曾去看过的大钟寺。姚广孝是明朝政治家、佛学家、靖难之役的主要策划者（注意不是军事家）。我深感中华第一奇人的名号非姚广孝莫属。

现今，我恰在苏州居住，把这个水乡作为第四故乡了。姚广孝就是苏州人，我便开始对这个我想攀附的老乡更加关注了。

三

道衍和尚（1335-1418），江苏长洲（今苏州市相城区阳澄湖镇）人，俗姓姚，医家子弟，出生贫苦，14岁便出家当了和尚，据说还是自愿的。道衍早年从师于当时很有名气的道士席应真，学习阴阳术和算术。他曾以看相占卜闻名，学成后便云游天下。他是个喜欢喝酒吃肉的花和尚。

道衍和尚的志向绝不满足于当一个好和尚，他修禅理，悟性高，通儒道，谙韬略，习兵法，工诗画，他追求的是要在神州历史上留下自己的名字。出家前，姚广孝可能就对自己今后的人生去向有了比较清晰的目标。但此后的路，需要靠他一步步地走，遇到的困难与挫折，也需要逐一加以克服。可以说，选择出家改变了他一生的际遇。

他利用出家后可以一心求学的有利条件，不受师门所限，多方求教，广交名士。他不断地从其他高僧那里吸取营养，最终集佛、道、儒诸家博学于一身。单从学问来看，道衍因学问很好曾得到过当时的名士宋濂的特别推崇。

他云游到嵩山少林寺，遇到一个深懂相面的人——袁珙，袁珙随口说了一句："这是个什么和尚？长着三角眼，行动像一只生病的老虎，生性喜欢嗜杀，将来应该是一个辅助君王成就一份事业的人。"袁珙是道衍有生以来遇到的第一个看透他内心的人。道衍对这个好坏参半的评价的反应是大喜。道衍发誓要像刘秉忠一样。刘秉忠是谁？乃元世祖忽必烈的第一谋士。他是刘秉忠的粉丝。

初出茅庐，道衍第一次面试就遭到闭门羹。朱元璋想招募一批懂儒学的和尚到礼部当官，道衍面试就没有通过。你看，和尚本应该修的是释家思想，而朱元璋要求和尚精通儒家思想，选中的人在当时应该也是奇人。

实际上，道衍儒学知识很深。以例为证，他后来写过一本书叫《道余录》，专门批判儒家思想。所以，我猜测其思想应该不符合当时礼部的要求或是太偏激。

那就继续云游吧。道衍路过北固山的时候，写了一首诗，估计是借古怀今，抒发自己政治抱负，恰被一个叫作宗佑的和尚看到："你作的这首诗是出家人该说的话吗？"道衍笑而不言，又是一个知己！

机会终于来了。洪武十五年，贤慈的马皇后去世。朱元璋为了能给马皇后更多的福气，决定给封到外地的皇子每人配备一名高僧。因为马皇后一生没有生育，朱元璋希望皇子能像对待亲生母亲一样祭奠马皇后，选拔高僧的任务由宗佑担任。

朱棣是朱元璋的第四个儿子，戎马一生，很有军事才能。朱棣应该早就想当皇帝，但时运不济。

宗佑其实是欣赏道衍的，便将其推荐给燕王朱棣。道衍和朱棣两人相谈甚欢。道衍在北京担任了庆寿寺住持。该寺庙就是当年刘秉忠修行之地。寺里有一座九层砖塔，这个塔就是刘秉忠的墓地。道衍当然又是大喜。后来，他真的成为与元初开国功臣刘秉忠齐名的谋士。

道衍没有成天沉浸在佛经中研究佛法，而是专门研究时局以及形势，并去王府鼓动燕王造反，这在当时是大逆不道的。朱棣当时还没有造反的理由，也没有造反的力量，属于秘密交谈阶段。

洪武三十一年（1398），朱元璋驾崩后，把皇帝位置给了他的孙子——建文帝朱允炆。建文帝开始削藩，朱棣的几个兄弟都被搞掉。这个时候，是道衍帮助朱棣树立了信心：形势紧迫，造反是上天的意思，不是鱼死就是网破；我不亡人，人亡我？

朱棣开始秘密选拔将领、招募兵士，并在王府庭院中养了很多鸭鹅，以掩盖制造兵器和练兵的声音。后来，他又装疯，迷惑当朝皇帝——他的侄子。很有可能，这个装疯卖傻行为也是道衍的主意。

在等待中机会终于出现。建文元年，朱棣以"靖难之师"以及"清君侧"的名义开始造反。誓师的那天，突然刮起了大风，屋檐上的瓦片被吹到地上，乃不祥之兆。朱棣立即变了脸色。

道衍稳重而沉稳，说："这是吉祥的征兆，飞龙在天，呼风唤雨，瓦掉下来，说明这是换代的信号啊。"解释很恰当，军士们群情激奋，朱棣挥师南下，道衍辅佐朱棣的大儿子朱高帜镇守北京。若是北京城丢失，那等于朱棣后院起火。道衍的任务很是艰巨的。

叔叔和侄子双方刚开始搏击的时候，由于双方力量悬殊，战争异常艰苦。道衍此时充当了朱棣的心灵导师，常常给他做心理辅导，给多次失败的朱棣以鼓舞。

道衍陪朱高帜守在北京城，曾多次击败被称为"明朝赵括"的李景隆率领的四十万大军的进攻，并在关键时段巧妙地帮助朱棣识破反间计。这个值得一提。

朱棣有三个儿子，老大、老三在北京守城，老二陪朱棣去前线当先锋，也是实力派人物。家庭内部矛盾主要集中在老二、老三对老大位置的惦记。建文朝的大才子方孝孺，为读书人的领头羊，充分利用了这个三角矛盾，模仿朱允炆的笔迹给老大写了封貌似勾结的信。送信人又告知老三。于是老三写了一封信给远方的朱棣，让朱棣知道老大是个危险分子。

再看老大，你若拆开信的话，就说不清楚呀。道衍让朱高帜不要拆信而让他带着送信人快马加鞭直接去找朱棣。当前线的朱棣正在看着手中老三的信将信将疑时，朱高帜带着另一封没拆开的密信到达，口中直说："愿由父亲裁决。"英明的朱棣马上便知真假，一举识破反间计。

四年后，战争已经处于胶着状态。道衍正确地分析了形势，建议不要逐个攻打城池，而是轻骑挺进，径取南京。这使得朱棣顺利夺取南京，登基称帝。

因道衍的功劳第一，新皇帝让其恢复姚姓，加官晋爵，赐名广孝，并直接称呼其为少师。为表达感激之情，朱棣还让其蓄发还俗，并赐给一座豪宅，顺送两名美女。可是道衍一一谢绝，仍旧白天穿戴官帽上朝理政，晚上换上僧服在寺庙中过夜，履行他的双重身份。

道衍在朝中负责两项工作，一是主持重修《太祖实录》，监修《永乐大典》；二是辅助太子留守南京，当皇帝北征时，还辅导皇太孙朱瞻基学业。

功名成就后，永乐二年（1404），道衍到湖州和苏州一带视察。路过老家时候，他将皇帝赏赐的钱物全部分给家乡的亲戚朋友。但道衍回家时，他姐姐就没让他进家门。他随后拜访他的好朋友王宾，王宾也避而不见。道衍只好远远地说："和尚错了，和尚错了！"

去世前的一个月，道衍和朱棣畅谈很久。朱棣问其还有何心愿。"付洽已经关了很久了，能将他释放吗？"这是道衍最后一个愿望。朱棣没有拒绝。传说付洽是替朱允炆剃度的和尚，知道朱允炆的下落，而且一关就是十几年。要是别人说这事，会不会掉脑袋呢？最后一个愿望得到满足，道衍一笑长逝。朱棣为此特别悲痛，辍朝两日，率众祭奠，给了道衍一个漂亮而又完美的葬礼。

有学者推测，姚广孝杀业太深，良心受责，因而在苏州穹窿山——他的封赏之地藏匿建文帝。这与建文帝死后埋葬在穹窿山的观点相互呼应。这种观点似乎能解释建文帝的失踪之谜。当然，这也只是传说。

四

姚广孝是元末明初的杰出人物，各方面都有所成。佛家讲究慈爱，行善、戒律、智慧、安定，讲奉献文化；道家讲究悟道、养德、淡泊、本分、自然，讲规律文化；儒家文化讲究仁、义、礼、智、信。这些文化集中融合在一起，深深地影响到姚广孝。

姚广孝一生成就颇丰，在宗教、政治、文化和科技史上，此人都是伟大的创造者。《永乐大典》是我国古代官修典籍中规模最大的，内容无所不包，保存了中国的传统文化，最初是两万三千卷、一万一千多册，属于稀世珍宝，最终监修成功的主持人就是姚广孝。

当初，"靖难之役"前夕，在战争准备过程中，一个重要的环节就是密谋的话不能让外人知道，隔墙有耳嘛。此时，姚广孝就发现了多孔墙体吸音现象，并秘密建成隔音房。这是世界历史上第一座，比欧洲同类建筑早近500年。

我敬佩他，一是他有自己的抱负；二是他能将理论结合实际，在实践中思考,并能随机应变,在动态中寻找出路;三是他多才多艺;四是他很廉洁,金钱和美女都和他无关。

五

2011年,麦肯锡公司报告称:"在职场提升方面,男人靠潜力,女人靠业绩。"我在这里不谈女人。

当今社会喜欢研究成功人士是如何发迹的。我也试着"人肉"一下,看他是如何找到平台,攀上朱棣这个大树的。

很多研究文献都说朱棣三次征召,有点三顾茅庐的意味。像姚广孝这样的聪明智慧人士,有抱负和理想,我想他肯定不会在寺庙中待着,在山中做个隐士。如何与朱棣牵上线,他肯定动了脑筋,想了办法。

道衍到50岁了,也是个失落的人,学贯古今,胸有韬略,却因为各种原因,没有得到重用,青春一去不复返。

一肚子学问,还闷在肚子里,你说难受不?有些人是不难受的,那就是隐士。但道衍是有抱负的,引擎驱动的就是这两个字——抱负或是叫作理想。

很长一段时间,道衍应该很郁闷。大好的时光难道就这样过去?一次一次等待,一次一次失望,只要有合适的时机和导火索。

终于,在选拔和尚讲经荐福过程中,道衍当选。朱棣当时根本就没看上道衍。他也不会主动和道衍闲聊。

道衍着急了,突然开口:"殿下,贫僧愿意跟随您。"朱棣一愣,自荐的和尚有什么了不起?"为何?""有大礼相送。""何礼?"朱棣感兴趣。话不在多,一句顶万句,这就叫智慧。聪明是一种生存的能力,而智慧则是生存的一种境界。

"送一顶白帽子。"什么意思?皇上的皇字上面有一个"白"字。朱棣勃然变色:"你不要命了,到底什么人?"道衍笑而不言。他知道,朱棣会找他的。果然,一个低沉的声音说:"跟我来吧"。

当然这个故事只是谣传。还有一个版本。道衍受朱元璋指派,侍随燕王朱棣。燕王同道衍共同谋划举兵大事,但事属绝对机密,需要彼此试探,以明隐秘心意。

《长安客话》记载了这样一个故事。一天特冷,道衍陪燕王吃饭。酒席之间,二人对话。朱棣说:"天寒地冻,水无一点不成冰!"道衍答:"国乱民愁,王不出头谁做主!"冰是兵的谐音。两人对坐饮茶,经过几番试探,暗自合掌。

郑板桥说过"聪明难,糊涂更难",其实郑氏的"糊涂"是需要智慧的"糊涂"。所以"难得糊涂"翻译过来就是"难得智慧"。朱棣的盲区被攻破。

在姚广孝的劝说与分析之后,朱棣终于下决心夺取侄子的江山。历史从此重写。

六

最后说说道衍和尚的品行———一个充满矛盾的综合体。

第一,知性使他有一种超然精神。在他的生命里,始终散发着一种独特的浓郁而澹泊、热烈而清冷的气息。主要表现在:他白天走出寺庙穿着朝服去陪王伴驾,晚上回来仍然一袭袈裟青灯古佛。他年幼学习,不愿意当官享福,吃斋念佛,对功名利禄不屑一顾;后来虽然位极人臣,却喜欢清心寡欲和恬静的生活。

第二,潜心习禅却怀人间事之理想及抱负。他的理想及抱负,非一己之功名,乃与众生为善,佐明君平治天下,救民于乱世之苦痛。元末明初,政纲混乱,盗贼四起。虽有张士诚割据江南,偏安一方,后亦有朱元璋统一中原,建立明朝。然此二人,皆非姚广孝所理想之人物。故长久以来,他始终活在"机"之期待里。生命之流逝,确实有一种惶恐之感,自然而然地滋生了。在不少的诗作中,姚广孝往往以此自喻。譬如,"南北驱驰十五年,人间事业任茫然"之慨,乃是显然可见的。而至辅佐燕王成为一代永乐大帝，姚广孝年近七旬，已是垂垂老矣。

第三，姚广孝常怀耽溺之苦痛。姚广孝心底有感性的、耽溺于世的一面。他牵系政治，欲以儒家之理想社会救人世之苦难，故其写诗，常有现实之感怀，且此种感怀，常是自信与积极的。

第四，姚广孝心中对人世有关爱。姚广孝本是医家子，自是熟谙种种病痛人之苦难。为医者，救乡人于肉身顽疾之痛；为圣为贤者，则救世人于精神妄念之苦。姚广孝陷溺于此，成为一种在世的情感牵系。

第五，他离经背道，鼓动造反，违反出家人慈悲为怀的思想，造反带来上百万人的涂炭。这多人没有直接死在他手上，但确实又因他而死，万劫不复。往后来看，明朝在朱棣手中出现了几十年的繁荣盛世，又怎么理解呢？佛教其实有两个层次，济人和济世。我想他应该是济世，在这个基础上再济人。姚广孝具有卓越才能及顺应潮流的政治主张，我觉得应给予肯定。

姚广孝一生经历曲折。永乐皇帝亲笔为他题了一座"神道碑"以示纪念，表彰这位永乐朝第一谋士。然而姚广孝的奇谋并不是他留给后世的最大贡献。中国历史上有两部最重要的大型汇编书：一部是清朝的《四库全书》，被称为中国古代最大的丛书；一部是《永乐大典》。今天，《永乐大典》已经大多亡佚，但《四库全书》就是在参考它的基础上修订、扩编的，成为中华历史上的文化宝典，成为永恒。

初稿：2014年4月4日

修订：2016年1月10日

被青春撞了一下腰

一

一谈到才子，我们或许都会想到江南四大才子之首、世人都会赞其风流倜傥的唐伯虎。

写到他，我能想起一首赵传的老歌——《我是一只小小鸟》。你看，我们是不是都像一只小小鸟，为了生存而努力。唐伯虎也不例外。

他是一个好人且是一个有良知的人，一个具有机敏思维又才智过人的人。他自幼就聪明伶俐。

在大多数人心中，唐伯虎就是风流倜傥、放荡不羁的代名词；各种文艺作品中，唐伯虎也是一个喜剧味十足的风流才子。每每看到有关唐伯虎的电视剧，除了风流，风流，还是风流！我真的不知道什么滋味。事实上，唐伯虎是一个有着有各种辛酸故事的悲剧人物。

历史上的唐伯虎是苦命人一个。在明代流传下来的话本中，唐伯虎"家有九妻"，又曾化名"华安"追求秋香。实际上，唐伯虎一生的三次婚姻都十分坎坷。他是悲催的帅哥，从来没有点秋香，一生都吃尽了苦头，受尽了万种折磨。

我真想当个导演，拍一部真实的唐伯虎故事，告诉你他有多苦！

可能你觉得命运不公，让你在这个世界上遭受若干痛苦，接下来，你要知道，你有他苦吗，你这点苦又算得了什么？

你看他——

19岁时，他娶妻徐氏，夫妻感情很好。正当他踌躇满志之时，父母接连病故；妹妹自杀身亡；妻子因产后虚弱撒手而去，刚出生的孩子只活了三天便夭折。

27岁时，他高中解元后迎娶何氏，幸福似乎又向他招手，但很快就被卷入科考舞弊案，前途尽毁。何氏不堪其苦，弃他而去。

36岁时，他顶住压力，迎娶了青楼女子沈九娘。夫妻恩爱，琴瑟和鸣，可惜没过几年，九娘就因操劳过度去世。

唐伯虎遭此打击之后再没动过续弦的念头，最后，孤独终老，死时连棺木钱都是朋友凑的。

为了便于叙述，以下简称小唐。何故？就因为他给人的感觉就是风流成性、青春常驻，就称小唐吧。

为了忘却的纪念。

二

或许是在苏州住久了的缘故，我钟情于这里的才子。我每次去唐寅园仿佛都能感受到他的才情和抑郁的放荡不羁。我们先看看小唐墓。他的墓地在苏州西环高架下解放西路不远的地方，很多家长经常领着孩子参观，想沾沾小唐这个文曲星的灵气。可是，墓地里面埋的尸骨据说已被人翻了几个来回，想找到他的字画。告诉你，里面没有字画。死前，他都穷得叮当乱响，还是朋友出钱买的棺木，字画从何处来的。再说，死前一段时间，小唐都失联了，人都找不到。

现代文明的发展，车水马龙的高架，让死后的小唐不得安宁。他活着受尽折磨，死后也喧嚣不断。

北寺塔是一座九级八面砖木结构楼阁式佛塔，传说是孙权为报母恩而建。塔高76米，因为苏州的限高政策，北寺塔成了苏州古城的制高点，又称报恩寺塔。报恩寺是苏州最古老的一座佛寺，距今已有1700年历史，是中国著名的江南古刹之一。我曾领着儿子多次登上塔顶，整个苏州老城区尽收眼底，成片的黑顶、白墙让人感受老城的气息。在最高层，登高望远，苏州环境真好，小桥流水人家。儿子说，将来也要建个塔，纪念他老爸。童言无忌，但确实给我带来天伦之乐。我突然会想起，唐伯虎的儿子很小就夭折，他的天伦之乐何在？

桃花坞大街就在北寺塔右侧，比较窄，铺着石块。

儿子问我："为何叫大街，也不大呀，还这么窄？"答曰："小唐曾经居住，就叫大，名人效应，营销要做好的。"

桃花坞自然以桃花著名。桃花坞的来历，可追溯到北宋枢密直学士章粢。他在苏州五亩园南营建庄园，种植桃花千百株，故名桃花坞别墅。到了小唐那个年代，因年久失修，别墅已沦为蛇鼠盘踞之地。

相传，小唐写诗的灵感常常来自夜晚钻进被窝啃他脚指头的大老鼠。小唐总是能以苦为乐。

你看这诗，多有灵性：桃花坞里桃花庵，桃花庵下桃花仙。桃花仙人种桃树，又摘桃花换酒钱。

风流总被雨打风吹去。

三

小唐自小表现出来的聪明不同于那些只会作时文的神童，他是具备了天才的悟性，但同时也养成了轻狂的性格。他的聪慧仅从第一次参加应天府的乡试考中第一名就可以看出。他当时如是说："我考第一名，太轻松了，不可能是第二名的。"后来他果中解元。他具备了常人没有的资质，但也滋生了狂放之气。

少年唐伯虎过目成诵，可"每夜尽一卷"。14岁时，他拜著名画家周东村为师，画艺日趋精湛。几年后，小唐的山水、人物、仕女、花鸟画都已经出类拔萃。

命运常常爱和天才开玩笑。当小唐以为取功名易如反掌时，因涉嫌考试作弊而被关入刑部大牢，经过半年的审讯，因无确凿的证据而背上不得从政的处分。

明孝宗弘治七年（1494），小唐25岁。这一年，先是家中顶梁柱——小唐的父亲因操劳过度而去世；随后母亲因悲伤过度撒手人寰；紧接着，小唐结发妻子徐氏也与世长辞；不久，幼小的儿子夭折，小唐在不断转换的丧服中悲哭不已。

而悲伤还在继续，小唐刚出嫁不久的妹妹也青春早逝了。短短一年多时间，五位至亲相继离去，风华正茂的他平添了不少白发。

弘治十一年（1498），29岁的小唐在祝枝山等好友鼓励下，从悲痛中振奋。这年，小唐高中乡试第一名"解元"，他的悲痛也化解了不少，就等着来年参加会试，博取功名，也算告慰地下父母妻子了。

但是，历史再一次和小唐开了一个大玩笑。

考中解元后的第二年，30岁的小唐踌躇满志地进京参加会试，路遇同去赶考的江阴巨富家的公子徐经。两人谈得很投机，遂结成莫逆之交。徐经到京城后，以钱财贿赂会试主考程敏政的家童，得到了试题。徐经文才不行，开考前请唐伯虎帮他写好了文章，而唐伯虎事先并不知情。

当时朝廷内部争权夺利，因小唐有些名气，加之考前拜访过主考官程敏政而被有心人利用，从而他被无辜牵连进了这桩"会试泄题案"而入狱。皇帝下旨：唐伯虎永不得参加科举。"学而优则仕"这个古时读书人的唯一出路被堵死了，满怀希望的小唐成了政治斗争的牺牲品。

小徐后来闭门读书，并作《贲感集》以明志。他曾希望再返科举仕途，没有放弃最后的希望，然而希望越大，失望也越大。因科场失意后体质一天比一天差，他最后一次进京赶考，不胜旅途劳顿，至京便卧病于永福禅寺，客死京师，年止三十有五。但他生了一个好孙子，死后可以扬眉吐气，他的孙子就是徐霞客。

"会试泄题案"之后小唐虽被释放出狱,但经过这番折腾已经声名扫地,科举仕途已无望。朝廷革除了他的"士"籍,把他发配到浙江偏远之地为小吏。

突如其来的打击使小唐心灰意冷,不愿去浙江当小吏,又感到没有脸面回家,31岁的小唐开始游山玩水排遣苦闷,足迹遍布浙、皖、湘、鄂、闽、赣等省。

小唐在外游历了一年后回到苏州老家。因他不能为官,家乡人之前对他的热情便骤减,开始冷眼对之。

之后他又得了重病,医治休养了很久才渐渐好起来。随后,他的弟弟唐申也跟他分了家,他的生活越来越困顿,只能靠卖字卖画为生。第二任妻子何氏也嫌生活穷迫,大吵大闹后离他而去。

从此,小唐万念俱灰,开始频频出没于烟花柳巷,整日借酒消愁、放浪形骸。在外人看来,小唐好像风流潇洒至极,其实不过是强作欢颜,化解悲伤,借酒色治疗心伤、麻醉自己罢了。

后来,小唐在青楼中认识了官妓沈九娘。明弘治十八年(1505),已经36岁的小唐续娶沈九娘为妻,以自己的藏书作为抵押借来钱,买下了苏州城北一处废弃的房子,修缮之后名为"桃花庵"(遗址在如今的桃花坞大街)。经过两年多的卖字卖画他才还清了借款。后来,九娘生了个女儿,取名桃笙。小唐的大部分绝世佳作,都是在桃花庵里创作完成的。九娘很敬重这位才子,为了使小唐有个绘画的良好环境,她把妆阁收拾得十分整齐,小唐作画时,九娘总是给他洗砚,调色,铺纸。小唐有了这个好伴侣,画艺愈精。

公元1509年,苏州水灾。小唐的卖画生计自然艰难了,有时连柴米钱也无着落。一家人的生活全靠九娘苦心支撑。九娘终因操劳过度病倒了,小唐尽力服侍九娘,无心于诗画。公元1512年,九娘病故,小唐痛不欲生。

小唐一生最爱的应该是沈九娘,没有沈九娘默默的支持,不会有一代大家唐伯虎。后人一直津津乐道的"唐伯虎点秋香"其实只是一个传说,真正点秋香的是同为苏州才子的陈元超。实际上小唐比秋香小二十多岁。

四

小唐在文学上富有成就。他工诗文，其诗多记游、题画、感怀之作，以表达狂放和孤傲的心境，以及对世态炎凉的感慨，以俚语、俗语入诗，通俗易懂，语浅意隽。他著有《六如居士集》，清人辑有《六如居士全集》。

然而，更多的人知道的是小唐的书画的价值。他画的特点之一，就是有创新，有灵性，开创了一代风范。

他成为若干人的粉丝，大家纷纷学习并模仿他的画法。当时市面上他的画太多了。有些人模仿得惟妙惟肖，就让小唐去鉴别。有时，小唐兴起，就直接在画题字，写上小唐的大名。

这里讲一个故事，供各位参考。沈周是明代中期著名的书画家，吴门画派的创始人。小唐曾向沈周学画。有一次，当地一名名士找沈周求画，沈周恰好有事，并让小唐代劳。小唐很兴奋，精心绘制了一幅大气磅礴的山水画，并受到沈周夸赞。小唐十分得意，不知不觉自满起来，不再用心绘画。一天，邻近中午，天气很热，沈周留小唐吃饭，门窗却关得很严。小唐吃得汗流浃背，就要求去开窗。沈周应允。当小唐伸手去推窗户时，触碰到的却是光滑的墙面。那扇窗竟是一幅画。小唐没有想到老师竟然可以画到如此以假乱真的程度，他为之汗颜，惭愧地说："老师，我知错了。"

五

超级浪漫的诗篇，就会感动超级浪漫的人。谁感动了？宁王。

宁王叫朱宸濠，南昌是他家。你看，邀请函到了。当然宁王对诗词书画的鉴赏能力是非常之强的，应该也是才子。宁王邀请小唐到南昌共同研究一个决策问题，以便把全国的工作抓起来。当时，小唐不知道宁王邀请他的目的，但确实要实现本人一生的抱负呀，一直没机会。这次，终于来了，看来，还是老天有眼。

你大唐李白，虽然放荡不羁，诗歌写得浪漫无双，但到头来，政治抱负还不是没有实现吗？当事人不难受吗，朝廷就是没用你的才。什么天生我材必有用，都是失意后好像看破红尘说的大话，实际又没真正看破呀。若是真正看破，就不会说这话了，当隐士岂不更好？

就是这封邀请函，小唐在正确的时间又遇见了不正确的人。

小唐仿佛感到雨露将至，疾走如飞，直奔南昌宁王府。伯乐呀！大半辈子过去了，心中的政治抱负都快没机会实现了。

字画不是我真心想作的，只是为了生存，养家糊口罢了。我只是一不小心创新了一些，整合就是创新呀。至于画春宫画吗，我是没办法我就是想赚些外快。

公元1514年，小唐四十五岁，在经历了多年的人生无奈之后，不甘心终生埋没，于是答应赴江西南昌宁王府担任高参。

六

到了宁王府，我想宁王一开始也一定是和小唐探讨诗词字画，也是心心相印的。宁王当然很器重他。

小唐首先就碰到一个怪人，叫然哥吧。

李自然，九华山练气士自然子。然哥经常忽悠宁王，说宁王身上有王者之气。

他常说：想当年，王阳明未悟道前，死不开窍，几次上九华山求我传道，我烦了，一脚踢在他屁股上，你猜怎么着，嗨，他就悟道了。

疯疯癫癫，怎么宁王府有这样的人，莫不是我来错地方了？小唐开始有觉悟了。

是的，小唐有感觉，感觉宁王要造反。

在南昌期间，小唐知道了宁王横征暴敛、鱼肉百姓的种种劣迹，也终于明白，宁王之所以重礼相聘，是想借重自己的名声，培植个人的势力，为篡夺皇位结党营私。

此时，小唐已经动摇了，不想干这伤天害理的事，但已经晚了。现在，连放下屠刀立地成佛的感觉都没有了，只能走一步看一步的，找机会，逃！

七

机会真的来了。

宁王的一位爱妃，叫娄妃吧，想见小唐。

她是大明时代最具才情的女子，工诗文，美而智慧。他父亲就是当时最有学问的理学家——娄谅，也在江西省生活。王阳明曾向娄妃老爸请教过。

娄妃看到有关造反的人天天都在训练，在谋划，在等待机会，在准备，在准备和王阳明一决高下。眼看丈夫倒行逆施，劝又劝不了。她很无奈。她仿佛知道最后的结局。

她请小唐赴席，就是将希望寄托在他身上。灭门之祸就在眼前。

可小唐也命悬一线，怎么逃脱出铜墙铁壁？

娄妃："请您帮助，先带三个孩子离开。"

小唐犹豫。

娄妃："你名满天下，也不过如此？"

"我自身难保。"

娄妃："只要你发疯，你就有出路，唯一出路。"

娄妃真是聪明绝顶。

四十九岁的小唐面对生命威胁，决定学习前辈的经验，那就是装疯卖傻。

那年头，这种装疯功夫不用医学鉴定。

宁王请他来，只是因为他有才名，想借他的才名，替自己的造反赢得道义资源。如果，小唐疯了，就没有利用的价值了。

小唐先脱掉衣服，裸奔。然后他要把娄妃非礼了，这样才像。

结果，宁王都信了。他觉得，是爱妃长得太漂亮，一下把小唐神经调动起来了，人活着又命苦，看到真正的美女，当然把持不住了。

宁王理由还算合理。

要疯到底，最后，他双手被牢牢捆在柱子上，光着身子，瞪着眼睛。

但装疯确实不好装，那么多聪明人在眼前。

"看吧，眼神不对，目光不呆滞。"

"只要拿锥子来，往身体上扎，真的不疼，就是真疯。"

这种鉴定方式，他只能忍着了。

宁王实在受不了，便轰他走了。小唐这才从政治斗争的旋涡中挣脱出来。

后来，宁王事情败露被诛杀，小唐逃过一劫，继续桃花坞内的晚年生活。

回家后的小唐依然生活困顿，依然四处给人家写诗、写文章、写墓志铭以及卖字卖画为生。他的后半生，就一直在这样的孤独、困顿、落寞、悲伤之中度过。

明嘉靖二年（1523），唐伯虎去世，享年54岁。

八

以唐伯虎的那首诗结束吧——别人笑我太疯癫，我笑他人看不穿。不见五陵豪杰墓，无花无酒锄作田。

后人心目中他永远是那个机智幽默、玉树临风、乐观积极、才华横溢的风流才子——唐伯虎。

2014年5月18日

有一种坚持叫失败

一

东北人习惯以山海关为分界线，从东北通过各种交通方式出发过了山海关，常常称为"入关"，也就是离北京不远了。十几年前，我在东北生活和工作时，每次坐火车去北京学习或是出差，路过辽宁省锦州、兴城、山海关这一带时，我都情不自禁地想起一个人，一个明朝的人，一个至今争议性都是特别大的人。当时这块地方叫作辽东，那个人叫袁崇焕。

"一生事业总成空，半世功名在梦中。死后不愁无勇将，忠魂依旧保辽东！"据说，这是袁崇焕临刑绝句。不管此人引起的争议有多大，我从他的身上，始终看到的是一种坚持甚至叫坚守。

他是明末清初的重要历史人物，众多历史书包括我当时的历史课本，对他都是正面描述：他是明朝擎天柱式的人物，了不起的民族英雄。梁启超曾极力推崇袁崇焕："若夫以一身之言动、进退、生死，关系国家之安危、民族之隆替者，于古未始有之。有之，则袁督师其人也。"尽管，与梁先生同时代曾将袁崇焕骂成汉奸卖国贼的大有人在。

这世界本来就很复杂。随着阅历的增加和信息的积累，我有了自己的判断能力，不再人云亦云。要知道，史学家包括司马迁在内，写历史的人，只要有人参与就存在个人的主观意见。所以，很多故事本身就是一个谜案；很多信息本身就要过滤，但这个过程很难，还原对历史重要人物的本来面目则更难。

我多次去过北京的"西四"街头，现在的"西四"还像20世纪90年代我在北京念书时候的样子。我还想过，400年前的"西四"到底是什么样子？"西四"在明朝是西四牌楼的简称，这地方是处决死囚的刑场，昔日曾专门竖立一根比牌楼还要高的木杆，悬挂头颅示众。杨士聪在《甲申核真略》说过："西四牌楼者，乃历朝行刑之地，所谓戮人于市者也。"如今，漫步这矗立着广告牌、红绿灯、交通岗亭的十字路口，我的荒凉感还是油然而生。400年前，杀人应该是一种仪式，很有些热闹可看：粼粼作响的囚车，枷锁镣铐的罪犯，乃至赤膊上阵挥舞鬼头大刀的刽子手。袁崇焕就是在西市被凌迟处死的，当时的百姓"争啖其肉"。写到他，我心中就产生一种悲伤，但又不能不写，这种矛盾积聚在我心中。他确实是一个中国历史上被千刀万剐冤枉的人，你绝对找不到第二个。

二

袁崇焕（1584-1630）祖上是广东东莞人，后来去了广西藤县。他家是做生意的。那年头做生意的没有地位，要想出人头地，唯有读书。他自幼在广西读书，23岁时参加广西统一考试就中了举人。但后来他一连到北京考了12年，直到明朝万历四十七（1619）年考取进士，名列三甲第40名。我曾去过北京孔庙，里面还留存着"袁崇焕进士题名碑"。这多年的考试经历和失败的痛苦，一定磨炼了他的意志和信念，那就是坚持到底、永不放弃。

这个大龄青年考是考上了，可吏部说暂时没有空闲职位，袁崇焕只能在家待业。第二年他才被朝廷安排去福建邵武任知县。当知县的过程中，他体察民情，妥善处置了很多冤案，还帮助老百姓家救过火。这段时光可以说是他仕途的起步阶段。很多书上说，他在福建任知县时就关心大明朝的国家大事，特别是关心辽东形势，他觉得大明边界最大的隐患在于山海关外的后金。当时，他在福建若是遇到从辽东回来的退伍老兵，总要详细地询问塞外的情形。此时，后金的努尔哈赤已经起兵反明。因为后金地盘缺少资源，后金的人民生存困难，努尔哈赤只能与大明去争粮食。刚开始他也没想夺大明的天下，估计也没这个实力，只想在大明帝国那里分得一杯羹。

后金先是与大明王化贞的13万大军在辽东会战，结果大明帝国的军队不堪一击，全军覆没，40余座城落入后金手中，明军士气大落。别看王化贞平素不学习军事，轻视大敌，好说大话，但此人精通医学，著有《普门医品》48卷，并辑录《本草纲目》等多种医籍中的单方、验方，按病名分为中风、破伤风、伤寒、瘟疫等150余类，予以归纳。再后来，因广平之战惨败，他被朝廷缉拿。魏忠贤虽对王化贞百般袒护，但罪行确凿，崇祯五年（1632）被处死。看来，他是投错门了。

按照大明政府规定，三年期满后，袁崇焕到北京述职。他这次考评的结果为优良，而且还被都察院御史侯恂看中。侯认为袁是个难得的人才并可大用。于是，在他的通融下，袁成为六品京官，任兵部职方司主事，算是有了发展的平台。这个机遇可是概率很低的事情，但确实让他遇到了。

刚上任没多久，他就去了宁远等地区考察。考察途中，他说出了一句话："予我兵马钱粮，我一人足守此！"这句话反映出他的胆量，也概括他之后十余年的命运。因为当时很多人认为辽东既是战场又是刑场，后金的骑兵和野战方式是很难阻挡的，让谁去基本都是送死，所以没人敢去。袁崇焕却挺身而出，毛遂自荐，投笔从戎，登上了悲壮的政治舞台。也是因为这句话，他成了山海关监军，拜在当时的辽东守将孙承宗门下。

天启二年（1622），孙承宗以大学士身份督师蓟辽。当时辽东乱成一锅粥，后金骑兵连战连捷，山海关外丢城失地，局面一团糟。孙曾当过当朝皇帝的老师，有一套系统的战略和战术，而且作战有方。经过几年的努力，他把宁东几个城市武装得基本到位。后金虽然不断发兵进攻，但都接连被孙承宗打了回去，后金也没取得过什么利益。这迫使努尔哈赤暂停对明朝的攻势。

考虑到后金骑兵强大，善于野战，而明朝骑兵根本不是其对手，袁崇焕接受了孙承宗的教导：主守、后战，也就是先守后攻取。这很符合当时和后金对抗的实际。他也相信在孙的指挥下，终将能看到辽东的光复。此时形势对明是有利的。然而，到了天启四年（1624），孙承宗遭到魏忠贤迫害而去职，辽东一带的大明防线出现了漏洞。努尔哈赤认为时机已经来到，便大举进攻。大明的整个防御体系很快被消耗殆尽，明军不断在撤退。

宁远城就是今天的兴城。宁远对于明朝有着特殊的地位与意义：宁远，为山海之藩篱，关京师之安危，系天下之存亡。袁崇焕看清了整个形势，认为应该赶快将宁远城建设为新的军事重镇。此时的宁远周边的明朝军镇已经全线撤离，宁远已是一座孤城，唯有袁崇焕没有撤退。"我一人足矣。"袁崇焕到了宁远，立即号召并组织军民加高城墙，修筑炮台，制造火器，储备粮食，救济难民，消除内奸，训练士兵，整顿防务。他知道，这是一座孤城，没有救援，兵士又少，只有信念和决心以及随机应变的死守，也只能是死守，但死守中也会有一丝光亮。

三

这个冬天很冷。努尔哈赤带着六万精锐军队，对外号称20万，攻打孤立无援的宁远，将宁远城围得水泄不通。城内也就1万多人，仗打得异常艰苦。对于后金完整的战术系统，袁崇焕早已经准备好。袁崇焕靠的第一种武器是13门红衣大炮，这是当时明朝从葡萄牙进口后改良的，远距离攻击威力巨大。据说是袁崇焕省吃俭用、到处筹措，跟葡萄牙换来佛郎机巨炮。第二种武器就是棉被衣物以及沸水等，不是武器的武器。

冲过明军火枪大炮火力网的后金士兵终于攻上了城头，可令他们没想到的是，明军居然比他们还勇猛。城上的守军玩命地与他们展开了肉搏战，还用滚烫的沸水浇他们。后金又开始挖地道，袁崇焕又叫人用棉被点火使得后金工兵无法顾及。最终后金人马伤亡惨重又寸步难行，只能放弃了这座孤城。

这一年努尔哈赤68岁，有着三十年的征战生涯，而且从未失过手，这一次也是第一次让他尝到了失败的滋味，而且他在战斗中受伤。此时，袁崇焕才42岁，名不见经传，却一战成名。袁崇焕就抱着这样的想法，在宁远这座孤城中坚守。尽管努尔哈赤的精锐部队一次一次地强攻，一次比一次猛烈，他组织城内的一万多人始终没有放弃，对抗着对方的各式各样的进攻，各种不是武器都用上了，击退了努尔哈赤的精锐部队，胜利的曙光终于在这座孤城中绽放。可悲可敬！

袁崇焕在绝望中永不放弃。这一战也是明军的首次胜利，也是中国历史上以少胜多的九大典型战例之一。尽管所有的胜利成绩归功于魏宗贤，但宁远大捷后，袁崇焕从此威震辽东，令后金闻名丧胆。袁崇焕也升任辽东巡抚，山海关内外的防务都归他管辖。这个时候，也有故事说，袁崇焕一个人就单骑从山海关直奔叛军军营，把哗变平息了，只死了一个人，可以看出袁崇焕的智慧和胆略，看出袁崇焕的勇敢和性格。大明的军队这时也意气风发起来。

在这次战役中，努尔哈赤受到了重创，不久后死去。他的死和袁崇焕是有牵连的，其子皇太极时刻铭记着这"杀父之仇"，也就有了后来很多人相信的"反间计"。此时，袁崇焕决定跟这个叫皇太极的新领导谈谈，缘由居然是给努尔哈赤吊唁，更诡异的是这种兔死狐悲的假戏被皇太极接受了，并且开始了和袁大人书信往来的笔友生活。

又过了一年，皇太极欲为父报仇，亲率精兵，围攻宁远、锦州，但又是攻城不下。因为在孤独的城市里，有了和努尔哈赤作战的经验，皇太极也没见得怎么高明，袁崇焕一直守着这样的信念，坚持到底。

正当袁崇焕想大展宏图时，却遭到弹劾。袁崇焕虽然不是东林党人，但提拔他的孙承宗老师是东林党人，魏忠贤还是赶走了他。倔强的袁崇焕表现出不服气的性格特征，他辞职回老家了。

四

历史就是这样巧合。一般皇帝把皇位交给儿子，本来不应是朱由检当皇上，朱由检即位纯属意外。天启皇帝明熹宗朱由校是崇祯的亲哥哥，迷上了木匠活儿，没事儿就自己在宫里造家具，而且手艺超级棒，他把当时大明帝国全权委托给魏忠贤管理。很多书上说，明朝的根儿主要是坏在那个时候。没过几年明熹宗死了，可是他没留下来一儿半女，就这样朱由检继承了他哥哥的皇位，就是崇祯皇帝，他确实没什么心理准备。相比他的父辈等，崇祯很能干，也想干事。他的爷爷万历皇帝二十八年不理朝政，一天到晚就是吃喝玩乐，也创造了一个奇迹。他爸爸泰昌皇帝朱常洛于八月初一即位，在九月就死了，据说是吃丹药吃死的，就当了一个月的皇帝。

当时的明朝已经摇摇欲坠，崇祯这个大明帝国的救火队员励精图治，兢兢业业，想挽狂澜于既倒，扶大厦之将倾。崇祯即位后做的第一件大事，是仅用了几十天工夫把魏忠贤给收拾了。魏忠贤左右朝纲几十年，上上下下都是他的人，耳目众多，你想动他特别难。崇祯在这么短时间之内平定了魏忠贤，说明他有些手腕，也有些胆识，也敢干，有魄力。第二件大事，崇祯急招因宁锦大捷而被罢官的袁崇焕，并拜其为兵部尚书，督师辽东，还赐尚方宝剑，给了袁崇焕无上的荣誉。袁崇焕连续升官，直线上升，达到了其军旅生涯的顶点。袁崇焕走马上任，坐镇辽西，接连打了几个胜仗，皇太极再也不敢取道宁锦以入山海关。这个时候崇祯可以说是很喜欢袁崇焕的，并根据其在宁远站场上的突出表现，认为袁不仅是明朝抵抗后金的救火队员，而且还是明朝的顶梁柱，大明帝国离不开袁崇焕。

袁崇焕是一个优秀的战术实施者，一个坚定的战斗执行者，但他并不是一个卓越的战略制定者，而且不能说他是一个能正确认识自己的人。袁崇焕满腔热血，信心百倍，说："五年，全辽可复。"很多时候，他的决策不明晰，甚至直到事情逼到头上，他才往前冲。在人际关系方面，他也不善于协调，也不会与人处关系，也许没有自知之明。

三年后，皇太极绕开袁崇焕重兵驻扎的防区，由喜峰口突破长城，准备从蓟门入北京城。此间，袁崇焕曾推荐过人担任蓟州防守，但朝廷没有理睬并相互推诿。皇太极率兵十万，以蒙古兵为前导，攻陷了遵化。等袁崇焕到达蓟州后，皇太极没料到在此与袁遭遇。袁的进兵速度太快了，皇太极于是改变策略，急忙越过蓟州向通州退兵，并渡北运河，直逼北京。

袁崇焕这个时候战略上有失偏颇。他带着自己的铁骑，跟在皇太极后面跑进了关，一路都没有布置阻击，丢掉了三河、香河、顺义等北京近郊县，直接跑到广渠门前，才和皇太极对上阵。这个时候，史书上说，两个被皇太极抓住的太监逃回宫里，向崇祯帝报告："皇太极的军队之所以能成功入关直逼京师，是袁崇焕放纵所致，后来皇太极主动撤回关内，也是与袁崇焕密谋的欲擒故纵之计。皇太极来了时，袁崇焕又不乘胜追击，反而按兵不动，勤王兵赶到后反而又被他驱散"。舆论传到崇祯耳里。当时高官贵族大多在城外设置有家产，遭受皇太极洗劫，心中产生了怨恨，自然会在崇祯面前说袁崇焕的坏话，而且平时袁崇焕又不与这些高官贵族拉关系。试问一下，以皇太极的精明程度，就是抓住太监，怎么会让其轻易逃跑，而且跑到崇祯面前汇报？这就是历史上著名的反间计。

袁崇焕风雨兼程自山海关外赶回增援，护驾勤王。袁崇焕率领的五千骑士，两天两夜急行军，比皇太极早到北京三日。他直奔皇太极督战主攻的广渠门，与数倍于己的八旗军展开决斗。这一场刀枪交错的近距离混战，整整持续了一个白昼。袁崇焕身先士卒冲锋陷阵，又穷追皇太极而不舍，并追到了运河。此时，两路勤王兵赶到。他却未把他们留下守卫北京，而是把一路派去昌平保卫皇陵，让一路退至三河截断皇太极后路。他自己的主力到后，才开始实施合围计划。可以说，广渠门大捷，完全是凭勇气取胜的。另两处战场德胜门与永定门，八旗军同样兵败如山倒。袁崇焕要求让士兵入城休养，但崇祯没有同意。崇祯认为袁就是奸细，那就逮捕袁崇焕吧。

袁崇焕被捕8个月后，崇祯命厂卫严审，但查来查去，即使各种刑罚手段用尽，袁崇焕一直矢口不认其罪。东厂人拿他也没有办法，只好上报皇帝定夺。崇祯罗列了袁崇焕通敌的多条罪状,最后把袁崇焕押上刑场凌迟处死了。袁崇焕的罪状是对外公布的,当时京城里的百姓人人自危,就怕后金军打进来。一听说抓到罪魁祸首袁崇焕了,京城老百姓全出动了,有钱的人出高价从刽子手那儿买袁崇焕的肉。

我想袁崇焕的心灵肯定比肉体还要痛苦,晃动在他眼前的是一张张愤怒的面孔。袁崇焕被剐了3543刀,这个纪录,后来再无人能打破。当时约有万人抢到了袁崇焕之肉而生食之,并以此炫耀为能事。据说,崇祯后来至法场时,袁崇焕已气绝,骨肉无存,只余头颅。崇祯命将其首传视九边(长城上的九个边防关口),以此震慑边将,以儆效尤。后来,袁崇焕诸多能征惯战的部将两极分化,少数人未降清而坚持效忠明室,但大多数选择了投靠满清。但是在辽远军中,无论降清与否,没有人愿意相信他们爱戴的主帅——袁崇焕是奸细。

故事发展到今天更为感人。前几年,有相关报道:在袁崇焕未降清的部将中,有一位佘姓亲兵,冒着生命危险,趁天黑将其残尸(实际上只剩一副骨架子),从西四牌楼背回自家的院落,加以掩埋。忠实的亲兵一如既往地守护着袁崇焕。他临死前又把这项任务托付给子孙:永远给袁将军守灵!佘姓亲兵的后裔们,既遵循祖先的遗训,更是出于对英雄的敬仰,一直不曾搬家、不敢卖掉祖传的私宅。三百多年过去了,守墓人已传至第十七代了。

电视台采访了第十七代守墓人——一位叫佘树芝的老太太。她说这些年来,经常有知情者慕名前来敲她家的院门,给袁将军上坟。她总是热情招待,引领来宾去后院祭奠那位著名的死者。由于袁崇焕之墓、祠已被列为供游客参观的文物保护单位,守墓人家族将移迁新居。佘树芝老人在墓前鞠躬、痛哭,跟祖祖辈辈生死相守的袁将军告别。

五

作为一个心理正常的人,袁崇焕要想通敌卖国,我想他就应该打开城门,在山海关让皇太极入关,以最快的时间和最小代价打到北京,但事实不是这样。可为何崇祯对袁崇焕下了这么大的黑手?总体上说应该是希望大失望也大。皇太极军队打到北京城,老百姓都看到了,他没有守住。而且,崇祯认为袁崇焕说话的口气很大,又不听他的命令,一系列的事件引起他的疑心。

历史毕竟已经成为历史,争议是历史的通病,如何依据有限的史料将几百年前的历史事实还原到读者面前,这需要极高的推断剖析能力和敏锐而深邃的洞察力。

袁崇焕到底是不是卖国贼呢?

第一,一个人要通敌卖国为什么?为名声吗?明显不是。为私利吗?众所周知,崇祯当初是非常信任袁崇焕的,曾将大把大把的银子给他,而崇祯衣服上都有补丁。在这种情况下,袁崇焕去勾结一个比自己穷得多的敌人,就是敌人给他钱,肯定也没崇祯给的多。

第二,难道是打不过后金?也不是。宁远是锦州和关内联系的核心,后金占据了这个核心,大明就将永远失去辽东。当时大明的战略战术都很明晰,章法也得当,与后金实力也相当。袁对后金的军事实力很了解,自己手里又掌握明军的精锐。他之所以不去野战只守城,只是为了保存实力,以逸待劳。野战也不是当时他的主流战术,拿鸡蛋去碰石头,岂有不失败之理?

第三,难道是谋反乎?若真有机会谋反,他带兵跑去首都的时候应该是绝佳机会。帮凶也有,就在城外。只要两家合力攻城,试想一下北京能保住?

第一个争议是妄言欺君。"五年平乱",袁崇焕曾说过大话。在皇太极攻打北京城时,几天内,他都无作为,而是跟着皇太极跑。他想利用北京城,与后金抗衡。可是,这是北京,天子脚下,而不是宁远。他不能牺牲北京的利益。他的想法应该很简单,就是后金擅长野战,而他擅长守城。他想把自己的想法强加到崇祯身上。"五年平辽"这种话,我个人觉得崇祯皇帝不可能当真,袁崇焕自己都没有当真,因为他一回辽东马上坚持主张和后金议和。

第二个争议是卖粮资敌。当时后金畜牧业发达，农业不发达。后金和蒙古双方关系很好，把粮食卖给蒙古，可以换战马。但是袁崇焕的感觉是：蒙古和后金关系没这么铁，他不去想办法离间后金和蒙古的关系，而是帮了倒忙。结果，事与愿违，蒙古把粮食分给了后金，后金才有机会借道蒙古到北京城下。

第三个争议是私自议和。袁崇焕和后金打着打着，就要和对方谈和。双方都在等待机会。袁崇焕对后金的势力比较忌惮。我想这应该是他的一个策略。表面上他想求和，实际在充实自己的力量，想找一个必胜的机会。

第四个争议是擅杀大将。当时平壤一带是后金的后院，毛文龙开创了一个军事重镇——东江镇。据说袁崇焕认为毛文龙是一个悖逆之徒不堪再用，于是决定杀毛文龙以保全东江。他没有得到崇祯皇帝的指示，就先杀掉了毛。毛一死，后果非常严重。毛文龙军队群龙无首，陆续叛变，投靠后金。东江镇一乱，后金就没有后顾之忧了。这样，皇太极才有机会带兵绕道山海关，直接攻打北京。

六

一百多年后，戏剧性的一幕发生。乾隆皇帝再度翻开明史，感慨袁崇焕报国之忠、功业之伟、身世之悲，遂公开此间内幕。世人方知崇焕乃明朝真英雄也。乾隆皇帝作为太平之君，一是赞扬皇太极。二是考虑到目前太平盛世，不需要崇祯了，就把崇祯拿下。可皇太极那时因为政治需要，是把崇祯当兄弟的，入关就是为了这位仁兄报仇。这等于给夺取天下一个正当理由吧。此时乾隆推崇袁崇焕，吹捧袁崇焕，把他说成大明王朝的救世主、千古伟人。而如此伟人却被崇祯皇帝杀了，这样崇祯就自然和杀害岳飞的宋高宗成了一类人。乾隆亲自主持了袁崇焕的"平反"，找出袁崇焕的骸骨，为其举行了隆重的安葬仪式，还为他建立了纪念馆，并寻访袁的后人予以加官晋爵。袁崇焕又被清朝神化了。袁崇焕被他挚爱的大明千刀万剐，最后竟然是他的敌人出面为他平反昭雪。

　　1643年，李闯王攻入北京，崇祯急命袁崇焕手下的大将吴三桂入京勤王。吴三桂却坐拥八万关宁军，按兵不动，只等明朝灭亡。李自成攻入北京的时候，崇祯帝撞钟，文武百官无一觐见，而唯一一个陪在崇祯帝身边的人是个太监。

　　可悲可叹！世间再无袁崇焕。

　　一个蛮荒之地的苦读书生，福建的小县令，京城的小小主事，孤城宁远的守将，威震天下的蓟辽督师，逮捕入狱的将领，背负冤屈死去的冤魂。何时谜团能够解开？

　　有一种坚持叫作失败。

2016年9月22日

笨鸟可以先飞

一

在这个世界上,我们承认有天才,但我感觉天才毕竟是少数,可以说,生活在现实空间的人多是资质平常甚至平庸之辈。

在中国历史上,能铸成盖世巨功,曾国藩可谓翘楚者!他是晚清著名政治家、战略家、理学家、文学家,湘军的创立者和统帅。

这个人无论相貌还是气质,都无出色之处。一张大众脸、三角眼,眼皮永远耷拉着,一副苦相!若是你看过他的家书或是别人写的他的传记,你会发现,这个人始终有一种默默的力量。这种力量就是单纯地做好自己,而且是一根筋,是一种不顾一切地坚持并努力的力量。

二

查找他的祖先档案,曾国藩家世较为贫寒,祖孙三代皆无功名。有学者认为,他从农民家庭走出来,其家族数百年未出一个读书的。当然也有人说曾国藩是春秋战国时代曾子的七十世孙,也许是看其成名硬要给他脸上贴金。

曾国藩和很多孩子一样，并非天资聪颖，其智力甚至可以说是中下水平。曾国藩笨，清史都有记载，举世皆知。曾国藩与同时代的巨人比起来也确实差了一大截，小他1岁的左宗棠14岁参加县试，名列第一；他一手提拔上来的弟子——李鸿章也是17岁中秀才。

有一则小偷和曾国藩的故事流传甚广，让你啼笑皆非。说是曾国藩夜里背书，有一个小偷到曾国藩家里偷东西，结果发现曾国藩一篇课文背了一个晚上，还是结结巴巴；小偷见无从下手，就从梁上跳下来，非常流利地把课文背了一遍，扬长而去。

但你要往下看，故事没有在这里终结。一个小小少年，因为一篇文章背不下来，居然没有选择休息，而是彻夜背诵，正是这种坚持成就了他。曾国藩自幼读书就用笨功夫，不读懂上一句，绝不读下一句。

曾国藩的父亲曾麟书似乎比他更差。曾麟书一生考了17次秀才，一直到43岁才中秀才。这需要多大的勇气和坚持？这样的父亲不可能是名师吧，充其量是一位笨老爸。父亲的这种人生态度影响了曾国藩。他从14岁参加县试，前后考了7次。23岁的曾国藩在第七次秀才考试中入围，名列倒数第二。

父亲和儿子的教和读没有任何高招，就只是苦教苦读。在父亲的严格管教下，曾国藩的勤奋令人生畏。自认字开始，他常在睡梦中被父亲叫醒背诵四书五经，一遍不成就十遍，十遍不成就百遍，百遍不成就千遍，直到背诵下来为止。

他曾经自己制作闹铃。他在床边放个铜盆，铜盆上用一根绳拴了个秤砣，把燃着的香用绳子系在拴着秤砣的绳上。十字交叉在这里，香在那里点燃，当燃到这根绳子的时候，把绳子燃断——于是，他就这样被叫醒，黎明即起，开始读书。

虽然后来父亲觉得不能耽误儿子前途，也请了当地所谓有名的师长教其读书，但那时的曾国藩是没有独立思考能力的，也没有个人的突出性格。他独立思考的能力，应该是在社会实践中逐步获得的，并且不断优化。

他少年时，志趣平常又简单，他的志向就是青史留名。既然天资不济，将来就要一步一个脚印，踏实地去做，不投机不取巧不走捷径。一则戒烟的故事就可见其毅力。他考秀才的时候，总是考不上，心情烦闷，学会了抽水烟。这种烟劲道十足，他烟瘾很大，甚至有时在寓所片刻不离。但长期的抽烟会使人口干舌燥，引发疾病，全都是坏处，没一点好处。于是他开始戒烟，但第一次没成功。他把水烟袋踩了个稀烂，第一天感觉难受，第二天更难受，第三天忍不住，去买了水烟袋。又抽了十几日后，他每日都昏昏欲睡，精神萎靡，于是他再次发誓戒烟。这一次，他没有食言，支撑了下来，生不如死他熬了20多天，终于成功，从此与烟断绝了关系。

三

中秀才之后，曾国藩算是吉星高照，第二年的乡试又中了举人。为了迎接会试，曾国藩离开家乡到天下闻名的岳麓书院继续深造。当时的院长欧阳坦斋是个务实的人，主张学问和做事一样，和曾国藩的想法相似，而且曾又刻苦努力，也符合院长对学生的基本要求。于是乎，院长很是关照曾国藩。

接下来，他从湖南千里迢迢到北京参加会试，连续两年落榜。这两年他在京城，若是遇到喜欢的书籍，就是典当衣物，他也想办法买到。到了第三次会试，他带上老爹借来的32串钱北上，一路上省吃俭用。结果到了北京，他身上只剩下3串钱，就在"长沙会馆"闭门读书，一天只吃一顿饭。这次的会试结果算是不错，他名次虽然很靠后，被列为三等四十二名，赐同进士出身。这一年，他28岁。

当了翰林后，为了见上军机大臣穆彰阿一面，他天天写诗文呈送。他把自认为是比较脱俗的文章，找关系送给穆彰阿，可是一连被拒了13次。有志者事竟成，最后他硬是把穆彰阿给感动了。他使用笨的招数接近掌管清帝国人才储备库——翰林院的穆彰阿，而穆深得道光皇帝欢心。相貌平平的人永远给人老实巴交的感觉，这种感觉真好，能让人信任而且是立即信任。穆彰阿越看越喜欢曾国藩。

曾国藩参加的会试、殿试、翰林院竞争考试，穆都是考官，曾国藩获利不少。曾国藩最终获得翰林院检讨的职务。穆老师一直是他的靠山。在此期间，物资生活的惨淡，激发了他对精神生活的追求，他开始学习和研究朱子理学。

曾国藩经历道光、咸丰和同治三朝，道光是个平平的皇帝，咸丰和同治则昏庸。道光时代，曾国藩在京城做官十年，基本在读书和学习。他在朱子理学方面下了功夫，拜访名师，刻苦学习。十年间，他虽然也为国为民，但没有建树，官却升了七级。他做过礼部、兵部、工部、刑部、吏部侍郎，他还非常得意。他在京城中塑造了为人正派、谦虚有礼的普遍声望。他自己说："在京颇著清望。"

在翰林院的十年磨炼中，因为考虑到当时道光性情，他几无一折言事。那个时候，官员不敢陈奏时政，不敢批评皇帝，他也是如此。等到了咸丰初登皇帝位后，他确实显示出年轻有为的作风，想振作一番。咸丰执政初期时，表现出改革的愿望和做治国明君的态度。然而，咸丰上台后就爆发了金田起义，太平军如火如荼发展，短短几个月，接连打败几任钦差大臣；就连咸丰的舅舅——首席军机大臣担任前线总指挥，仍接连吃败仗。

太平天国农民起义发生的时候，曾国藩40岁。曾国藩傲气高涨，直接上奏折给咸丰提意见，揭其短处，不留情面。咸丰受不了，欲加其罪。但曾的运气好，周围有大学士求情，还给咸丰上课。最后，曾得到了嘉许和赏识。中央六部，曾国藩同时兼任五部，在清朝历史上实属罕见。

四

1837年初，广州府试中再次落榜后，24岁的洪秀全大病一场，四十多天高烧不止。昏迷中的洪秀全，经常高呼"杀妖，杀妖"。围坐在旁的家人大为惊恐,他们以为洪秀全被鬼缠身,即将离开人世。但奇怪的是,洪秀全不久即恢复了健康。他仍像往常那样拾起儒家课本,准备再次应考。不幸的是,洪秀全在之后的7年中越考越差,最后不得不彻底放弃,改以教书谋生。

洪秀全创造了自己的理论,声称自己的理论来源于基督教。洪秀全和最早加入拜上帝教的几个领导者把目光放在了当时受灾和剥削比较严重的广西,发动了金田农民起义。广西地处偏远,土壤贫瘠,少数民族较多,受封建思想束缚比较轻,容易接受拜上帝教,也最痛恨吃不饱肚子的生活。他提出的基本思想符合老百姓的生存需求。太平军所向披靡,因为宣传的是人人平等,互称兄弟姐妹,在作战过程中能够相互照应,作战顺利。此时大清的八旗和绿营兵,懒散颓废,胆小消沉,根本不能打仗,其将领也多是平庸无能之辈,而且玩忽职守者众多。太平军实力越来越强,越战越勇。

等到了洪秀全占领南京后,骄傲之气逐渐滋生,便忙于建筑"龙庭",忙于选秀女入宫。这些举动一点不比清朝皇帝"落后"。太平天国等级森严,特权现象极为严重。虽说"人人平等",但在圣库制度下,高层们比其他人更"平等"一些。他们的生活荒淫奢侈,确实"无处不饱暖",但下面会众却是一无所有,过着集体供应的生活。太平天国内部相互残杀,而且腐败透顶。

五

乱世将曾国藩推向风口浪尖。咸丰二年(1852),曾国藩被授为江西省乡试正考官。当他行至安徽太湖县小池驿时,接到母亲去世噩耗,遂调转方向,由九江登船,急奔原籍奔丧。这次回籍,完全改变了他的一生,也就是由业绩平庸的文官成为拯救清廷的中兴名臣。

此时,清廷几无能战之兵,粮饷都成问题。义军所到之处,绿营军望风逃窜。于是,咸丰下令各地方官举办团练,对抗太平军,同时自保。

根据当时湖南的实际情况，咸丰下旨让曾国藩练正规军，使他在湖南合法招兵买马。他的选兵条件：不要衙门当差的滑吏，不要集镇码头上的生意人，最好是山村朴实的农夫，要求忠诚、质朴、身体强壮、无恶习，还重视训练，绝对不许有偷盗、抢劫、赌博、奸淫、吸鸦片等恶习。他开始了团办生涯。

44岁时，曾国藩穿着母亲的丧服，登上点将台，誓师。他知道，此时太平军已经在长沙郊区，自己再不出师，太平军必然打上门来。于是开始了他与太平军的作战生涯。其讨伐檄文充满了高度智慧，思想上独树一帜，很有魅力：

第一，根据太平军的组成，曾国藩巧妙地把他们分成"匪"（太平军的发起人）和"被胁迫者"（后加入者）两个群体，认为作乱的源头是"匪"，是重点打击的对象。这就从内部瓦解了太平军。

第二，针对太平军提出的"没收地主土地，平分给无地和少地的贫困农民"，曾国藩突出太平军是一切地主阶级的敌人，这样能团结全国各地地主阶级共同对付太平军。

第三，针对"天下男子皆为兄弟，女子皆为姐妹，军民上下皆以兄弟姐妹相称"，曾国藩说，不让人们称自己的父母为父母，这是对传统伦理的践踏。

第四，针对太平天国反对孔孟、独尊上帝的做法，曾国藩认为中华子民千百年以来都以孔孟为圣人，太平军打破偶像实在是自寻死路。

六

曾国藩早期以道义号召众人与他一起抵挡太平军，但在实践过程中，逐步又对有功的下大力奖赏，特别是担任钦差大臣、两江总督后，经常利用机会保荐幕僚当官，导致其幕府大盛，人才济济。他注重针对不同人的不同需求，采取武将给钱、文人给名的措施激发他们的积极性。他还强调做人固然要品行端正，但做事却要灵活变通。

湘军很注重政治思想教育。曾国藩把理学种种规定巧妙地融入军队中，要他们守纪律，不扰民，唤醒内心的良知，号召湘军为国贡献力量，消灭长毛匪，让天理正常循环，让人心归于平静。

起兵第二年打败仗，他回头整顿水师，以鄱阳湖为根据地，"日日操练，夜夜防守"，"不敢片刻疏懈"。他在战争中学习战争，吃一堑，长一智，败不馁，胜不骄，愈打愈顽强，一路攻下去。他不时巡弋长江，隔断武汉南京两处的太平军，使之首尾不得相应。湘军善于防守，不是进攻，擅长防守之后的反冲锋。曾国藩立下规矩，无论战役规模多大，指挥官必须谋定而后战，切不可蛮打蛮拼，徒伤士兵。从此，湘军打仗，从不主动，纵然是胜券在握，也不主动进攻。每次和太平军对垒列阵后，湘军先是按兵不动，诱惑太平军来攻，使其三番五次进攻，消耗气力后，抓住机会，发动全线反攻，往往一战而胜。

十几年、千百战、数百城的争夺，血与火的对攻。武昌、九江、安庆、南京等城的战役，都是几年的围攻战，无法取巧，一次次失败，一步步攻坚，最终取得了胜利。曾国藩很辛苦、很笨拙，自杀和准备自杀就有好几次。他做事踏实。正是因为他日复一日地结硬寨、打呆仗，被逼到绝境也绝不松劲，最终硬是熬死了不可一世的太平天国。

两军对抗时他是具体指挥者，多兵团战斗时他是总指挥官。他从事的事业是非常艰难的，前进的道路上每一步都会遇到障碍。要想成就事业，他不仅要打败太平天国，还要和自己人进行顽强的斗争。而要想战胜自己人中的那些反对派，他就必须打败太平军。

安庆是通往南京的水陆门户，若是攻克安庆，则可为攻打南京建立必要的基础准备。曾国藩打安庆时，面对的敌人都是几万人。洪秀全起义队伍有个最大的毛病，就是各顾各的，不怎么配合。三河镇一仗，陈玉成和李秀成两军配合作战，一仗把湘军的七千精锐打个精光。

攻克安庆时，太平军本可以联合作战，却没有实施。安庆是陈玉成老家，他死守。但此人有野心，想把安徽搞成独立王国，对攻取武昌不感兴趣。后来，安庆失手，他向大西北逃走，宁投敌也不再回南京。

陈、李配合失败后，曾国藩认为已经无后顾之忧，便大举对安庆发起进攻。曾国藩备好精兵良将，围城一年多。战斗何等壮烈。完全投降不再抵抗者两万余人先后被杀，满城百姓多数被杀。曾国藩认为这是职业，和孔孟之道相违背。

曾国藩统兵十年，他所负责的是仅仅是长江上游一带的叛乱。但他深谋远虑，不急功近利，采取脚踏实地、步步为营的策略，他注重协调各种关系，和左宗棠、李鸿章等人合力解决江苏、安徽、浙江一带的问题。战局开始有了转机。

七

曾国藩做事看起来慢，其实却是最快。因为这是扎扎实实的死功夫，不留隐患，日积月累，便无人可以超越。曾国藩做任何事都不投机取巧，打仗更是将这种"尚拙"的哲学发挥到了极致。也深谙"天下之至拙，能胜天下之至巧"的道理，不走捷径、扎实彻底、一步一个脚印，坚定不移地走下去，最终超越了同时代的所有聪明人。曾国藩打仗从没有用过锦囊妙计，而是信奉"结硬寨，打呆仗"，日日不断地垒墙挖沟、筹备火炮，绝不主动出击，直到把太平军困得人心惶惶、士气全无，再慢慢攻城，最终用四场胜仗彻底解决了太平天国这个大患。

曾国藩做事有恒心。他给弟弟写过一封信，大意是：人做一件事，就要全神贯注去做，自始至终不松懈。人没有恒心，一生都不会有成就。我生平就犯了没有恒心的毛病，实在受害不小。当翰林时，我本应该留心做诗写字，却喜欢涉猎其他书籍，分散心志。我读性理方面的书时，又杂以各种诗文集，使学习的路子产生歧异。在六部做官时，我又不太用实劲去办好公事。在外带兵时，我又不能竭力专心治理军事，常常因为读书写字乱了意志。这样，人虽已经垂垂老矣，却百事无一成功；就是治理水军这件事，也是掘井九仞而不及泉。弟弟你应当以我为鉴戒。

曾国藩率领湘军攻克南京、平定了太平天国之后，收到了不计其数的信件。这都是全国各地的官吏写来的,内容都是给曾国藩唱赞歌的,夸赞他如何"功高日月、德被神州"等等。按理说,曾国藩应该一一回信,向给自己写信的官吏们表达感谢,借此与各级官吏联络感情。然而,这些信,他一封都没回复。对于写信的人,他一个都没感谢。每次收到信后,他都交给幕僚,特意吩咐他们,一定要装订成册。后来,信积累到很多的时候,他就命人把装订成册的信全部拿来,用笔在上面写了四个大字:迷汤大全。原来,曾国藩虽然取得了那么大的胜利,但他是个很清醒的人,之所以不回复那些信,他是在提醒自己:切不可因为人家的阿谀奉承而迷失自己,要时刻保持清醒的头脑,戒骄戒躁,不可被胜利冲昏了头!

曾国藩说:"谋大事者首重格局。"镇压完太平天国后,曾国藩手握兵权,当朝皇帝和慈禧很焦虑。曾战功显赫,拥兵自重,威胁皇权。朝廷于是派八旗军队在长江中下游重兵驻防。于是,曾国藩解散了湘军,解除了朝廷的疑虑。

八

曾国藩在人间度过 61 个年头后,抱着无限感慨离开人间。

曾国藩体孔孟思想,用禹墨精神,操儒学以办实事,玩《庄子》以寄闲情,由封建文化培养见识,从传统道德汲取力量。他三十七岁跳升内阁学士,该享受绿呢车了,仍坐蓝呢车;补礼部侍郎缺,仍坐蓝不换,其慎可知。他军务虽忙,"凡奏折、书信、批禀,均须亲手为之","每日仍看书数十页",其勤可知。两江总督卸任,工资尚结余二万两银,其俭可知。遗嘱不许出版文集,其谦可知。

曾国藩 14 岁的时候,父亲好友欧阳凝祉是个多年考不中举人的廪生,是个资历很老的老秀才,就看中了曾国藩,喜欢其诗文和那股子拼劲,就跟曾家定为儿女亲家。曾国藩只有欧阳氏一妻,相守终生。妻子一直在湖南老家。曾国藩 50 岁时,才有彭玉麟等为之介绍妾,只有几年妾就病死了。此后他一直未纳妾。

他在翰林院读理学原著，静思其中奥理，又结合理论检讨自己的思想，让自己的思想道德升华。他一生努力于德行，向圣人的最高标准步步前行，不断努力，一丝不苟，不断写日记，以真诚的态度、真挚的语言教育家人和弟子，把儒家学说逐条实践化，把理论变成修身、齐家、交友、处世、治军、为政的实际行动。

太平天国起义给他带来从军的机会，成为有影响的中兴名臣。他镇压起义救了清王朝，在那个时代无人匹敌。出了大名以后，他那些细碎的说教随之出名，他成为理学大师和半个圣人。若没有镇压起义的军事造就声威，他之后的人生之路也就默默无闻，历史上也不会给他留有一席之地，那些修身和教子的细碎说教也将苍白无力、纸上谈兵。

曾国藩学习儒家学说，也只在学懂和继承，在他从事的事业中得到应用，但很少有创见。因此，在儒学成就方面，他只能算"半个圣人"，在学问创新上比不上王阳明，但在实践方面却又略胜一筹。再从两个人组织的战争分析，王阳明面临的是明朝中叶的局部战争，可以毕其功于一役；而曾国藩面对的是全国战争，面对的是强大的太平天国，只能稳扎稳打，抗衡了十年之多，异常艰苦。

可以说，曾国藩并不是天资好的人，然而他的成功靠的是后天努力。这证明了一句话，那就是"笨鸟可以先飞"。他不断在我国的传统文化中拼命地吸取养分，但受天赋所限，他单一地以"诚"为根基，艰难踽蹒，终于获取了无人可比的事业。他努力的指导思想和动力源泉正是中国传统文化中儒家的精髓，他能不断地修正自己，齐家治国平天下，并勇于开展批评和自我批评，审时度势，灵活变通，一个资质平庸的人最终锻炼成为圣人，而且有血有肉，笑傲江湖。

修身可学曾国藩。

2016年6月28日

美丽的心灵

一

　　博弈从来不是攻其强,而是等待对方犯错。博弈论原是数学运筹学中的一个支系,是用来处理博弈各方参与者最理想的决策和行为均衡的学科。在博弈中,可帮助每个参与者在特定条件下争取最大利益或是具有理性的竞赛者找到他们应采用的最佳策略。

　　著名的经济学家保罗·萨缪尔森说:"要想在现代社会做一个有文化的人,你必须对博弈论有一个大致了解。"

　　说到博弈论,很多人都知道这样一个故事。这故事是关于大学谈恋爱的秘诀。但我总觉这里有调侃的味道。故事中问:若你是男生,你看中一位漂亮女生,你想去追求她,但怎么追?最大的成功率在哪?纳什给了你一个博弈的回答,大概意思是说:先不要去追她,你可以先去追求比她容貌差些的女生。这样你就会引起你心目中的那位女生的关注。她会觉得:咦,这人怎么会追求比我差的女生哩?她也许便会放下高傲的姿态,去揣摩你。最后,你便更有机会追你的目标哦。

　　有人的地方就有竞争,有竞争的地方就有博弈。博弈是智慧的较量,互为攻守又相互制约。博弈论中的基本方法和策略在日常工作中和生活中的应用很有用，用博弈论可以指导生活，可以让人们懂得如何应对这个纷繁多变的世界。博弈论可以促进人类思维的发展，促进人们相互了解，可以改变生活，赢得更好的结局。

2015年5月23日，约翰·纳什遇车祸在美国新泽西州逝世，终年86岁。他82岁的夫人艾丽西亚也在车祸中去世。这一则消息震惊了我。

《美丽心灵》是由娜莎于1998年写的一本畅销书，2001年，被拍成同名电影。电影获得了最佳影片等四项奥斯卡奖。约翰·纳什是著名经济学家，是博弈论创始人，也是电影《美丽心灵》男主角原型。他是麻省理工学院前助教，后任普林斯顿大学数学系教授，主要研究博弈论、微分几何学和偏微分方程。由于他与另外两位数学家在非合作博弈的均衡分析理论方面做出了开创性的贡献，对博弈论和经济学产生了重大影响，他们共同获得1994年的诺贝尔经济学奖。

书都是人写的，有人就会有主观。我读这本书，感觉到了客观，没有虚夸，也没有刻意掩饰什么。

2003年在"非典"流行期间，我们哪都不敢去，只能待在学校里，连上十几层的楼，都要步行，不敢坐电梯。我的一位同学推荐我看这本书还有同名电影，他常常与我说："普林斯顿的幽灵，纳什，博弈论。"我在西南交通大学图书馆偶然间借到了这本书。图书馆前立有茅以升的头像，借完书后，我还偷看了一下茅以升。此书一下子给我带到了纳什的内心世界和传奇故事，大师的奇特经历和天才故事让我震惊。这本书是我在成都攻读硕士期间对我影响最大的一本书，是我在"非典"时期感到最温暖的一段回忆。

二

纳什的故事分为三幕：天才、疯狂、再度觉醒。

1928年6月13日，约翰·纳什出生在美国西弗吉尼亚州工业城市鲁菲尔德的一个中产阶级家庭。纳什从小就显得内向而孤僻。他生长在一个充满温暖亲情的家庭中，幼年大部分时间是在母亲、外祖父母、姨妈和亲戚家的孩子们的陪伴下度过，但比起和其他孩子结伴玩耍，他总是偏爱一个人埋头看书或躲在一边玩自己的玩具。

在学校里，小纳什的年少无知和社交障碍远比他拥有的任何特殊智力更加明显。他的握笔姿势就像拿着一根棍子，字体歪歪扭扭，有时还用左手写字。鉴于纳什的社交障碍、特立独行、不良的学习习惯等，他的老师认为他是一个学习成绩低于智力测验合格水平的学生。他四年级的成绩报告显示他数学和音乐成绩最糟糕。老师评语指出他需要"加倍学习，改变学习习惯，遵守规章制度"。这些问题令纳什的父母忧虑，他们曾经想过很多办法，但收效甚微。

小纳什虽然并没有表现出神童的特质，却是一个聪明、好奇的孩子，他热爱阅读和学习。纳什的母亲和他关系亲密，或许出于教师的职业天性，她对纳什的教育格外关心。早在纳什进入幼儿园前，她就开始亲自教育、辅导他。而纳什的父亲则喜欢和孩子们分享自己在科学技术上面的兴趣，能够耐心地回答纳什提出的各种自然和技术的问题，并且给了他很多的科普书籍。少年时期的纳什特别热衷于做电学和化学的实验，也爱在其他孩子面前表演。

在数学上，纳什非常规的解题方法就备受老师批评，然而纳什的母亲对纳什充满信心，而后来的事实也证明，这种另辟蹊径恰恰是纳什数学才华的体现。这种才华在纳什小学四年级时便初现端倪。

他最好的朋友就是书本，他对自学总是乐此不疲。他最热衷的事情就是做实验。他笨手笨脚地修理收音机，电子器件胡乱摆放一地。他还做化学实验。小纳什不喜欢同龄孩子的游戏，也没有要好的朋友；可贵的是，父母知道他不同寻常，也知道他的聪明。

对于一个具备学术天才，却缺乏社交才能或体育兴趣，没能和同在一个城镇的同龄人融为一体的少年来说，他青少年时代并不轻松。在他高中阶段，当老师好不容易做出一个勉强、冗长的证明，他常常告诉大家，只要两三个绝妙的步骤就能解决问题。

而真正让纳什认识到数学之美的，恐怕要数他中学时期接触到的一本由贝尔所写的数学家传略《数学精英》。纳什成功证明了其中提到的和费马大定理有关的一个小问题。高中的最后一年，他接受父母的安排，在布鲁菲尔德专科学院选修了数学，但此时的纳什并未萌生成为数学家的念头。无聊慢慢发展为进攻性格，纳什渐渐会搞恶作剧，偶尔也会弄到不可收拾的地步。他用古怪的漫画描述他不喜欢的同学。他曾一度喜欢虐待动物。他贪婪读书，大部分是未来派的幻想小说、科普杂志和真正的科学著作。他可以在自己的头脑里解答很多问题，从来不用拿出笔或纸。

因为获得奖学金，他在1945年6月进入卡耐基梅隆大学，开始以化学工程为专业，后来才逐渐展示出数学才能。他在卡耐基工学院学工科的大学阶段，第一学期还没结束，他对工程学科的热情就消失殆尽，机械制图课的一个不愉快经历彻底打消了他原来的想法。他讨厌标准化。他开始抱怨物理化学，成绩也不佳，他反复和教授们争论，说这门课程缺乏数学的精确性的结果。

纳什喜欢具有高度普遍性的问题，努力将实物表达为某种有形的东西，试图将实物与他熟悉的东西联系起来，并总是想在真正尝试某样东西之前先感受一下。曾在运筹学研究中做出开创性工作的普林斯顿拓扑学家塔克前来讲学，给他留下了深刻印象。他也开始了这个领域的学习和领会。后来，他的大学期间的两位数学教授明显感觉到他在数学方面的天才，也极力向普林斯顿大学推荐，因为该校的数学系一直很强大。

1948年，大学三年级的纳什同时被哈佛大学、普林斯顿大学、芝加哥大学和密执安大学录取，而普林斯顿大学则表现得更加热情。当普林斯顿大学的数学系主任莱夫谢茨感到纳什的犹豫时，就立即写信敦促他选择普林斯顿，这促使纳什接受了一份1150美元的奖学金。

普林斯顿对待研究生的方式既有全面的自由，也有催促成果的沉重压力，这种结合最适合纳什这类有数学家气质和风格的人，可以为其创造最适合的气氛，有助于激发他的天才的第一次闪光。此时，数学正在兴起一场革命，人人都在谈论拓扑学、逻辑学和博弈论，不仅有讲座、非正式会谈、研讨会、课程，每星期在研究院还有爱因斯坦和冯·诺依曼偶尔出席的周会。

纳什看上去对一切有关数学的东西都很感兴趣。他显露出对拓扑学、代数几何、博弈论和逻辑学的兴趣。在他攻读研究生期间，谁也没看到他拿过一本书。实际上，他读书之少令人震惊。不读书的理由，他认为就是过度学习二手知识可能损害创造力和独创精神。他还老逃课，同学们根本想不起什么时候曾经和他一起上过一堂正规课程。有个代数拓扑学的课程，老师是这一领域的创建者，但纳什觉得这些东西对他来说显得过于形式化，不合他的口味，于是就再也不去上课了。纳什认为接收必需的信息主要方式，就是随身携带一本笔记本，在上面不停地给自己写纸条，留给自己小小的提示、想法、事实以及想做的事情。他的字迹几乎难以辨认。他把大部分时间都花在了思考上面，而且随时随地准备发现问题。

约翰·冯·诺依曼在1944年与普林斯顿大学经济学家奥斯卡·摩根士特恩合著《博弈论和经济行为》，通过阐释二人零和博弈论，正式奠定了现代博弈论的基础。1950年，22岁的纳什以"非合作博弈"为题的27页博士论文毕业。论文中他提出了一个重要概念，也就是后来被称为"纳什均衡"的博弈理论。他提出了一种博弈方法，参加者都根据其他人的最佳策略以决定自己的最佳对策，这就有可能各方皆赢。他将博弈论从零和扩展为非零和，这是他在应用数学方面的杰出贡献。

后来，他开始在麻省理工学院教书。他的教学和考试方法有悖于传统。纳什开始在纯数学里的拓扑流形和代数簇上做他原先在攻读博士期间曾经感兴趣的工作，同时教些本科生的课程。在研究领域里，纳什在代数簇理论、黎曼几何、抛物和椭圆型方程上取得了一些突破。他在精神病发作前，有很多研究成果没来得及发表。1958年他差点因为在抛物和椭圆型方程里的工作获得菲尔兹奖。

三

博弈论最早便是研究赌博和游戏的理论。纳什的主要研究是多人参与的非零和的博弈问题，这些问题在他之前没有人进行研究，或者说没有人能找到对于各方来说都合适的均衡点。纳什之前博弈论的研究范围仅限于二人零和博弈，也就是参与者只有两方，并且两人之间有胜有负，但总获利为零的博弈。两人零和博弈是游戏和赌博中最常见的模式，冯·诺依曼通过线性运算计算出每一方可以获取利益的最大值和最小值，也就是博弈中损失和盈利的范围。这比较符合一些人做事的思想，在抱最好的希望的同时，也做最坏的打算。

冯·诺依曼是谁？他被称为"计算机之父"，曾在二战期间担任美国原子弹制造顾问。他的特长就是能把一项复杂艰巨的工作，分成一件一件看起来非常简单的事情，从而有效地安排整个团队的工作，而每个分支做好了，看似困难重重的大工程，也就很快明朗起来。

二人零和博弈的研究虽然在当时非常先进和前卫，但是作为一个理论来说，它的覆盖面太小，这种博弈模式的局限性显而易见，只能研究有两人参与的博弈，而现实中的博弈常常是多方参与，并且现实情况错综复杂。博弈的结果不只是一方获利另一方损失这一种，也会出现双方都盈利，或者双方都没占到便宜的情况。这些情况都不在冯·诺依曼的研究范围内。

这一切随着"纳什均衡"的提出被打破了。1950年，纳什写出的论文《N人博弈中的均衡点》，其中便提出了"纳什均衡"的概念以及解法。当时，纳什带着自己的观点去见冯·诺依曼——这个博弈论的创始人，却遭到了冷遇。之前他还遭受过爱因斯坦的冷遇。但是这并不影响"纳什均衡"带给人们的轰动。这个均衡点是这个问题的关键，找不出这个均衡点，这个问题的研究便会变得没有意义，更谈不上对实践活动的指导作用。纳什的伟大之处便是提出了解决这个难题的办法，这个钥匙便是"纳什均衡"。他将博弈论的研究范围从小范围扩展到广阔天地中，为大多数的多人非零和博弈找到了意义。

纳什的论文就像惊雷一样震撼了人们。他将一种看似不可能的事情变成了现实，彻底改变了人们以往对竞争、市场以及博弈论的看法，让人们明白了市场竞争中的均衡同博弈均衡的关系。

"纳什均衡"奠定了非合作博弈论发展的基础，此后博弈论的发展主要便是沿着这条线进行。此后很长一段时间内，博弈论领域的主要成就都是对"纳什均衡"的解读或者延伸。

不仅在非合作博弈领域，在合作领域纳什也有突出的贡献。合作型模型是冯·诺依曼在《博弈论与经济模型》一书中建立起来的。非合作型博弈的关键是如何争取最大利益，而合作型博弈的关键是如何分配利益，其中分配利益过程中的相互协商是非常重要的，也就是双方之间你来我往的"讨价还价"。但是冯·诺依曼并没有找到这个问题的解法。纳什对这个问题进行了研究，提出了"讨价还价"问题的解法。他还进一步扩大范围，将合作型博弈看作是某种意义上的非合作性博弈，因为利益分配中的讨价还价问题归根结底还是为自己争取最大利益。

四

当时的纳什"就像天神一样英俊"，1.85米高的个子，体重接近77公斤，还有着英国贵族的英俊容貌。在麻省理工学院的日子里，他在一家医院做一个腿上小手术时遇到了埃莉诺·斯蒂尔，并在1953年他25岁时与她有了一个私生子。

1955年，一个美丽优雅的女子艾里西亚，深深被纳什的才华折服。她曾是麻省理工学院物理系同一年级仅有的两名女生。艾里西亚一心想成为居里夫人那样的科学家，很崇拜纳什。经过一番心计，她终于赢得了他的倾心。但艾里西亚和埃莉诺·斯蒂尔见面之后，她并不吃惊。男人可能有情妇，她们甚至有了他们的孩子，但是他只会与门当户对的女子结婚。她对此相当自信。当她发现对方是一个实习护士,已经30岁了,与纳什的感情纠葛已经持续了差不多五年时间,她就此得出结论,认为这种关系不可能有什么前途。

1956年的一个晚上,埃莉诺·斯蒂尔来看纳什,发现了艾里西亚后很是恼火,并将情况告诉了纳什的父亲。他父亲鉴于那个私生子的考虑,督促纳什与埃莉诺·斯蒂尔结婚。但他的朋友们大都极力反对,说埃莉诺·斯蒂尔与他悬殊太大。而这个时候,他父亲又去世了。

1957年,他和艾里西亚结婚了。之后漫长的岁月证明,这也许正是纳什一生中比获得诺贝尔奖更重要的事。

就在事业爱情双双得意的时候,纳什还是因为喜欢独来独往、喜欢解决折磨人的数学问题而被人们称为"孤独的天才"。他不是一个善于为人处世并受大多数人欢迎的人,他有着天才们常有的骄傲、自我的毛病。他的同辈人基本认为他不可理喻,说他"孤僻、傲慢、无情、幽灵、古怪,沉醉于自己的隐秘世界,根本不能理解别人操心的世俗事务"。

1958年的纳什好像脱胎换骨,精神失常的症状显露出来了。他一身婴儿打扮,出现在新年晚会上。两周之后他拿着一份《纽约时报》,垂头丧气地走进麻省理工学院,对人们宣称,他正通过手里的报纸收到一些信息,要么来自宇宙的神秘力量,要么来自某些外国政府,而只有他能够解读外星人的密码。当一个人问他为何那么肯定是来自外星人的信息,他说,有关超自然体的感悟就如同数学中的灵思,是没有理由和先兆的。

纳什30岁的时候,刚取得麻省理工学院的终身职位,艾里西亚怀孕。后来他们的儿子出生。儿子因为幻听幻觉被确诊为严重的精神分裂症,然后是接二连三的诊治,短暂的恢复和复发。父子得同一种病,是否和遗传有关?还是其他?

1960年夏天,纳什目光呆滞,蓬头垢面,长发披肩,胡子犹如丛生的杂草,在普林斯顿的街头上光着脚丫子晃晃悠悠,人们见了他都尽量躲着他。1962年当他被认为是理所当然的菲尔兹奖——数学领域里的诺贝尔奖获得者时,他的精神状况又使他与得奖失之交臂。

迄今，精神分裂症的起源仍然是一个谜。这种疾病的描述最早出现在1806年，但没有人知道这种疾病，1908年，首先创造"精神分裂症"这一术语的布洛伊勒将其描述为一种思维、感觉以及与外部世界的关系的特定类型的改变，为心智功能的一种分裂。纳什就得了这种病。就这样，他几乎被学术界遗忘了。到20世纪80年代，有几项荣誉性奖几乎都要授予给他，最终都因为他的病状而放弃。80年代末期，诺贝尔奖委员会开始考虑给予博弈论领域一次机会，而纳什就名列候选人名单的前茅，最后因为对博弈论的怀疑和对纳什的健康担忧而没有实现。

几年后，因为艾里西亚无法忍受在纳什的阴影下生活，离婚成了正常的事，但是她并没有放弃纳什。离婚以后，艾里西亚再也没有结婚，她依靠自己作为电脑程序员的微薄收入和亲友的接济，继续照料纳什和他们唯一的儿子。她坚持纳什应该留在普林斯顿，因为如果一个人行为古怪，在别的地方会被当作疯子，而在普林斯顿这个广纳天才的地方，人们会充满爱心地想，他可能是一个天才。

时间一天一天过去，艾里西亚在纳什生病期间精心照料他30年。到1970年的时候，他已经辗转了几家精神病医院，病情逐渐稳定下来。这是一种怎样的坚持呢？

正当纳什本人处于梦境一般的精神状态时，他的名字开始出现在70年代和80年代的经济学课本、进化生物学论文、政治学专著和数学期刊中。他的名字已经成为经济学或数学的一个名词，如"纳什均衡""纳什谈判解""纳什程序""德乔治—纳什结果""纳什嵌入"和"纳什破裂"等。

五

纳什的博弈理论越来越有影响力，但他本人却默默无闻。大部分曾经运用过他的理论的年轻数学家和经济学家都根据他的论文发表日期，想当然地以为他已经去世。即使一些人知道纳什还活着，但由于他特殊的病症和状态，他们也把纳什当成了一个行将就木的废人。

20世纪80年代末期，纳什渐渐康复，从疯癫中苏醒，而他的苏醒似乎是为了迎接他生命中的一件大事：1994年，他和其他两位博弈论学家约翰·C.海萨尼和莱因哈德·泽尔腾共同获得了诺贝尔经济学奖。

纳什没有因为获得了诺贝尔奖就放弃他的研究。在诺贝尔奖得主自传中，他写道："从统计学看来，没有任何一个已经66岁的数学家或科学家能通过持续的研究工作，在他或她以前的成就基础上更进一步。但是，我仍然继续努力尝试。由于出现了长达25年部分不真实的思维，相当于提供了某种假期，我的情况可能并不符合常规。因此，我希望通过至1997年的研究成果或以后出现的任何新鲜想法，取得一些有价值的成果。"

在2001年，经过几十年风风雨雨的艾里西亚与约翰·纳什复婚了。事实上，在漫长的岁月里，艾里西亚在心灵上从来没有离开过纳什。这个伟大的女性用一生与命运进行博弈，她终于取得了胜利。而纳什，也在得与失的博弈中取得了均衡。

可以说，冯·诺依曼在1928年提出的极小极大定理和纳什1950年发表的均衡定理奠定了博弈论的整个大厦。通过将这一理论扩展到牵涉各种合作与竞争的博弈，纳什成功地打开了将博弈论应用到经济学、政治学、社会学乃至进化生物学的大门。

一个博弈收益图，中心点是该博弈的纳什均衡。其中一个最耀眼的亮点就是日后被称为"纳什均衡"的非合作博弈均衡的概念。纳什的主要学术贡献体现在1950年和1951年的两篇论文之中，包括一篇博士论文。1950年他才把自己的研究成果写成题为"非合作博弈"的长篇博士论文1950年11月刊登在《美国全国科学院每月公报》上，立即引起轰动。

1950年和1951年纳什的两篇关于非合作博弈论的重要论文，彻底改变了人们对竞争和市场的看法。他证明了非合作博弈及其均衡解的存在性，即著名的纳什均衡。从而揭示了博弈均衡与经济均衡的内在联系。纳什的研究奠定了现代非合作博弈论的基石，后来的博弈论研究基本上都沿着这条主线展开的。然而，纳什天才的发现却遭到冯·诺依曼的断然否定，在此之前他还受到爱因斯坦的冷遇。但是骨子里挑战权威、藐视权威的本性，使纳什坚持了自己的观点，终成一代大师。要不是30多年的严重精神病折磨，恐怕他早已站在诺贝尔奖的领奖台上了，而且也绝不会与其他人分享这一殊荣。

六

  《岛上书店》中讲过，每个人的生命中，都有最艰难的那一年，那一年将人生变得美好而辽阔。艾里西亚在新婚不久发现丈夫患有精神分裂症，而自己的第一个孩子又要出生之际，表现出钢铁一般坚定的意志，支撑她走过丈夫被紧闭治疗、自己孤立无援的日子，走过唯一的孩子同样被诊断患有精神分裂症的震惊与哀伤，默默承受，一见钟情的爱情也经受住最严酷的考验。虽然发病的丈夫坚持要与她离婚，法院也判决同意他们离婚，她却在他彷徨无助、就要流落街头的危险时刻收留了他，处处为他着想，从不对他提出任何要求，细致入微地照顾纳什，主动搬回远离尘嚣的普林斯顿的一所简陋房子，让丈夫离他熟悉的学术圈子再近一些，希望昔日同窗的探望以及和谐宁静的气氛有助于稳定丈夫的情绪。

  艾里西亚以及他们身边的忠实朋友和支持者，正是这些人的热爱换来了患病30年的纳什康复的奇迹，也给世界带来一个奇迹。时光转过漫长的半个世纪，他无与伦比的爱情与耐心最终换来了奇迹，是妻子坚定的信念和不曾动摇的爱情深深感动了纳什，他下决心同病魔斗争。最终，30年里，同他的儿子一样，纳什博士渐渐康复。至此，他不但可以与人沟通，还可以继续从事自己喜欢的数学研究，并且获得迟来的荣誉，成为1994年诺贝尔经济学奖的获得者。

  可以说，在盛名的顶峰，纳什遭受灾难性的精神崩溃，陷入可怕的精神错乱，遭到了命运的无情打击。他不得不辞去麻省理工学院的教职，天天沉浸在一系列奇怪的幻想之中，最后成为普林斯顿一个在黑板上乱涂数理学疯话的梦幻般幽灵人物，几乎被世界遗忘。30年后，他从癫狂中苏醒并重新获得世界的关注。

如此的故事怎能不让人刻骨铭心呢？如今，二老双双车祸归西，以这样的方式与世人告别，怎能不让人心痛？

七

最后，说几句曾经推荐我看《美丽心灵》这本书的同学近况。其人聪明程度我就不多说了，是有个性的一个人。当初也被推荐为硕士研究生，不需要考试，可保送，具有免试资格。他却说，他不需要免试，他需要这个参加全国研究生统一入学考试的过程。于是，他轻而易举地考上，和我成了一个班级的同学。

当时，他研究物流学，写毕业论文的时候，就是不交论文。他说，他写的论文没有创造力，不符合研究生的毕业标准，而且很多都是别人的观点——他就是"意淫"，他就不参加答辩了。于是，他只得到了毕业证而没有学位证。毕业后，他在深圳开创了自己的物流公司，经过几年的折腾，如今，做得风生水起。

2016年春节，我看到他在微信同学群中发的一段贺年视频。他抱着6岁的儿子在海边玩耍，在一个大礁石上，他装作将儿子往海里扔。他口中说："普林斯顿的幽灵，纳什，博弈论！"我大笑。

2015年6月6日

活着就要精彩

一

有人问毕加索:"你的画怎么看不懂啊?"毕加索说:"听过鸟叫吗?""听过。""好听吗?""好听。""听得懂吗?"

上面几句话,来自我大学英语听力教材,《step by step》里的一个故事。当时我还听过他的一段介绍:毕加索是西班牙著名画家,是一位真正的天才画家和艺术家,极富有创造性。他和他的画在世界艺术史上占据了不朽的地位。他一生创作的名画不计其数,以至于有时候连他本人都弄不清是否自己画的了。根据统计资料,他的作品约达六万件,仅油画一项就在万件以上。当今,全世界拍卖价前10名的画作里面,毕加索的作品就占了4幅。而且,毕加索在世时,他的画就卖出了很高的价格。

风格独创且缤纷多变的现代艺术魔术师毕加索,以他绚烂的彩笔,创作出一幅幅影响深远的巨作。20世纪的艺术家特别是西方艺术家,几乎没有未受过毕加索影响的。在他一生中,从来没有特定的老师,也没有特定的弟子。毕加索有过登峰造极的境界,这位才华横溢的艺术家在极其漫长的创作活动的每一刻,似乎想做的都让他准确无误地做到了。他说:"我的每一幅画中都装有我的血,这就是我画的含义。""我画的不是事物的表象,而是不能用肉眼看出的本质。"

毕加索一生是个不断变化艺术手法的探求者,印象派、后期印象派、野兽派的艺术手法都被他汲取改造为自己的风格。毕加索的艺术成就除去绘画以外,还涉及各种材质的雕塑、陶艺、书籍装帧等方面。他的作品不论是陶瓷、版画、雕刻都如童稚般的游戏。他能在各种变异风格中,都保持自己粗犷刚劲的个性,而且在各种手法的使用中,都能达到内部的统一与和谐。在其91岁辞世时,毕加索留下了4万多幅画作、数幢豪宅和巨额现金。据测算,毕加索的遗产总值达到395亿元人民币之巨。

活着就要精彩。他一生都是精彩,而且活着时候,看到了自己的辉煌。

二

毕加索的父亲是一所艺术学校的美术教师。毕加索出生第三天,父母给第一个儿子取了名字——巴柏罗·路易斯·毕加索。让儿子随母姓是父亲的主意,因为他觉得自己的姓在西班牙太普通了,所以在孩子的姓中又加上了母亲的姓:毕加索。

童年的毕加索极为惹人喜爱,一头淡红色的头发,两只大眼睛又黑又亮,闪着聪明的光辉。他活泼、机灵、顽皮,是父母的掌上明珠。唯一令人不安的是,毕加索从小就不喜欢学校。然而,对小毕加索来说,最让他头疼的事就是学习了。家人过分的溺爱和娇惯使毕加索从小就养成了极强的个性。他生性好动,不愿受约束,对学校那套严格的规章制度很不习惯,加上学校里环境不好,教室阴暗潮湿,气氛沉闷,简直把他憋坏了,他哪里学得进去?父亲只好让他转学到全市最好的学校。

如果说母亲传给了毕加索乐观向上的精神风貌,那么,父亲则在潜移默化中传给了他艺术细胞。小的时候,毕加索觉得父亲挺怪的,似乎是个谜一样的人物。直到长大后,他才渐渐体会到父亲那威严目光后面的关怀和温暖，也开始崇拜父亲的尊严和才气。毕加索在成为画家后，曾深情地说："每当我画一个男人，我就想到父亲。"毕加索从小就学会了与父亲一同体验创作的乐趣。他常常站在父亲的身后，惊奇地看着父亲用画笔将五颜六色的颜料涂抹到画布上，变成了一幅幅美丽的图画。正是父亲手中的画笔，给毕加索留下了太深的印象，从而影响了他的一生。当毕加索刚能走路时，便经常趁父亲不在，偷偷地抚摸父亲的画笔。再大一点，他就不光玩画笔了，还要用它蘸上颜料，抹在纸上、墙上、地上甚至自己身上，在一切他认为方便的地方"画"上自己的得意之作，然后兴高采烈地等着大人的表扬。当时，父亲除担任美术学校的素描教师外，还兼任市立博物馆馆长。上课之余，他要在博物馆负责各种美术作品的陈列、保管、复制和修补等工作。毕加索在他刚会走路时就经常随父亲到博物馆去，在父亲工作的画室里一待就是大半天。画室很大，但在小毕加索眼里，它和家里的房间一样，唯一不同的是它太脏，到处都沾染着颜料。

　　虽然毕加索有着绘画的惊人天赋，但他在学校，常常被同学讥诮为"呆子"。有时一下课，同学们就走到依旧呆呆发怔的毕加索面前，逗弄他："毕加索，二加一等于几？"而毕加索的老师则认为这孩子根本不具备学习能力，认为他的智力太低了。毕加索的老师多次跑到毕加索的父母面前，绘声绘色描绘毕加索的"痴呆症"症状。

　　本来生活的城镇上的人们对毕加索的天赋大为惊异，现在他们则一反常态。要知道，天才肯定具有极高的智商，因而小毕加索根本就不是天才，单有绘画才能有何用处？他的父亲堂·何塞不就是一个落落寡欢的小画家吗？他连自己的家都养活不了！在多数人看来，写写画画的人不是性格乖张，就是吊儿郎当之徒。

　　社会似乎已有公论：毕加索是一个傻瓜。面对来自社会的讥嘲与蔑视，父亲没有随波逐流，这不仅仅源自舐犊之情，而是他认为只有他才真正理解与赏识孩子。为了掩饰自己学习上的落后，毕加索总是毫不费力地绘出才华横溢的图画，企图以此来躲避他学不会的东西。然而，不论怎样，嘲讽来得更猛烈了，小毕加索脆弱的心灵蒙上了阴影，他变得不爱说话，成天蔫头耷脑。关键时刻，是父亲给儿子注入了一针强心剂，他似乎固执地认为：天生儿子必有用。

为了抚慰儿子受伤的心灵，拉近父子之间的感情距离，父亲开始坚持每天都送儿子去上学。到了教室里，毕加索把带来的画笔、用作模特的死鸽标本放在课桌上。既然儿子读书不行，就不要勉强，相反过分强迫儿子去学习文化，最终会把儿子的绘画天赋也扼杀了。有了父亲的支持，毕加索每天都沉浸在形象的天地里。课堂上，他对功课不闻不问，却对绘画有着过人的颖悟与表达，只有在挥毫作画之际，才能找到自己的快乐。这段时期，父亲成了儿子强有力的心理依靠；似乎离了父亲，毕加索根本没有勇气去面对生活。每天上学，必须在得到父亲会来接他回家的承诺后，毕加索才会松开父亲那温暖的手。

每当父亲或教师检查毕加索的作业本时，总会发现里面几乎没有作业，只有各种各样的画。在所有的科目中，毕加索最不喜欢数学。那些枯燥无味的数字和计算在他看来简直就是折磨。对于这门需要认真、耐心的学问，毕加索算是服气了。但是，他也不是始终讨厌这些符号。终于有一天，他那独特的绘画眼光发现了符号中的奥秘。那"0"不就是眼睛吗？鼻子是"6"，还有嘴巴、耳朵、眉毛……都可以看成是数字3、8、7、9、1……

作为坏学生，在学校关禁闭已成了毕加索的家常便饭。禁闭室里只有板凳和白色的墙壁，这样关禁闭便像过节一样使毕加索乐不可支。因为他可以带上一沓纸，在那儿没完没了地作画。直到傍晚，父亲在夜幕降临之前接他回家。父亲从来不会因此粗暴地责骂儿子，他知道儿子在坚持不懈地追求自己的艺术——儿子关禁闭时丝毫没有忘记绘画。毕加索在父亲的影响下，重新恢复了自信，终于渡过这段难熬的时期。

父亲特别喜欢画鸽子，一生画过许多鸽子，然而其中给毕加索留下最深印象的，是父亲画的一幅巨大油画，上面是一个大鸽笼。每当回忆起这幅画，毕加索那黑黑的眼睛就闪耀着激动的光芒，可以不厌其烦地向周围的朋友们述说那个奇迹："里面有成百成千成万的鸽子。那些鸽子都关在笼子里——那个巨大的笼子。"巨大的鸟笼和鸽子使年幼的毕加索产生了强烈的幻想，并永久地留在了他的脑海中。因为，后来人们找到这个作品时发现，画面的鸽笼中实际只有9只鸽子。毕加索确实与鸽子有缘，后来由于画了那幅著名的《和平鸽》而扬名天下。鸽子也因此有了新的含义和象征。

三

毕加索的一位朋友曾讲了这样一个故事。毕加索在青年时代还没成名前，住在一间狭隘的小房子里，靠画人像维生。有一个富人经过，看他的画工细致，很喜欢，便请他帮忙画一幅人像。双方约好酬劳是一万元。一个星期后，人像完成了，富人依约前来拿画。这时富人心里起了歹念，欺他年轻又未成名，不肯按照原先的约定付给酬金。富人心中想着："画中的人是我，这幅画如果我不买，那么，绝没有人会买。我又何必花那么多钱来买呢？"于是富人赖账，说只愿花三千元买这幅画，并为此讨价还价。毕加索从来没碰到过这种事，心里有点慌，费了许多唇舌，向富人据理力争，希望富人能遵守约定，做个有信用的人。他知道富人故意赖账，心中愤愤不平，他以坚定的语气说："不卖。我宁可不卖这幅画，也不愿受你的屈辱。今天你失信毁约，将来一定要你付出二十倍的代价。"

"笑话，二十倍，是二十万耶！我才不会笨得花二十万买这幅画。"经过这一事件的刺激，毕加索搬离了这个伤心地，重新拜师学艺，日夜苦练。十几年以后，他终于闯出了一片天地，在艺术界成了一位知名的人物。

直到有一天，富人的好几位朋友不约而同地来告诉他："好友，有一件事好奇怪喔！这些天我们去参观一位成名艺术家的画展，其中有一幅画中的人物跟你长得一模一样，标示价格二十万。最好笑的是，这幅画的标题竟然是——贼。"富人好像被人当头打了一棍，他想起了十多年前画家的事。他立刻连夜赶去找青年画家，向他道歉，并且花了二十万买回那幅人像画。

四

艺术的创作者，是必须悟透艺术真谛的，是心灵的事业。毕加索说："我是依我所想来画对象，而不是依我所见来画的。"当时侨居巴黎的毕加索，受西班牙政府委托，正准备为参加巴黎国际博览会的西班牙馆创作绘画作品。德军轰炸格尔尼卡的消息传来，毕加索震怒了，他就以格尔尼卡被轰炸为题材，依他所想来为西班牙馆作画，将法西斯惨无人道的罪行彻底曝光在世人面前。面对痛彻心扉的人间惨剧，不同的艺术家有不同的反应，格尔尼卡被法西斯空军轰炸，就是给了艺术家们一道无声的考题。

画面里没有飞机，没有炸弹，却聚集了残暴、恐怖、痛苦、绝望、死亡和呐喊。被践踏的鲜花、断裂的肢体、号啕大哭的母亲、仰天狂叫的求救、断臂倒地的男子、濒死长嘶的马匹……这是对法西斯暴行的无声控诉，撕裂长空。画家以半抽象的立体主义手法，以超时空的形象组合，打破了空间界限，蕴含了愤懑的抗议，成就了史诗的悲壮；在支离破碎的黑白灰色块中，散发着无尽的阴郁、恐惧，折射出画家对人类苦难的强大悲悯。

《格尔尼卡》问世后，曾在一些国家展出，受到爱好和平者的高度评价，毕加索也因此备受世界人民的尊敬。直到1981年，《格尔尼卡》才回到西班牙，实现了毕加索的遗愿。在巴黎毕加索艺术馆，曾发生了一件小事：一天，一些德国军人来此参观，毕加索发给他们每人一幅《格尔尼卡》的复制品。一名军官问毕加索："这是您的杰作吗？"毕加索回答："不，这是你们的杰作！"

五

梵高与毕加索都是天才画家。很多人知道，梵高只会默默作画，但毕加索却是个营销大王和有故事的人。梵高的一生平淡无奇，过着十足的潦倒生活，但画作却色彩艳丽，充满着对未来美好生活的各种"意淫"。梵高有生之年无法实现与他人的价值共享，而毕加索生前就实现了品牌溢价。相比于梵高，可以说，毕加索的人生灿烂辉煌。

梵高，这个又可气又可爱的绘画天才，一个被称为"十九世纪最伟大的艺术家之一"，因为太天才了，世人欣赏不了，以至于在有生之年，除了画商弟弟，没有一个人认识他的画的价值。梵高一生只卖出了一幅油画和两张素描，收入是400法郎，穷得连土豆都吃不起。虽然他一生画了900多幅油画，他活着时都不敢自称画家，最大的梦想就是在咖啡馆举办一次画展。当他衣衫褴褛地背着画布颜料奔向田野去创造一幅幅在后世卖出天价的作品时，邻居们在交头接耳地说："瞧，那个疯子！"从《星空》到《向日葵》，都表达着梵高内心对自由的极度渴望。他穷愁潦倒，除了与卖笑女子厮混，只剩下借酒浇愁了。

梵高自杀后留下重重疑点。自杀还是他杀？反正梵高疯了！他把自己耳朵割了下来。在弟弟不再提供给他生活开支的时候，37岁的梵高选择了死亡：开枪自杀了。梵高活着时候可以说是个遭人嫌弃的孤独狂徒，一生都充斥着世俗意义上的失败，没得到名利，也没有爱情，他饱受贫困和病魔的折磨。

毕加索认为：一幅画想要卖得好，先要画得好，自己要有底气。可如果仅仅只是一幅画，恐怕没人愿意为它付出高价。人们更感兴趣的是这幅画背后的故事。每当要出售他的画之前，他一般会先办画展，召集大批熟识的画商来听他讲故事，讲作品的创作背景、创作意图及其幕后的创作故事。

当毕加索已经是声名显赫的画家的时候，如果他用支票购物，便认为，店主与其拿着这张支票去银行兑换那么小额的一点现金，倒不如将这张有着毕加索亲笔签名的支票当作艺术品，至少也是一件十分有意义的纪念品，说不定以后还能升值卖出去。于是，毕加索通常就用支票去结账。

德国波尔多有座属于极其神秘的罗斯柴尔德家族的酒庄——木桐·罗斯柴尔德酒庄，木桐酒庄出产的高级葡萄酒享誉世界。自从1945年以来，木桐酒庄的庄主每年都会邀请众多绘画大师来为其设计酒标，其中就包括毕加索。毕加索为其设计了1973年的酒标。但是毕加索并没要酒庄付他钱，而是接受了一批葡萄酒作为稿酬。毕加索认为，这批酒因为贴上了自己设计的酒标，其价值必然会飙升；除了可以留下来自己喝，将来拿出去卖，也一定会有更高的溢价。

据说，毕加索家乡的人在起名时，除了会把祖先的名字加进去，还喜欢把和自己关系亲密的亲友的名字加进去，其真实目的是想拉近自己与对方的关系。在他们看来，构建诚实可靠的人际关系无比重要。帕布罗·迭戈·荷瑟·山迪亚哥·弗朗西斯科·德·保拉·居安·尼波莫切诺·克瑞斯皮尼亚诺·德·罗斯·瑞米迪欧斯·西波瑞亚诺·德·拉·山迪西玛·特立尼达·玛利亚·帕里西奥·克里托·瑞兹·布拉斯科·毕加索，这就是毕加索的全名。他把一些关系亲近的亲戚和朋友的名字都加了进去，这个名字恐怕连毕加索自己也未必记得住。

六

毕加索作画，不仅仅用眼睛，而且用思想。毕加索的画，有些色彩丰富、柔和，非常美丽，有些用黑色勾画出鲜明的轮廓，显得难看、凶狠、古怪，但是这些画启发着我们的想象力，使我们对世界的看法更深刻。这些画的背后究竟隐藏着什么。

毕加索一生创作了成千上万种不同风格的画，有时他画事物的本来面貌，有时他似乎把所面对的事物掰成一块块的，把碎片向你脸上扔来。他不仅把眼睛所能看到的东西表现出来，而且把我们的思想所感受到的也表现出来。他一生始终抱着对世界的好奇，就像年轻时一样。

多数画家在创造了一种适合自己的绘画风格后，就不再改变了，特别是当他们的作品得到人们的欣赏时，更是这样。随着艺术家年岁的增长，他们的绘画虽然也在变，可是变化不会很大了。毕加索90岁时，仍然像年轻人一样生活着。他不安于现状，寻找新的思路和用新的表现手法来运用他的艺术材料展现他的艺术风格。毕加索像一位终生没有找到他的特殊艺术风格的画家，千方百计寻找完美的手法来表达他那不平静的心灵。

毕加索曾向张大千展示自己临摹的齐白石中国画习作时说："我最不懂的就是中国人，为何要跑来巴黎学艺术？不要说德国没有艺术，整个西方、白种人都没有艺术。配在这个世界上谈艺术的，第一个是中国人；其次是日本人，日本艺术又源于中国；第三是非洲人。若把东方艺术比作精美面包，西方不过是面包屑罢了。"可见，毕加索对中国艺术的钟爱和感悟。

七

毕加索身边总是有许多人渴望从他那里得到一两张画，哪怕是得到他顺手涂鸦的一张画，也够自己一辈子吃喝不愁了。据说有一次，他在一张邮票上顺手画了几笔，然后就丢进废纸篓里。后来被一个拾荒的老妇捡到，她将这张邮票卖掉后，买了一幢别墅，从此衣食无忧。

晚年的毕加索非常孤独，尽管他的身边不乏亲朋好友，尽管他很有钱，但是买不来亲情和友情。他很清楚，很多人是冲着他的画来的。为了那些画，亲人们争吵不断，甚至大打出手。毕加索感到很苦恼，他身边一个能说说话、唠唠嗑的人也没有。

考虑到自己已年逾90岁，随时可能离开人世，为了保护自己画作的完整性，毕加索请来了一个叫盖内克的安装工，给自己的门窗安装防盗网。盖内克憨厚、坦率，没有多少文化，看不懂毕加索画的画。在盖内克眼里那些画简直一文不值。

盖内克的到来，一扫毕加索往日淤积在内心的苦闷，他终于找到了倾诉的人。盖内克给了他一种豁然开朗的美好。他看懂的只是手中的起子、扳手，他觉得老人很慈祥。毕加索看着眼前的盖内克，不自禁地拿起画笔，顺手为盖内克画了一幅肖像。盖内克接过画，不想要，他要的是厨房里的那把大扳手，那扳手对他来说更重要。

"朋友，这幅画不知能换回多少把你需要的那种扳手。"盖内克将信将疑地收起那幅画，可心里还想着毕加索家厨房里的那把扳手。在盖内克面前，毕加索彻底放下了包袱，丢掉了那层包裹着自己的面纱。只要能与盖内克在一起说说笑笑，就是他最大的快乐。毕加索又陆陆续续地送给盖内克许多画，包括他自己视为珍宝的画。他认为对方虽然不懂画，却是最应该得到这些画的人，并希望有一天它们能改变他的生活。

安防盗网这样一个小小的工程，盖内克前前后后竟干了近两年。盖内克更多的时间是陪毕加索唠嗑。不承想到唠嗑使90高龄的毕加索变得精神矍铄。那些日子，毕加索灵感如潮，又创作出许多作品，成为毕加索创作的又一个高峰期。

毕加索一生从没给自己作过画。他拿起颜色和画笔开始画一幅新的画时，对世界上的事物好像还是第一次看到一样。1973年4月7日，92岁的毕加索在镜子前，说："明天，我开始画我自己。"谁也没有想到，第二天他就与世长辞了。

毕加索无疾而终后，他的画作价格更是扶摇直上，成为当今世界上最昂贵的画作之一。

还在四处打工、日子过得非常艰难的盖内克，得知毕加索逝世的消息，悲痛万分。他想起毕加索曾经赠送给他的那些画，发现这些画共有271张。盖内克惊呆了。他知道，他只要拿出这里面的任意一张画，就可以彻底改变他目前的生活。看着这一张张画，毕加索的音容笑貌仿佛又在眼前浮现。"你才是我真正的朋友！"他没有对任何人说起过这些画，包括自己的家人，他像往常一样外出干活。

2010年12月，一个石破天惊的新闻震惊德国：年逾古稀的安装工盖内克将毕加索赠送给他的271幅画，全部捐给了德国文物部门。

有人感到困惑和不解：老人拥有这么多毕加索的画，为什么坐拥金山不享受，要全部捐出来呢？盖内克回答记者提问时说："毕加索曾对我说，你才是我真正的朋友。是朋友，我就不能占有，只能保管。我把这些画捐出来，就是为了让它们得到更好的保管。"

2016年5月5日